奇談樹々のみとり
本朝語園
智恵鑑
傾城播磨石
かくれがさ
御入部伽
假名棠陰比事
一休咄
寶永千歳
世間手代氣
集歌狂養卜 調狂養卜
唐土奇談
初音草噺大鑑
好色一代男
魯文珍報
紅万紫千 千紫万紅
骨董集·用捨箱
假名草子
司馬江漢 銅版地球全圖
漢文往生要集
慶應 芝居絵番附
江戸繁昌
都繁昌
紅毛雑
四庫全書總目提要
二帙の一
四庫全書總目提要
二帙の二
小夜嵐
美少年始
當世誰が身の上
通俗諸分床軍談
信田白狐傳

大金塊
怪人二十面相
透明怪人
少年探偵6
江戸川乱歩
サーカスの怪人
江戸川乱歩
怪人二十面相
怪人二十面相

乱歩を探して

後藤隆基 著
立教大学江戸川乱歩記念
大衆文化研究センター 監修

contents

まえがき

たまたま、大和和紀の『はいからさんが通る』を読み返していたら、ある場面に出くわした。出版社で働くことになったヒロインの紅緒が、初めて原稿をとりに行く。と、そこは怪奇を絵に描いたような邸宅で、総白髪に充血した眼、吸血鬼然とした風采の人物があらわれる。名前は江戸川端散歩先生。その御作は「廃人二十面相」という。

モデルは……と、野暮を承知で説明すれば、すなわち江戸川乱歩である。

むろんメインキャラクターではないし、ただのダジャレといわれれば、まあ、それまでなのだが、パロディは元ネタがわからなければ用をなさない。江戸川端散歩の描写からは、乱歩にまつわるイメージが明瞭に看て取れる。日中も土蔵にこもって蠟燭の灯下で執筆していたといった逸話や作風から想起されたものであろうが、こんなところにまで登場するのかと、改めてその影響力に驚かされた。

いや、そんな大げさなことでもないのかもしれない。乱歩といえば、誰にでも通じるアイコンであり、ちょっと使ってみたくなるような遊び心も許容する気安さや身近さ、懐の深さを、乱歩はもっているような気がする。

「江戸川乱歩」という作家が、今なお現役作家のごとき人気を誇り、人びとにその名や作品が知られているのは、なぜだろうか。小説のおもしろさや魅力は前提として、右に記したような、数多の二次創作（昨今の流行り言葉でいえば「アダプテーション」であろうか）が大きな理由ではないかと想像する。

乱歩とその小説群は、数多くの表現者の想像力／創造力を刺戟してきた。一九二〇年代から今日にいたるまで、映画、演劇、文学、ラジオ・テレビドラマ、落語、講談、漫画、アニメ、ゲーム、美術、アート等々……多様なジャンルで、たくさんの作品が生みだされる源泉であった。

乱歩自身、そうした二次創作にはきわめて寛容だった。

たとえば、一九三一年七月、歌舞伎俳優の二代目市川小太夫が「黒手組」（原作は『新青年』一九一五年三月）を帝国劇場で初めて舞台化した際には、相手が小納戸容《こなんどいる》の筆名で探偵小説も手がけた小太夫だったこともあってか、

「原作のつたないこと、甚だ芝居に不可な事を知りながら、上演者が小太夫氏であるが為め少なからぬ興味を以て、脚色上演を快諾した。脚色については、仮令原作を犯しても舞台の生きる様、思ふ存分書き改められる様お願ひして置いた」

と、プログラムに「原作者の言葉」を寄せている。後年、三島由紀夫が「黒蜥蜴」を大胆に脚色（一九六二年三月初演）すれば、原作は「はだかのままの荒唐無稽が露出しているのだが、三島由紀夫さんは、その私の筋の骨組みに、新しく織り出した立派な衣裳を着せてくれた。〔中略〕パラドックスとアイロニイに富む「三島織り」の美しい警句衣裳である」（初演プログラム）と賛を惜しまなかった。

また、乱歩は、カメラを手にあちこちへ出かけては風景を撮影し、編集までこなしてしまう玄人はだしの趣味があったが、自作が映画化されてロケ現場を訪れると、そこでの様子もフィルムに収めている。残された映像をみると、レンズを通した乱歩のまなざしは、自分のつくった物語が外の世界にひろがっていくのを愉しんでいたようにおもえる。

二十世紀前半を疾駆したモダニズムの時代、乱歩は変貌する都市と風俗を描き、その空気を呼吸する多種多彩なキャラクターを紙上に躍らせ、物語を編みつづけた。それらが受容され、再解釈され、活字から別の媒体に居所を移して転生する。なかには「原作」との懸隔の甚だしいものや、単に素材としてエッセンスやイメージが用いられているものもある。時には乱歩自身が物語化される。が、そこにあらわれる世界は、創作者個々の色をのせながら、なんとなく乱歩的である。その新たな表現を受けとめる人たちも、それぞれの「乱歩」をもっている。

三島由紀夫は「黒蜥蜴」の脚色にあたって「原著の普及は十分でなくとも、テレビによる名探偵明智小五郎の名の普及と共に、十分現代の読者にアッピールするものを含んだ作品と思われる」(『西武生活』一九六二年二月)と書いていた。小説のみならず、他のメディアを通して乱歩やその作品が「普及」していた状況の証左ともいえよう。

時代によって、その入り口は変化してきた。ある世代の人たちは「ぼ・ぼ・ぼくらは少年探偵団」とテレビドラマ『少年探偵団』の主題歌を口ずさみ、天知茂が明智小五郎を演じた『江戸川乱歩の美女シリーズ』への熱い思いを語る。現在ならさしずめ『名探偵コナン』が筆頭格で、『文豪ストレイドッグス』や『文豪とアルケミスト』などが、次の世代に乱歩への窓をひらいている。乱歩は、常に「今」を生きている。

＊

そうした視座に立ち、二〇二二年から二〇二三年にかけて、旧江戸川乱歩邸応接間に、乱歩本人にゆかりのある方々、乱歩（作品）を素材に二次創作的な表現を実践してきた方々をお招きし、お話を伺ってきた。立教学院創立百五十周年記念事業の一環であり、来る江戸川乱歩生誕百三十年を期したこのインタビューシリーズは、立教大学のウェブサイトに公開されたが、紙幅の都合上、掲載時に削除せざるをえなかった内容を大幅に加筆して一冊にまとめたのが、本書の成り立ちである。

本書にご登場いただいた方々は、近現代日本演劇や文学が専門の著者による人選という「色」も影響している。それも乱歩をめぐるひとつのありようとして、ご寛恕いただければ幸いである。また、二〇二四年に実施される「旧江戸川乱歩邸施設整備事業」の本格的な改修工事がはじまる前に――という時間的制約もあり、今回ご登場いただくことが叶わなかった方々も大勢いらっしゃることを付け加えておきたい。乱歩そのものにとどまらず、周辺にも視野をひろげ、多彩な声と言葉を記録に残すことで、それぞれの時代、さまざまな角度から、新しい乱歩のすがたがみえてくる。まだまだ乱歩を探るための切り口は無限にひろがっている。

インタビューを重ねるなかで、期せずして感じたことがある。

旧江戸川乱歩邸の応接間は通常、中庭に面したテラスからアクリル板越しに室内を覗き見ていただく恰好であった。乱歩が愛した応接間は、一種の「展示物」であった。

叶うならば、来館者の方々にも中に入っていただきたい。しかし、築四十年をこえる建物に大勢の来館者が足を踏み入れれば、時と人の重みに耐えきれず、劣化が進行してしまうだろう。したがって、右のような対応をとらざるをえなかった。

そんな中で、このインタビューシリーズをはじめることになった。

二〇二二年いらい、月に一人、あるいは二人と、応接間にゲストをお招きし、乱歩にかんする話を聞く。それがつづくことで、応接間が、本来の「応接間」としての機能を取り戻してきたようにおもえた。かつては乱歩本人がホストとして大勢の人びとと歓談したこの部屋が、不在の主を肴に交わされる対話の時間を経て、客人をもてなす空間として息を吹き返した。

応接間という空間が、本書のかくれた主人公でもあった。この場所が、改修工事のあとも後世まで守られていくこと、ここで語られた、次なる創造への夢が、いつか未来につながることを願う。

これからも多くの人たちが、乱歩とは何かを探し、その大宇宙の一片にふれながら、新たな表現の可能性を模索していくのだろう。そうして——重言ながら——乱歩は「今」を生きつづけていくにちがいない。

後藤隆基

装幀・巻頭写真	公文健太郎
本文写真	御堂義乗（P.014）
	末永望夢
ブックデザイン	細山田デザイン事務所
	細山田光宣
	鎌内 文
	南 彩乃
DTP	横村 葵
校閲	鷗来堂

理想の明智小五郎を探して

美輪明宏

interview akihiro miwa

撮影：御堂義乗（2015.2）

十七代目中村勘三郎の紹介で乱歩と出会う

――美輪さんは乱歩と直接の交流がおありで、かつ三島由紀夫脚色の『黒蜥蜴』をひとつのライフワークとして上演されてきました。乱歩を語るうえで欠くことのできない方のお一人です。乱歩に会う以前から、作品は読まれていたのでしょうか。

美輪 ええ。小学校のころから、本を読むのは好きで、江戸川さんの小説もたくさん読んでいました。何といっても、犯人と明智小五郎ですね。着ているものが燕尾服かタキシードで、帽子がシルクハット。ちょっと普通じゃありませんよね。当時はアール・デコが流行っていた時代ですから、その美意識も影響してらしたのかと思いますが。

――乱歩自身の美意識の投影として、明智小五郎の造形もあった。

美輪 そう。で、小林少年という美少年を部下に使って。何も少年でなくてもいいはずなんだけど。ときどき愛してたんじゃないかと思いますよね。「孤島の鬼」なんて、まさにそういう雰囲気の小説でしょう。

――非常に強いですね。

美輪 そういうところも魅力的でね。探偵小説の作家では、横溝正史さんもいらっしゃるけれど、あの人の探偵は野暮ったくて、舞台も田舎の豪族の家だったり、都会的じゃないんです。だから、あまり好きじゃなくて（笑）。その点、江戸川さんのものは好きでした。退廃的でね。まさかお会いするなんて思いもしませんでしたけれど。

――乱歩に初めて会ったときのことを伺えますか。

美輪　私がちょうど十六歳のとき、うちが破産しまして。当時、国立音楽高等学校（現・国立音楽大学附属高等学校）へ通ってたんですが、月謝が払えなくなって、中退する羽目になったんです。下宿代も払えないからアパートを追い出されて、アルバイトをしなければいけなくなってしまった。それで、アルバイトを探してたら、ブランスウィックという銀座五丁目の喫茶店が募集してたんです。

――三島由紀夫の『禁色』に出てくるバーのモデルともいわれる、あの。

美輪　一階が喫茶店で、二階がクラブになっていまして、私は一階のほうの入り口に近いところで――「客寄せだ」なんて言われましたけれど――ボーイさんになったんです。二階のクラブには、物書きや音楽家、絵描きさん……いろんな文化人が見えていて、ときどき「あの子、きれいだね。おもしろいね。呼んで来い」なんて呼ばれて、二階へ上がることもありました。歌舞伎座がご近所だったものですから、中村勘三郎さん（十七代目）もよくいらしてたんですが、あるとき、勘三郎さんが江戸川さんを案内して、クラブのほうへお見えになったんです。

――勘三郎さんの紹介で乱歩がお店に。

美輪　そう。江戸川さんは、勘三郎さんをご贔屓にしていらしたから。で、お二人に呼ばれて二階へ行ったんです。私はシャンソンを歌ってたので、「歌ってみろ」なんて言われて歌ったり、客席へ呼ばれていろいろお話をしたり。私は江戸川さんの愛読者でしたから「明智小五郎って、どんな方？」って聞いてみたんです。そうしたら「腕を切ったら青い血が出そうな男だよ」って。

――青い血。

美輪　それで、江戸川さんが「君はここ（腕）を切ったら、どんな色の血が出るんだい」って、私の腕を摑んでおっしゃったの。だから「七色の血が出ますよ」って答えたんです。すると「ほう、珍しいね。じゃあ、切ってみようか。おい、包丁持ってこい！」なんて、カウンターのほうへ言うじゃありませんか。「この爺、やりかねないな」と思ったものですから（笑）、「およしなさいまし。そこから七色の虹が出て、もう片方の目も潰れてしまいますよ」って言ってやったんです。当時、江戸川さんは片方の目を患ってらしたから。それで「おもしろいことを言う子だね。いくつだい。十六歳？　すごいね」なんてやりとりがあって、ご贔屓にしてくださるようになったんです。

――乱歩としても、当意即妙な返しをされたと喜んだのではないでしょうか。

美輪　当時は、文化人だけじゃなくて、どんな人でも、洒落が通じる人、洒落た会話をする人が多かった。それが普通でしたね。

――ブランスウィックでの出会いがきっかけで、乱歩との交流がはじまった。乱歩の家にも行かれたことがあったとか。

美輪　ええ。池袋のね。洋館の応接間に、江戸川さんが使ってらした立派なデスクがありますでしょう。すてきでね。十六歳で初めて伺ったときに一目で気に入っちゃって、「このデスクがほしい」って言ったんです。そうしたら怒られました(笑)。

――乱歩が一九三三年に三越に特注した、愛用の机だったようですから(笑)。

美輪　それで、銀座七丁目に銀巴里ってシャンソン喫茶がありまして、当時、原孝太郎と東京六重奏団ってタンゴバンドが評判だったんです。アルゼンチンタンゴじゃなくてヨーロッパタンゴ。彼らが演奏した二葉あき子さんの『水色のワルツ』が流行って、クローズアップされたところなんですけど。そこのテストに合格して専属歌手になりましてね。それを勘三郎さんに話したら、江戸川さんをまたそこに連れて見えたの。そのときにも、いろいろ褒めてくだすって、しばらくはそれくらいのお付き合いだったと思います。

――乱歩が美輪さんのいらっしゃるお店に通うような。

美輪　ええ。それから、シャンソン歌手の戸川昌子が、銀巴里で私の後輩だったんですけれど、探偵小説を書いていて、江戸川乱歩賞をとりましてね。お母さんが一人付き添って受賞パーティーに行くというので、他に誰もいないんじゃ可哀想だからって、私も一緒について行ったんです。頼まれて一曲歌いまして。それで、江戸川さんに「しばらく」ってご挨拶したら、「おお、君だったのか、やっぱり」なんておっしゃったのを覚えています。ひさしぶりにいろいろと実のない話をして、お別れしたんですけれど。その後、銀巴里へも二、三度見えましたね。

三島由紀夫脚色の『黒蜥蜴』

――美輪さんと乱歩のつながりといえば、やはり三島由紀夫が脚色した『黒蜥蜴』の上演を重ねられたことが大きいと思います。

美輪 そうですね。私がやるようになったのも不思議な話なんですけど。一九六七年に、寺山修司が私にあてて『毛皮のマリー』って芝居を書いてくれたんです。アートシアター新宿文化という映画館でしたので、映画が終わる夜十時過ぎに開演して、十二時頃に終わるわけです。それでも入りきらなかったお客様で新宿の大通りが埋め尽くされるくらいの大当たりをとりましてね。

――当時、寺山さん主宰の劇団、天井桟敷に美輪さんは欠かせない存在でした。

美輪 そこは地下にもアンダーグラウンド蠍座という劇場があって、同じときに三島由紀夫さんの『三原色』(堂本正樹演出)って芝居をやってたんですね。ある日、三島さんが上がってきて「俺の『黒蜥蜴』をやってくれないか」っておっしゃるんです。でも、私は「だって、あれは水谷八重子さんに書いてあげたものでしょ。私は遠慮したいわ。水谷さんに悪いから」って断ったの。私、水谷さんの娘の水谷良重(現・二代目水谷八重子)と友達だったものですから、よく紀尾井町のお宅に遊びに行ったんです。それで、水谷さんはよく知ってたので。

――『黒蜥蜴』は一九六二年にサンケイホールで初演されています。

美輪　ええ。水谷さんが黒蜥蜴で、芥川比呂志さんが相手役の明智小五郎。芥川さんも、芥川龍之介の息子さんでしょう。いろんなお話をしてくだすった、おもしろい人でした。で、その初演を観に行ったら、私が頭に描いていたのとはずいぶん違うなと思ったんです。原作も読んでいましたからね。

――どんな違いだったんでしょうか。

美輪　観終わって楽屋へ行ったら、水谷さんが「こんな病的な不健康な女は、私、理解できないのよ。私は健康な女だから」って言われたんです。「これはむしろ、あなたがやったほうがいいんじゃないの?」って。

――八重子さんが、美輪さんに。

美輪　そう。だから「私が不健康だという意味ですか?」って聞いたら、「だって、そうでしょ?」ですって（笑）。変な会話でしょう。

――お二人が楽屋でそんなやりとりをされていたのは、興味深いですね。

美輪　なんとも適当な黒蜥蜴でね（笑）。病める感じの、退廃的な大正ロマンの雰囲気がなかったんです。それは水谷さん、ご自分でも感じてらしたんでしょう。だからおっしゃったのね。そういうふうに、私に。ただ、そのときには、まさか本当に自分がやることになるとは思いもしませんでしたけれど。

三島戯曲のせりふを語ること

――その数年後に、三島さんから直接依頼を受けられた。

美輪　ええ。先ほども申しましたように、水谷さんに悪いからとお断わりしたんです。三島さんは普段、一度断られた話はされない方なんですが、それからも二度、三度と頼みにいらっしゃるので、根負けしましてね。それで『黒蜥蜴』をやることになったんです。

――三島さんとしては、どうしても美輪さんに黒蜥蜴を演じてほしかったと。

美輪　三島さん、それまでにいろいろな芝居をお書きになって、文学座なんかでやってらしたんですよ。でも、いずれも評判がよくなかった。失敗作が多かったんです。それで「俺は悔しい」っておっしゃるのね。三島さんの戯曲は、表現が文学的で、よく咀嚼しないと難しいんです。

――三島さんの書かれるせりふは絢爛ですが、実際に語るには難解な印象です。

美輪　そういうせりふが多いんですよ。私が『毛皮のマリー』をやったとき、寺山修司が書いたものを自分で解釈して組み立てたんですが、三島さんは「それがいいんだ」と。ご自分の書かれるせりふはレトリックや装飾が多いことをおわかりになった上で、それを日常会話のように自然に話せる役者が必要だとおっしゃる。それが私だというんですね。

――水谷八重子さんの初演は一回きり。美輪さんが再演されたのは、一九六八年四月の東横劇場でした。

美輪　三島さんは大喜びでね。ただ、最初にやったときの相手役が、私は反対だったんですが、新東宝にいらした天知茂さん。世間の評判はよかったものの、自分としてはあまり満足できるものではなかったので、そのあと次から次と相手役を代えて何回かやったんです。そうして続けているうちに、大道具や小道具が『黒蜥蜴』としては気に入らなくて、自分で選んだり、つくらせたりして、しまいには背景まで自分で描くようになっちゃって（笑）。おかげさまで『黒蜥蜴』は何十年もやりつづけられるような舞台になったんです。

――『黒蜥蜴』という作品は、美輪さんの上演なくして、ここまで大きくはならなかったかもしれません。乱歩自身、三島さんの脚色を褒めていますね。

美輪　「三島くんが脚色をして、自分はそれを許可した。人手に渡ったら、その人のものだから、僕は関係ないよ」なんておっしゃっていたそうですけれど。江戸川さんは「三島くんってきれいな人だね」なんて言ってましたよ（笑）。お二人は古い友達でしたから。三島さん、こめかみのあたりに産毛がきれいにたくわえられて、それはきれいだったんです。

――乱歩は一九六五年に亡くなっていますので、美輪さんの『黒蜥蜴』には間に合わなかった。

美輪　江戸川さんに観ていただきたかったけれど……残念でしたね。

理想とする明智小五郎

――美輪さんが『黒蜥蜴』を上演されるたび、天知さんを筆頭に、明智役を代えられていたとのことですが……。

美輪　天知茂さんは、いい顔をしてらっしゃったけれど、私が考える明智小五郎とは、ちょっと容貌が合わなかったんです。それ以降、いろいろな相手役で、ほんとうに何人も代わりました。詳しく覚えてないくらい（笑）。だけど、なかなか細かいニュアンスがわからない人が多くて。難しかったですね。

――美輪さんの理想としての明智小五郎を探していた。

美輪　そうですね。あるとき、初演で明智小五郎をなさった芥川比呂志さんから電話がかかってきちゃってね。「明宏、出てこい！」っておっしゃるので、何事だろうと思って、指定された青山のクラブへ行ったんですよ。そうしたら「明宏、何だ、おまえは。俺は明智小五郎なのに、どうしてあんなやつらを使うんだ」ですって。自分の役をとられたのがご不満だったらしくて（笑）。「明智小五郎のせりふはこう言うんだ」なんて、まだ覚えてらして、ひとしきり全部聞かされましたよ（笑）。

――そんなことが。美輪さんは明智役として、芥川さんをご指名になろうというお気持ちは……。

美輪　なかったんです。芥川さんは、ちょっと痩形で、ちゃんとした顔をしてらしたんだけど、やっぱり明智小五郎の容貌のイメージと合わなかったものですから。

――非常に公演回数が多かった『黒蜥蜴』ですが、その中で、美輪さんがイメージされる理想の明智に出会うことは難しかったという印象でしょうか。

美輪　そうですね。いまテレビを見てると、きれいな顔をした男の子は掃いて捨てるほど出てるでしょう。昔はそんなことがなかったんです。とにかく戦争のせいもあったんでしょうけれど、世の中に合わせて人の顔ってできるんでしょうね。戦争中や敗戦後は、やっぱりみなさん、「戦う人」の顔であって、平和な時代の明智小五郎の顔じゃなかった。

――昭和の初め、モダニズムの華やかな時代を生きていた青年。

美輪　そういうことです。岡譲司さんとか、加山雄三さんのお父さんの上原謙さんとか、ああいう整った顔がほしかったんですね。

黒蜥蜴とはどんな人物か

――一九六八年から二〇一五年まで、本当に長く『黒蜥蜴』を上演し続けてこられて、最終的には演出も含めて、美輪さんがひとつの総合的な作品につくりあげられたと思いますが。

美輪 伝説みたいになってるらしくて、若い人から「観たい」ってファンレターがいっぱい来るんですよ。人をいくつだと思ってるんでしょうね（笑）。

――観客としては、そこを超えたところで拝見したいという思いは強いだろうと想像します。唯一無二の劇世界だと思いますので。

美輪 『黒蜥蜴』をやるには、リアルなせりふはリアルに、歌い上げるところは歌わなきゃダメですし、そのためには音域が広くなければいけません。立ち居振る舞いからして難しいかもしれませんね。たとえば、京マチ子さんが主演された映画（井上梅次監督、大映、一九六二年）では、突如としてタイツ姿で踊り出すでしょう。あの方は大阪松竹少女歌劇団の出身ですから、そうやって踊りを入れたんでしょうけど、そういう女じゃありませんからね、黒蜥蜴は。当時、映画を観て「ああ、残念なことだな」と思いました。

――美輪さんも『黒蜥蜴』を映画化（松竹、一九六八年）されましたね。

美輪 作品が赤字ばかりで全然お客が入らなくて、東映をクビになった深作欣二という監督がいたので、私が松竹へ呼んだんです。話をしてみたら、ルイ・アラゴンの詩をフランス語で諳んじたりしておもしろいので、「彼でいこう」と決めて映画をつくったんですけど、どうも私の思ったとおりのものができなくて。あれは私の失敗作だと思っています。

――しいていえば、どんなところが失敗だったと思われますか。

美輪 やっぱり、まず美術ですね。私は小道具にしても、本物の骨董品や何かを使いたかったたんですが、当時の松竹には予算がなくて、そこがうまくいかなかった。たとえば、最後に黒蜥蜴が毒を飲んで死ぬシーンで、ベッドのところに安っぽい布が吊るされていたりして、そういう細々したところをちゃんとつくれないのが嫌だって言ったんです。

――美輪さんのめざすディテールにならなかった。

美輪　そうですね。それが大切なんですけど。

――乱歩がうみだし、三島由紀夫が新しく命を吹きこんだ、黒蜥蜴という存在じたいが謎に包まれていますが、美輪さんは黒蜥蜴を、どういう人物だと思われますか。

美輪　私が女になったような女性でしょうね（笑）。

――なるほど。非常に端的な（笑）。上演を続けられる中で、黒蜥蜴や作品に対するイメージに変化はありましたか。

美輪　いいえ。昔から読んでいた本の中の――つまり、江戸川乱歩の世界にどっぷり漬かった時期に感じた、その雰囲気をうまく出したいと思って、ずっとやってきただけです。江戸川さんの小説と三島さんの戯曲は、もちろん違う部分はありますけれど、似ているところもありますよね。両方のいいところを、自分のなかで融合させながらつくったんです。

――最後に、美輪さんにとっての江戸川乱歩はどのような存在でしたか。

美輪　後世に残るべき天才の一人だと思いますよ。ほんとうに。そういう方とご縁をいただけたのは、私にとって幸いなことでしたね。

（二〇二三年十一月一日）

美輪明宏
（みわ　あきひろ）

一九三五年長崎県生まれ。十六歳でプロの歌手となり、銀座のシャンソン喫茶「銀巴里」を拠点に活動。五七年「メケメケ」が大ヒットし、その美貌やファッションも注目を集める。日本におけるシンガーソングライターの元祖として「ヨイトマケの唄」ほか多数の曲を自作。演劇活動も展開し、寺山修司作『青森県のせむし男』『毛皮のマリー』、江戸川乱歩の小説を三島由紀夫が脚色した『黒蜥蜴』などに主演して国内外で高く評価され、再演を重ねた。コンサート、舞台、映画、テレビ、講演、著作など多方面で活躍。

父は乱歩先生が大好きでした

interview

kuriko
namino

kentaro
hirai

波乃久里子×平井憲太郎

勘三郎と乱歩の出会い

――十七代目中村勘三郎さんが中村米吉を名のっていた頃、京都南座で「馬盥」(『時今也桔梗旗挙』)の桔梗をなさった。おそらく一九二五年二月の公演かと思われますが、それを観た若き日の乱歩が、その可憐さに夢中になったとエッセイ(「勘三郎に惚れた話」)に書いています。

波乃 当時は女方でしたから。父が十六歳くらいかな。乱歩先生はおいくつでした?

平井 三十歳にはなっていますね。祖父は歌舞伎に限らず、定期的に劇場には通ってたみたいですし、演劇や演芸が好きだったようです。

――一九二九年に四代目もしほ、一九五〇年に十七代目勘三郎を襲名され、まさに勘三郎襲名の年、乱歩はあこがれの人と初対面を果たします。

平井 翻訳家の黒沼健夫人に連れられて、楽屋を訪ねたらしいですね。

波乃 黒沼のおばちゃま、なつかしい! 鎌倉の素敵な洋館にお住まいでね。両親が結婚したばかりの頃、鎌倉にあった(六代目尾上)菊五郎のおじいちゃまの家を借りて住んでたんですが、玄関先が黒沼邸の裏口。それで親しくさせていただいていたんです。黒沼のおじちゃまはずっと寝たまま過ごされてたので、菊五郎のおじいちゃまが「ほら、健さん。寝てないで起きろ!」と呼びに行ったり、(初代中村)吉右衛門のおじちゃまは「起きてないでお休みなさい」なんて言ったり、さぞご迷惑だったでしょうね（笑）。

平井　黒沼さんは『空の大怪獣ラドン』（東宝、一九五六年）の原作者としても有名ですね。

波乃　おじちゃま、寝たままどこにも行かないで、地図を見てるだけで『ラドン』をお書きになったのよ。すごいですよね。

——初顔合わせのその晩、二人はたちまち意気投合。以来、乱歩はずっと勘三郎さんを贔屓にされていました。

平井　後援会をやってたことは身にしみてわかってます。僕と祖父と祖母が一緒にお出かけするのは、だいたい歌舞伎座か新橋演舞場でしたから。

波乃　お金かかりますよねえ。うちの父のことを贔屓にしてる芸者衆なんて、芝居を観に行くときは、その日に使う身銭がないから、お風呂に五日行かないで湯銭貯めたんだって言ってましたよ（笑）。

平井　僕はお金のことはわかりませんけど（笑）。そういうときは、作家仲間が山ほどついて行きましたから。

波乃　そうでしょう。昔はゆったりしてましたね。お金がなくてもあるように見せて、子分連れて歩いて（笑）。借金に追われてたら世話ありませんけど。役者もそう。だから舞台に上がっちゃったほうがいいんです。

平井　舞台に上がってれば、借金取りに囲まれなくていい（笑）。

波乃　松竹の永山（武臣）会長もそうだったみたいですよ。お囃子かなんかの部屋に「頼むから隠してくれ」って（笑）。

平井　借金を踏み倒しても、笑って済まされた時代ですからね。

波乃　新国劇の島田正吾先生から聞いたお話ですが、『国定忠治』の「赤城の山も今宵を限り」って台詞があるでしょ。あんまり赤字続きだったもので、「赤字の山も今宵を限り」なんて言っちゃったって（笑）。みんな苦労したけど、それも笑い話になる。最後には裕福になるから。結局、本物だから残るんですよね。

「モグラのおじさん」の思い出

――久里子さんは、乱歩と直接会われたときのご記憶はおありですか。

波乃　私はね、ほんとうに失礼なんですが、「モグラのおじさんみたい」って（笑）。

平井　そんなところありますね（笑）。いつ頃ですか。

波乃　この写真のとき（一九五一年二月）だと思います。細かくは覚えてないんですが、父がよく乱歩先生の話をしてましたから、「あ、あのモグラのおじさんの話だ」ってつながるわけです、子供心に。先生、パイプを吸ってらした？

平井　パイプは持ってました。吸ってたかもしれないですね。

1951年2月、乱歩が十七代目中村勘三郎邸を訪ねた際に撮った記念写真。前列左から乱歩、波野久枝（勘三郎夫人）、勘三郎、波乃久里子、初夢逢子（『わが夢と真実』より）

波乃　その印象が強くて。外国の方かな、と思ったんだもの。ちょっと日本人離れしてらっしゃるでしょ。

平井　背が高かったですしね。

波乃　今、天知茂さんの『江戸川乱歩の美女シリーズ』をテレビで再放送してますよね。よく拝見してますけど、全然古くない。ちゃんと「今」がある。乱歩先生、その当時としては、ちょっと早かったのかしら。

平井　かなり早かったでしょうね。サブカルという言葉がない頃のサブカルですから。

波乃　日本人が追いつかなかったのかな。

平井　ええ。ただ、戦争中に本が出てない時期が長かったので、読者のほうが飢餓状態だったらしくて。いわゆる仙花紙本なんか山ほど出てますね。もらい損なった分もずいぶんあると思うんですが、終戦直後にはお金はかなり入ったみたいです。それもあって、戦後は書く気を失っちゃったのかもしれません。

波乃　なるほど。新しく書かなくても、そこそこの収入があったから。

平井 まあ、いろんな人のお世話をするのが愉しくてしょうがなかったみたいですね。

波乃 スポンサーみたいに。父もずいぶんお小遣いをいただいたんじゃないかしら（笑）。

平井 銀座からスタートして、ぐるぐる回って最後にゴールデン街で飲んで帰ってくるなんてこともあったらしいですよ。

波乃 そんなにお飲みになったんですか（笑）。

平井 本人は飲まないんです。きわめて弱い。付き合ってるだけなんですよ。

波乃 父もご一緒してたんでしょうね。先生は、うちの母——「あの美しい奥さん」に嫌われそうな悪友、なんて本に書かれてますけど（笑）。父は、ほんとうに「乱歩先生、乱歩先生」って話してましたから、すごく恩義に感じてたんだと思います。大好きでした。

役者も作家も愉しい文士劇

——この応接間を乱歩が増築したのは一九五七年。勘三郎さんもいらっしゃったのでしょうか。

平井 いやあ、どうでしょう。いらしたかもしれませんね。

波乃 ハイカラですてきなお部屋ですね。

平井 ここは初めて自分でつくった部屋なんです。本人もこだわりがあったみたいで。前の家は

日本文藝家協会創立五周年記念「故菊池寛氏追慕の夕」（新橋演舞場、1951年11月17日）での文士劇『鈴ヶ森』で、幡随院長兵衛を演じる乱歩（右）と白井権八役の久保田万太郎（平井家蔵）

借家ですから、五十代で買い取ってるんです。

波乃　大変なご苦労だったんですね。

平井　印税を前借りしたって話です（笑）。

波乃　こんなにすごい方でもお金がなかったんだから、私たちがないのは当たり前だわね（笑）。ほんとうに、いい役者、いい作家ってのは、お金がないですね。

平井　入ったとしても、それだけ使いますしね。

波乃　お茶屋さんを借りきって、半分宴会みたいに文士劇の稽古をなさったんでしょ？（笑）

平井　たくさん仲間がいましたし、文士劇は大好きでしたね。

――新橋演舞場で『鈴ヶ森』を上演したとき（一九五一年十一月）は、二代目市川猿之助（のち初代猿翁）さんが正式な指導にあたっていますが、乱歩は個人的に勘三郎さんに稽古をつけてもらっていた、と。

波乃　（白井）権八が久保田（万太郎）先生って、どんな権八だったのかしら（笑）。乱歩先生の（幡随院）長

探偵作家クラブと捕物作家クラブ共催で行なわれた「黒岩涙香三十三周年記念祭」（三越劇場、1954年4月15日）で、文士劇として『三人吉三廓初買』『天衣紛上野初花』『雪暮夜入谷畦道』を上演。乱歩は『天衣紛上野初花』で河内山宗俊を演じ、風格を見せた（平井家蔵）

兵衛はわかるのよ。でも先生、いい恰好なさってる。……これ、父が教えたんですね。

平井　姿は様になってますよね。

波乃　（『天衣紛上野初花』の）河内山だって、いい形してらっしゃるわねえ。今の役者よりよっぽどいいわ（笑）。すごい。文士劇でも本物ですね。

平井　お金かけてますから（笑）。

波乃　もともと持ってらっしゃる素養がおありになる。昔の文士劇はおもしろかった。私たちの代は、有吉（佐和子）先生と平岩（弓枝）先生の『修禅寺物語』（岡本綺堂作）でした。有吉先生が夜叉王の娘かつら、平岩先生は妹のかえで。父が教えたのかな。有吉先生はお上手でした。本格的でしたよ。

——有吉先生は書かれる作品も芸道物が多いですし。

波乃　だから、ご自分も役者になったような気分だったのかも。おもしろがってましたよ、父は。文士劇って愉しいんですよ。ほんとうのお座興。ひとつの道楽でしょう？

平井 道楽以外の何物でもないですよね。

波乃 そうそう。だから、道楽に付き合ってお小遣いもらえて、こんなに愉しいことないじゃない（笑）。

平井 作家のほうはストレス発散でしょう、あれは（笑）。

波乃 うまくなくたっていいんですもの。だいたい褒めてくれるんですから。

平井 失敗しても笑って済みますから。むしろ、へたなほうが受ける。

波乃 野次のほうが大きくて、せりふが聞こえなかったとか（笑）。そういう人間の機微を乱歩先生はわかってらしたのねえ。

乱歩が流行らせた？ 文壇バーになった「うさぎ」

――お父様と乱歩について、印象に残る思い出はおありですか。

波乃 私が十歳のとき、父が大病を患って、一年近く慶應病院に入院してた時期がありましてね。

――一九五五年十一月、歌舞伎座にご出演でした。当時半蔵門にお住まいでしたが、ちょうど麹町にご自宅を新築される建前の日に体調を崩された。

波乃 そうなんです。それで収入が途絶えてしまってね。母は、私と二人の妹と、産まれてまもない弟（十八代目勘三郎）にいい着物を着せて……ガス栓を捻って死のうかと思いつめたそうです。でも役者だから、二間続きみたいないい病室をとっちゃって、そこに一週間に一遍、借金とりが来たんですって。

平井 病院にまで押しかけてくるわけですね。

波乃 それで、母はどうせ死ぬなら何か商売をしようと思い立ち、父がウイスキーのオールドパーをためていたものですから、借金をして銀座に四畳半くらいの土地を買って、オールドパーしか置かない「うさぎ」というバーを開いたんです。そのお店に乱歩先生がずいぶん通ってくださった。

平井 ああ、その話は祖母に聞きました。作家仲間とか、お客さんを連れてったんですね。

波乃 おかげで文壇のバーになって。乱歩先生が流行らせてくださったわけです。母は商魂たくましくて、最後は、新橋演舞場の前にあった日産自動車本社ビルの地下に六十坪のクラブをつくって、四十人くらいホステスさんを使ってました。大変に繁盛して、笑いが止まらないほど儲かったって（笑）。それも全部、乱歩先生のおかげと母から聞いてます。

平井 僕は当時、小学生以下ですから、さすがに話を聞いてるだけで。祖母としても焼きもち半分なわけです、そういうとこは（笑）。

波乃 でも、奥様たちもお見えになってた？

平井 けっこうみんな連れて行ってたようですね。

波乃　最初の店のあと、四畳半から少し大きくなって二階もある普通のバーで、バーテンさんも使ってたんですが、麹町の家を設計してくださった吉田五十八さんが、それを移築して応接間にしたんです。だから、家に入るとバーがあったんです。靴で入れるお家にして。父は堂々と靴のまま上がるのに、私たちは絶対にダメ。母が「みんな脱いで！」って言うの（笑）。父はアメリカナイズされてたから、先生の感化かもしれません。

平井　こういう洋室がつくりたくてしょうがなかったくらいですからね。

波乃　父もそう。だから、うちは畳の部屋がなかったんです。一部屋だけお稽古場があるくらいで。まず、チャップリンに憧れてました。先生と外国の映画の話ばかりしてたんじゃないかしら。ともかく外国が好き。

——吉田五十八さんが大いに張りきって、工期は遅れ、工費もかさんだとか。

波乃　イギリス風のすばらしい家でしたけど、住みにくくて（笑）。今の小日向に落ち着くまで、私が物心ついてから十六回越しました。引っ越したその日に、家の者が学校に迎えに来て、「久里子さま、あの、家が変わりました」なんてこともありました（笑）。

平井　祖父も池袋に来るまで四十六回引っ越していますが、十六回というのも多いですね。

波乃　方除けのための仮越しで、建てたのは三回くらいですけどね。魚屋さんの上にいたこともあって、そこで下の妹が亡くなったんです。（二代目中村）吉右衛門兄さんが「おじさん、こんな家に住んで……」って泣いてらして。でも、それも方除けのためで、何しろ父が信心深くて。先生は？

平井 祖父は全然。信仰には関心がなかった。

波乃 父は大変に神頼みしてました。まずはお不動様。（初代中村）吉右衛門のおじちゃまがそうだったみたいですね。で、（六代目尾上）菊五郎のおじいちゃまはまったく気にしない。「戒名なんてつけるな。あれは坊主が儲かるためのものなんだ。お経なんか誰でもいいからうまい役者呼んでこい」って（笑）。だから私もね、甥（六代目中村勘九郎）が映画（『禅ZEN』）で道元禅師の役をやったので、「私が死んだら、あなたお願い」って言ってあるの。それで、従弟の（七代目）清元延寿太夫に『隅田川』を語ってもらうことになってます（笑）。

平井 観客が多くなって大変そうですね（笑）。

乱歩は芝居の見巧者だった

――憲太郎さんも、勘三郎さんのお芝居はご覧になって。

平井 もちろん。でも小学生でしたからねえ。

波乃 この頃はご覧にならないんですか、歌舞伎は。

平井 たまに行かしてもらってます。

波乃 私は癖のように毎月行ってますけど、どうしても父や（六代目中村）歌右衛門のおじちゃまを偲んでしまいます。「盲千人目明千人」って言いますでしょ。乱歩先生は「素人の私には発言権がないのだが」なんて前置きをされていますが、ものすごくいいことを書いてくださってますよ。

――乱歩の「勘三郎に惚れた話」というエッセイですね。

波乃　ええ。乱歩先生がおっしゃるには、父の舞台には余裕があって、六代目菊五郎の余裕によく似てる。それは長所なんだけど、自分が演技をしないで他の人がしゃべってるときに目が遊んで客席を見たりするから、そこは気にしたほうがいい、と。これはすごい指摘だと思いました。ほんとうに父って飽きちゃうんです。

平井　舞台の上でも、ですか？

波乃　ええ。私が観ても、三日か四日ですよ、すごいのは。くたびれちゃうんだって、最初からがんばると（笑）。だから「千穐楽近くに観ておくれよ」って言うんです。それを見てた弟が「それだけはいけない」って、いつでも全力投球してましたね。ともかく父は、いいお客様が来ないとダメ。たとえば、乱歩先生がいると一生懸命にやる。母が行くとしゃんとする（笑）。

平井　奥様は怖い（笑）。

波乃　だから皆が嘘をついて、番頭さんなんかは「今日は奥様見えますよ」って（笑）。すると父は、またそれを探すの。そこにいるって、わかってからやるんです。それ以外もちょろちょろと「誰がいるかな」って見ちゃう（笑）。そういうのを、先生が「あれはいかん」って注意してくださった。

——それだけ乱歩も見巧者というか。

波乃 ほんとうの見巧者でいらっしゃいますね。今、乱歩先生みたいな方がいらしたら違うでしょうね。怖いですよ、そんなこと指摘されたら。「私は素人だけど」って、その意味が深くて怖いですよね。

三島由紀夫脚色の『黒蜥蜴』と初代水谷八重子と美輪明宏

——三島由紀夫脚色の『黒蜥蜴』（サンケイホール、一九六二年三月）は、初代水谷八重子先生が黒蜥蜴役で初演されましたが、当時久里子さんは劇団新派に入られた頃ですか。

波乃 私は十六歳で、八重子先生に弟子としてついていました。忘れられないのが、初日に、芥川（比呂志）さんがライター、八重子先生が煙管を持っていらして、一幕が終わるとき、二人とも手が震えて火がつかないんです。それを見て「こんな名優でも震えるんだ」ってびっくりしました。舞台に立つ怖さを知ってるということですよね。

平井 なるほど。

波乃 田宮二郎さんと大空眞弓さんが出てらしたんですけど、ある日、田宮さんが二時間、部屋から出てらっしゃらなくて。心配してたら、泣きはらしたような顔で出てきたんです。八重子先生に死ぬほど怒られたらしくて。男の人にすごく厳しかった。田宮さんが立派になって、『白い巨塔』なんてすばらしいドラマに出演なさってるのに、「ああ、先生に泣かされてたな、この人」なんて思い出したりしてました（笑）。やっぱりすごい女優だったんです、先生は。

平井　僕も『黒蜥蜴』は何回か観ていますが、ここ四十年くらいで、だいたい美輪（明宏）さんがなさってましたね。

波乃　私も拝見しました。美輪さんの黒蜥蜴はとにかくかっこよかったですね。技術とか芸でみせるのではなく、心から緑川夫人になってしまう。素敵ですよね。作家に好かれそうなタイプ。三島先生なんて惚れたでしょ。乱歩先生はどうだったんでしょうか？

平井　惚れてたと思いますよ。

波乃　美輪さんがシャンソンを歌ってた銀座のお店に父が行って、この人はおもしろいと乱歩先生に紹介したそうですね。

平井　一九五一年頃ですから、祖父が勘三郎さんと知り合ってわりと早い時期ですね。美輪さんご本人がよくおっしゃってますが、初めて会ったとき、美輪さんが「明智さんってどんな人？」と尋ねたら、祖父は「腕を切ったら青い血が流れるような人だ」と。「君の腕を切ったらどんな色が出るんだ」って聞き返すと、「七色の血が出ますよ」と答えて。そんなやりとりがあって、美輪さんをかわいがったらしいですね。

波乃　ああ、私たちは、（三代目市川）猿之助（のち二代目猿翁）さんのことを「切ったら青い血が出てくる」って言ってました。特別な人に対する褒め言葉ですよね。

平井　普通じゃないって意味でね。

波乃　美輪さんは、八重子先生を慕ってらしたから、よく新派をご覧になって、楽屋に見えてたんです。新橋演舞場で私が『日本橋』の清葉をやったとき、「あなたちょっとさ、いくら清葉って貞操観念があっても、男を知らなきゃおかしいじゃないの。あなた、男を知らないでしょ。ダメよ、そんなんじゃ。采女橋に行ってさ、あそこにいる人の誰とでもいいから寝てきなさいよ」なんて（笑）、おもしろいことおっしゃって。

平井　それは美輪さんがおっしゃるんですか。

波乃　はい、私に。だから「いっぱい知ってるのに」って言ったら、「ほんとの恋じゃないでしょ」ですって（笑）。

乱歩からひろがる世界

——勘三郎さんはもちろんですが、乱歩は芝居の周辺との交流が盛んでしたね。

平井　演劇関係の方を推理小説に引っ張り込もうとしてますしね。戸板康二さんに推理小説を書かせたり。

波乃　私、やらせていただきました。戸板先生の作品がテレビドラマになったとき。

平井　名探偵中村雅楽のシリーズですね。お父様が雅楽役で。

波乃　『名探偵雅楽登場　車引殺人事件つづいて鷺娘殺人事件』（テレビ朝日、一九七九年）で、安川田鶴子って犯人役だったんです。それで、父は台本を読まない人なんですよ。書抜きで自分のとこしか読まない。もう大詰めってときに「ねえ、久里子……誰が犯人なんだよ」って（笑）。

平井　（笑）。

波乃　「え？　この人、台本読まないんだ」って。だからわざと「わからない」って答えたんです（笑）。そうすると、そのほうがおもしろいんです。探偵として謎を解いていくには、わかってないほうが。だから、父は知ってて言ってたんじゃないかと思うんですけどね。

平井　いいお話ですねえ。

波乃　父は長谷川伸先生にもかわいがっていただいたんですけど、乱歩先生と共通点はあるんですか？

平井　大衆文芸という点では重なりますが、ジャンルが若干違いますよね。

——昭和の初め、作家の集まりで二人は一緒でした。長谷川伸が何度も乱歩に探偵劇を書くように勧めてるんですね。

波乃　ああ、そうだったんですか。

——結局乱歩は書かないんですが、相当期待していたようです。

平井 文士劇の『鈴ヶ森』に乱歩を推したのも長谷川伸ですからね。

波乃 久保田（万太郎）先生とはどういう感じだったんですか？

平井 久保田万太郎さんにも探偵小説を書くように頼んだけど、書かなかったんでしょうね。「書け」と言わなかった人はいないと思うんです。仲間を増やすのに一生懸命でしたから。

波乃 なるほど。政治家でいらっしゃったのね。

平井 そう。やっぱり徒党を組まないと強くなれない。それもあって、日本探偵作家クラブ（現・日本推理作家協会）をつくりましたし。自分が一生を懸けてやってることがバカにされて、下に見られてるのが悔しくてしょうがなかったらしくて。

波乃 そんなことないのに。今でも知らない人はいないんですもの、江戸川乱歩っていえば。

――図書館には相変わらず全集が並んでますし、ラジオやテレビ、映画、舞台、漫画、アニメなど二次創作が山ほどあって、そこから原作に戻ることも多いでしょうし。

平井 そうですね。二次創作に関しては非常に寛容でしたから。著作権を継承した父も、僕も同じようにやってます。少々のストーリーの改変くらいで乱歩自身は文句を言いませんでしたし。三島さんの『黒蜥蜴』もシチュエーションから全然変わってますが、本人は「自分のよりおもしろい」って言ってたらしいですね。

波乃 すばらしいことをおっしゃる。

平井 『黒蜥蜴』は、小説自体はさほど評判にならず、本人もそんなに自信があるわけでもなかったみたいです。やっぱり三島脚本のレトリックでよくなったんですよね。

波乃 あの方の、宝石を散りばめて転がしたような台詞ね。

平井 だから美輪さんは合ってたんでしょうね。

女優と女方の違い

――八重子先生の『黒蜥蜴』はどのような感じでしたか。

波乃 私は正直あまり好きではなかったんです。三島先生のものではやはり『鹿鳴館』ですね。劇団新派に入ってくださった（河合）雪之丞さんの『黒蜥蜴』（齋藤雅文脚色・演出、三越劇場、二〇一七年六月）は素敵でしたね。あの『黒蜥蜴』は大好きだった。乱歩先生がいらしたら喜ばれたと思う。

――黒蜥蜴という役は、実際に女性である女優が演じるのではなく、女方が虚構としてつくるほうが合うということでしょうか。

波乃 ええ。ああいうものは、女方じゃなきゃ無理なのかも。長谷川伸先生に「どうして先生は女優さんに書かないんですか？」って聞いたら、「そりゃ女方のために書いてるからだよ」って簡単におっしゃったそうですよ。父は感動してましたね。女方しかできないものがあるし、女優しかできないものがある。たとえば、泉鏡花先生の『婦系図』なんかは写実だから女優のほうがいいんじゃないかと思います。『滝の白糸』は女方がいい。虚の部分は女方さんがいいと思います。

――鏡花物のなかでも分かれますよね。

波乃　分かれますね。『日本橋』だってお孝は女方さんがいいと思うし、清葉は女優さんのほうがいい。また、久保田先生の作品だと女優さん向きなのかなと。おもしろいですね、女優と女方って。父のことも米吉時代の女方が印象におありだったようですし、乱歩先生は女方がお好きですよね。

平井　好きだったと思います。

波乃　女方さんのもののほうがいいんでしょう。嘘がつけますもんね。

平井　半分というか、ほぼ全部嘘ですからね。本人も現実感があることを書きたくないというのが頭にあったと思うので。どれも現実感から完全に逃避してますでしょう。

波乃　乱歩先生は華麗ですよね。首が飛んでも動いてみせる世界だから、歌舞伎に近い。

平井　外連味のある世界が好きなんですね。

波乃　先生が生きてらしたら、雪之丞さんを見せてあげたかった。三越劇場だけじゃなくて、日生劇場かどこかでまたやってほしいですね。一部の人からは「『黒蜥蜴』なんてやって……」とか言われたんです。でも、私はああいうのも新派だと思う。それは雪之丞さんが継いでいくべきだと思いますね。作家とのつながりで役者は生きてますから。乱歩先生のものは雪之丞さんが受け持つ、私が久保田先生の樋口一葉ものを受け持つ。そのほうがおもしろいんじゃないかしら。

今の水谷八重子さんは北條秀司先生が合いますよね。みなさん、それぞれに合うものがある。そういうなかで、歌舞伎でも新派でも、乱歩先生の御作を手がけていけたらいいですね。

（二〇二二年六月三十日）

波乃久里子

（なみの　くりこ）

一九四五年神奈川県生まれ。劇団新派所属。父は十七代目中村勘三郎、母は六代目尾上菊五郎の長女久枝。弟は十八代目中村勘三郎。五〇年「十七世中村勘三郎襲名披露新春大歌舞伎」で初舞台。六一年に『婦系図』の妙子役で劇団新派に参加し翌年入団。初代水谷八重子に師事。舞台のみならず映画、テレビといった幅広いジャンルで活躍を続け、芸歴七十年を超えても芝居に対する真摯な姿勢を持ち続けている。二〇二一年に主演した『太夫さん』で劇団新派が令和三年度文化庁芸術祭大賞を受賞した。

平井憲太郎

（ひらい　けんたろう）

一九五〇年東京都豊島区生まれ。株式会社エリエイ代表取締役。日本鉄道模型の会理事長。としまユネスコ協会代表理事。公益財団法人としま未来文化財団評議員。幼時から鉄道、鉄道模型を趣味とし、立教高校在学中の『鉄道ジャーナル』編集アルバイトをきっかけに鉄道趣味書出版の世界に入り、六八年友人と共に写真集『煙』を出版。立教大学卒業後、株式会社エリエイに鉄道出版部門を立ち上げ、七四年より鉄道模型月刊誌『とれいん』を発刊。

乱歩が撮った四代目中村雀右衛門の『鏡獅子』

五代目 中村雀右衛門

interview
jakuemon
nakamura

小学校の制服に惹かれて立教へ

――雀右衛門さんは、小学校から大学まで立教に通われていました。一九六二（昭和三十七）年のご入学ですので、初舞台（歌舞伎座、一九六一年二月）の翌年、立教に入られたことになります。

雀右衛門 昨今のお子様たちは小さい時分から教育が行き届いて、目から鼻に抜けるようなしっかりした方が多いけれども、自分たちの時代――とくに僕はのんびりしておりましたので、ほわっとしている間に大谷廣松という名前を襲名し、ほわっとしている間に小学校に入ったような……。いま思い返すとそんな気がします（笑）。

――お父様のご著書を拝読すると「息子たちを役者にするつもりはなかった」と。「でも役者をやりたいようだ」とも書かれていらっしゃいます。

雀右衛門 当時は実際に子役が必要なことも多かったですし、何せ僕の伯父たちが、十一代目市川團十郎、八代目松本幸四郎（初代白鸚）、二代目尾上松緑でしたから。

――いわゆる高麗屋三兄弟。お母様が七代目松本幸四郎のご息女でいらっしゃった。

雀右衛門 ええ。とくに松緑の伯父には、小さいときから子役としても可愛がってもらった記憶が多く残っています。

――歌舞伎俳優の方で立教ご出身というのは、ちょっと珍しいですね。

雀右衛門　そうですねえ。兄（八代目大谷友右衛門）も高校まで立教なんです。父がどこかで、小学校のグレーの半ズボンにダブルの上着、赤いネクタイでキャップをかぶっているお子さんの姿を見かけたそうで、それが大変かわいらしかったと。だから「自分の息子にはあれを着せたい」という願望で立教に入れさせていただいた、と聞いたことがあります。

――あ、なるほど。小学校の制服から。

雀右衛門　ええ。制服に惹かれたようです（笑）。昔は、松緑の伯父などは「役者なんてのは学校なんか必要ないんだ」というタイプの人でしたし、そういう方も多かった。でも、父は暁星で、学業は大切だと考えていたようですね。ただ、ちょうど僕の襲名と小学校に入るのが近い時期でしたから、その後どうなるかはわからない、本人次第、という気持ちだったのではないかと思います。

映画スターから関西歌舞伎、ふたたび東京へ

――一九五五（昭和三十）年から一九六〇（昭和三十五）年頃まで、お父様は関西歌舞伎にいらっしゃいました。雀右衛門さんの大谷廣松ご襲名と小学校ご入学の前に、拠点を東京に戻されています。

雀右衛門　父は六代目大谷友右衛門の子でしたので、もともとは東京なんです。一九四二（昭和

十七）年に戦争に行きまして、復員したのが一九四六（昭和二十一）年。それ以前は立役でずっと東京におりましたし、戦後帰ってまいりましても、母と結婚したことで、七代目松本幸四郎の舞台に多く出ていましたが、一九四九（昭和二十四）年に七代目幸四郎が身罷りまして。どうしようかというとき、歌舞伎役者が映画に出演する機会が増えていたこともあって、たまたま映画に出るようになったんですね。

——映画デビュー作の『佐々木小次郎』（東宝、一九五〇年）に主演されて大ヒット。戦後は映画スターとして活躍されます。

雀右衛門　当人は歌舞伎役者として歌舞伎をすることが本分だと思っていましたので、映画はいつか抜けたかったようです。ただ、昭和二十年代になりますと、歌舞伎を上演している劇場も多くはありませんでしたし、それこそ（六代目中村）歌右衛門のおじ様や（七代目尾上）梅幸のおじ様、他にも多くの諸先輩方がいらっしゃいましたから、父の出る場所がなかったんですね。

——そこで関西に活動の拠点を移された。

雀右衛門　ええ。（三代目）市川壽海のおじ様が、関西歌舞伎にお声がけくださって、関西でお芝居をメインにさせていただくようになりました。ただ、しだいに関西歌舞伎の状況も変わってまいりまして、本来の東京の舞台に出られるならそうさせていただきたいということで、東京に戻ってきた。それが、僕が小学校に入る前かと思います。そのあと、一九六四（昭和三十九）年に四代目中村雀右衛門という名跡を襲名することになったんですね。

――雀右衛門という名跡も上方の重いお名前で……。

雀右衛門　ええ。三代目が大変すばらしい女方でいらっしゃった。そのご子息が、昭和の初めに東京に修業に見えたとき、父が親しくさせていただきまして。そこから、襲名というご縁につながっていったんです。

――そのとき、雀右衛門さんも、お兄様の八代目大谷友右衛門襲名と同時に七代目中村芝雀を襲名されました。親子三人同時の襲名は歌舞伎界でも最初の事例と、挨拶状で松竹の大谷竹次郎会長が書いています。

雀右衛門　はい。ですので、そのころには、僕も「歌舞伎でやっていこう」と考えていたかもしれないですね。ただ、父としては、あくまでも「自分で好きでやっていくことが大切だから、役者になるかどうかは自分の修業次第」という考えではありました。それは後からつながってくるということだったんじゃないかなという気がいたします。

関西歌舞伎の盛衰

――当時の関西歌舞伎のご記憶はおありですか。

雀右衛門　僕はないんです。先ほども申しましたように、東京がメインでしたので、関西に家はなくて。私が一九五五（昭和三十）年に生まれましたのも、大阪の大野屋旅館という旅館なんです。

ですので、関西にいても、心は東京にあったということだと思います。

――関西と関東の歌舞伎の違いも大きいかと思いますが、だんだん関西歌舞伎が下火になっていってしまった。

雀右衛門　当時、どうしてそういうことになったかについては、いろいろな方にお話を伺っても明確な答えは出てこないんですね。ただ、関西では、先代に似てると褒められるのではなくて、むしろ「あんた、同じことやっててあかんな」とか「工夫が足らんちゃうか」とか言われて、関東だと「お父様に似てきた」とか「師匠に似てきた」ということが褒め言葉になる。そういう文化の違いもあるかもしれません。

――歌舞伎じたい、今のように十二か月間、やっているわけではありませんでした。

雀右衛門　はい。東京でも八か月できればいいような状況でしたので、関西はより厳しい時代に突入していた。と同時に、一九五八（昭和三十三）年には大阪歌舞伎座がなくなって、松尾國三さんの大阪新歌舞伎座に変わってしまいました。そうしたいくつかの要因が重なって、関西のほうが下火になっていったのかもしれませんね。

――関西で活躍していた方々も映画に行かれたり、さまざまな事情で関西で芝居がうまくいかなくなったという時代だった。

雀右衛門　時代に即応するんでしょうね。昔は「俄」みたいなものがありましたし、関西のほうが時流に敏感で、その時代の潮流を採り入れてお芝居も組み立てていましたから。

――それに対して、関東の場合は。

雀右衛門 よく「歌舞伎は『型』ですよね」と言われます。ただ、最近思うのは、「型」というのはたしかにひとつのスタイルではあるけれども、そこにどれだけ真実味や信憑性を加えて、かつ「型」をしていてもリアルに見えるようにするのか。それがとくに関東の場合で、一本調子に言っているのが逆にそれらしく感じられるような手法もあるわけです。一方で、関西の場合は、お客様の、その時々の心をしっかり掴んでいかないといけない。どちらも大切だと思うんですが、そういう違いがある。そういう意味で、関西の方は新しいものを好まれるから、歌舞伎といえば「型」が大事で……ということになると、ちょっとつまらないなと思われてしまうようになったのかもしれないですね。

四代目雀右衛門と乱歩の出会い

――そんな時代の真っ只中に、お父様と乱歩が出会っていました。

雀右衛門 そうなんですね。驚きました。

――二人の初対面と思われる日に、友右衛門時代のお父様から乱歩に贈られた色紙が二枚、残っておりまして、それぞれに「白きコスモス　白日光を　こぼしけり」と「涼しさに　目をほそめたり　三日の月」と俳句が書かれています。

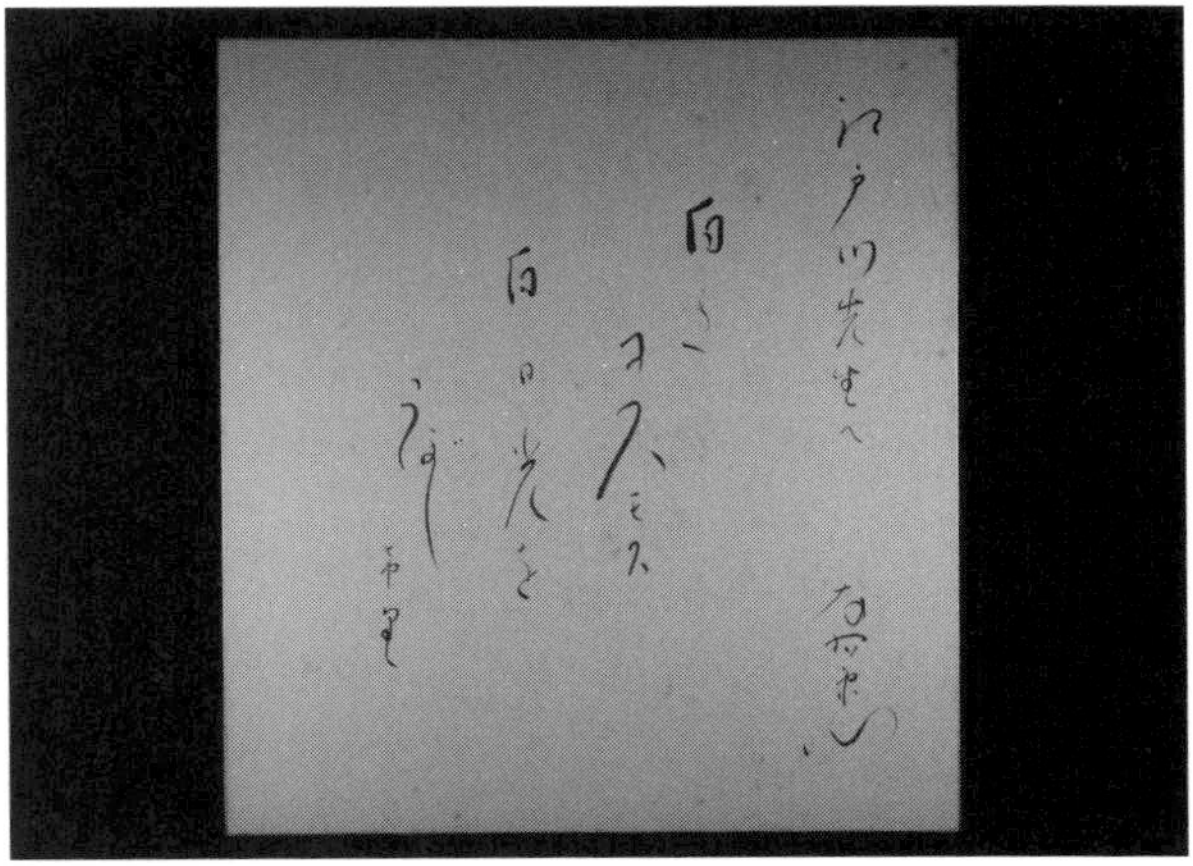

大谷友右衛門時代、乱歩に宛てた色紙（立教大学大衆文化研究センター蔵）

雀右衛門　ああ、父の字ですねえ。

——「白きコスモス〜」の色紙の裏面に乱歩自筆のメモで「昭和三十一年九月十日夜／池ノ端「はやし」にて／大谷友右ヱ門と初対面の折」とあります。それで、もう一枚は「九月十一日」と日付が異なっているのですが、いずれにしましても、一九五六年九月に池之端の「はやし」という待合茶屋で出会ったのは間違いなさそうだ、と。ここはよく乱歩が使っていた店で、十七代目中村勘三郎さんに文士劇の稽古をつけてもらったり、それを口実に宴席をひらいたり。

雀右衛門　ようするに、夜をまたいで飲んだってことですね（笑）。

——（笑）。若き日のお父様の筆跡、美しく流麗でいらっしゃいますね。

雀右衛門　これは友右衛門の頃ですが、雀右衛門になってもこういう筆の運びで、どちらかといえば女性の手に近いのは、昔から変わってないですね。書の手ほどきを受けた先生が女性だったと聞いていますので、女方と意識して、そうしたのかもしれません。色紙をわざわざ二枚も書いておりますから、乱歩先生とのご縁を非常に大切に思っていたんでしょう。

――二人がなぜ、どのように出会ったのかは明らかではないのですが、乱歩が撮影していた十六ミリフィルムに、お父様が『春興鏡獅子』を勤められた際の楽屋でのご様子と舞台の映像がありました。そのフィルムが収められた缶に、乱歩自身が「昭31年・秋」とメモしていて、ちょうど一九五六年九月に、東京の明治座でお父様が『鏡獅子』を勤めていらっしゃいますので「はやし」での初対面と時期が重なります。

雀右衛門 おそらくそうだと思います。そのときの一座がどなただったのかもポイントかもしれません。というのは、興行主から紹介していただくこともあると思いますが、一座の中からご縁ができて、ということもありますから。

――一九五六年九月の明治座は関西歌舞伎で、市川壽海はじめ、尾上菊次郎、嵐吉三郎などの一座。その中でお父様の『鏡獅子』がかかっています。

雀右衛門 それは完全に関西歌舞伎ですね。壽海さんの相手役というと、女方としては父だと思いますので。乱歩先生が、壽海さんと父を見ようと思っていらっしゃったのかもしれないですね。父もそこでご縁をいただいたのかな。

――同じ月の歌舞伎座で十七代目中村勘三郎さんが出演中でした。その二か月前、前年からの大病から復帰されたときに、お父様の『鏡獅子』と同じように、乱歩が撮影した『お祭り』(歌舞伎座、一九五六年七月) の楽屋と舞台映像が残っています。この時期、乱歩が歌舞伎の楽屋や舞台を撮影することに興味をもっていた様子がうかがえますが、お父様と勘三郎さんとのつながりというのは。

雀右衛門 どうだったんでしょうね。当時、基本的に勘三郎さんは吉右衛門劇団にいらっしゃって、それがなくなったあと、勘三郎さんと成駒屋のおじ様 (歌右衛門) と (初代) 白鸚の伯父が、吉右衛門劇団の流れを汲んでやっていましたけれども、それぞれに自分たちの一座みたいなものを考えてらっしゃいましたから。今よりも「一座」の色が強い時代。昔は吉右衛門劇団、菊五郎劇団、幸四郎劇団といった大きな枠組みの中でお芝居をやっていたと思いますけれども、その後になりまして、昭和四十年代くらいから、昼夜に分けて歌舞伎座に出るという形ができていった。そう考えると、勘三郎さんと父との接点はあまりなかったかもしれません。ですので、乱歩先生はいろいろなものをご覧になろうというお気持ちでいらしたのかなという気もいたします。

カラー映像が残っているからわかること

——昭和三十年代のお父様の動く様子をカラーで見られるのも。

雀右衛門 非常に珍しいですね。色目も、父がいろいろなときに言ってくれていた色目と同じように出てましたんで、もっと違った色かと思ったらそうじゃないので安心しました。それもカラーの映像が残っているからこそわかる。

――『鏡獅子』の楽屋や舞台での映像を見ますと、二人はずいぶん近しい関係だったのでしょうか。先ほども申しましたが、すでに親交を深めていた勘三郎さんの、同じように楽屋と舞台を映した映像も残っています。

雀右衛門　乱歩先生が写真や映像がお好きだったということが、基本的におありになったでしょうね。もうひとつは、当時松竹としても、文化人の方には丁寧な対応をしていたことが類推できますので、会社や制作側も歓迎したでしょうし、壽海さんや一座の方たちも「どうぞ、どうぞ」という流れだったのかなとは思います。昭和初めから昭和三十年頃までの楽屋は、女性が入るのは非常に大変だったのですが、お客様は入りやすかったのかもしれません。

――舞台の映像もありますが、客席からカメラを向けるということは当時……。

雀右衛門　昔はできたんですよ。今は著作権や肖像権など、いろいろなことがあっていけないんですけれども。たとえば、父のところによくいらしていたお相撲さんの方はカメラがお好きで、よく客席で写真を撮ってくれていました。ただ、今みたいにオートフォーカスではないので、非常にぼけた写真ではあったんですけど(笑)。

――舞台上で動いている役者を撮るのは難しい。

雀右衛門　ええ。今はデジタルの時代ですから少々暗くても大丈夫ですが、昔のフィルムは暗いと絶対に写らないんです。乱歩先生は、必然的にそんな環境の中で、しかも十六ミリフィルムで撮ってくださっていた。ですので、これだけカラーできれいに撮れたということは、逆に「撮りますよ」という準備があったのではないでしょうか。

――照明もちゃんと当てていないときれいに映らないのではないかと。

雀右衛門　映らない。ですから、これはかなり照明を当ててますよ。これだけ白粉が白く見えて、しかもカラーでこれだけ色が残っているのは、相当明るくしている証拠だと思いますね。

――舞台のほうも、かなり近いところから撮っています。

雀右衛門　望遠ではないですよね。望遠だとオートフォーカスじゃないから、どんどん被写界深度が浅くなってしまうので、後ろと前の「ぼけ」がかなり発生すると思います。でも、この映像は、後ろの背景と映っている人間とがそんなにぼけてない。ということは、それだけ広角のレンズを使っていたんじゃないかな。ただ、当時の広角ですから近いところ。ほとんど花道の前のところで撮ってらっしゃったんでしょうね。ですから、明治座側にも前もって「撮りますよ」って許可をとっていたんじゃないかと思います。

――九月の明治座か、あるいはその翌月に大阪歌舞伎座でも『鏡獅子』をなさっていますので、大阪で撮影した可能性も……。

雀右衛門　可能性としてはありますね。映像に胡蝶が出ているとヒントにはなるんですが、胡蝶も役者がする場合と、そうじゃない場合もありますから、一概には。

――明治座の舞台の前後に知り合って、東京で初対面をしたのか、出会ったあとに大阪まで行ったのか。

雀右衛門 厳密にわかるとおもしろいですね。いずれにしましても、この時期に父が乱歩先生の知遇を得たのは間違いないですし、非常にありがたいことだったと思います。

雀右衛門にとっての『鏡獅子』

――お父様の『鏡獅子』は、昭和三十年代に立て続けに勤めておられる時期がありますが、いわゆる当たり役としては挙がってこない演目です。

雀右衛門 そうですね。あまり勤めてはいないと思います。ただ、やはり『鏡獅子』は六代目尾上菊五郎が得意としていた演目で、父としてもそれを真似たい気持ちがあったのではないでしょうか。父の父にあたる六代目大谷友右衛門は、もともと成駒屋さん（五代目中村歌右衛門）の門弟で、五代目中村東蔵という名前でした。それが、六代目菊五郎に重用されて大谷友右衛門を襲名した経緯もありましたから、父としても当然、六代目菊五郎への敬意があった。同時に、六代目菊五郎の振付師だった六代目藤間勘十郎（二世勘祖）に師事していたことがありまして、直接習ってもいたでしょうし、六代目菊五郎とのご縁もあり、父にとって『鏡獅子』が非常に大切な演目だったことは想像されますね。

――時代が下ると、勤める機会がなくなっていきます。

雀右衛門『鏡獅子』は立役も女方も勤めることができますので、自分は女方であるということから、その後は『英執着獅子』などを主にやるようになっていったんでしょうね。

――映像をご覧になって、いかがでしょうか。断片しかありませんが……。

雀右衛門 若いので身体がよく動いてますね。映像はごく一部で細かい判断は難しいのですが、身体の使い方ですとか、父が『鏡獅子』を教えてくれたときのことを、改めて思い出します。

――雀右衛門さんご自身が『鏡獅子』を勤められることは。

雀右衛門 父の三回忌追善舞踊会（二〇一四年八月）のとき、国立劇場小劇場でさせていただいたことなどはありますが、ひと月やるようなことは、なかなか……。

――お父様も雀右衛門さんも、実際に舞台に出すことは多くないとはいえ、丁寧に教えられた。

雀右衛門 ええ。それだけ自分の思いの中にあったのだろうということと、踊りは身体をどう動かしてよい形に見せるかが重要な要素ですので、教えるのにいい題材だったのかもしれません。たとえば、役者にとって「出」と「引っ込み」が大事だと。獅子を持って弥生が花道を引っ込むところも、当時「本当は体が獅子に引っ張られているんだから、自分が獅子を持って引っ込むんじゃなくて、引っ張られて手が先行するような形に」といった具合で教えてくれたのが、映像を見ると改めて納得しますね。乱歩先生も大事なところは押さえて撮影されているのがわかります。

――なるほど。そう考えると、フィルムの退色も……。

雀右衛門　してないですね。あと先ほども言ったように、照明がいいですね。あれだけの照明をつくるのは大変だと思います。父は一九五〇年代に映画に出ていたので、舞台に戻りましても、ライトに関してはうるさかったんです。スポットライトも「より明るくパッと見えるように」と、よく言っておりました。今はコンピュータでライティングの色はセットできるし、明るく映る装置はありますが、昔はそこまでの機材はなくて、アークライトを使っていたんです。カーボンを合わせて光を発生させる。青白く映るので、スポットで当たるとハレーションを起こして他よりも明るく見えるんです。長谷川一夫さんとか東宝系のお芝居で、アークライトは多く使われていたようですね。アークライトの場合、白粉は白く塗るよりも、ちょっとピンクにしたほうが舞台上では白く見えるんですが、そういうことも細かく気にするようなことはありましたね。

――一九五六年の初対面以降も、お父様と乱歩の交流は続いており、一九六四年の四代目雀右衛門襲名時の案内状が乱歩宛てに届いています。松竹の大谷竹次郎会長をはじめ、襲名委員には錚々たる面々が名を列ねていますね。

雀右衛門　明石屋会の会長となっている藤浦富太郎さんは、東京市会議員も務め、築地の東京中央青果株式会社の社長などもなさって、非常に江戸文化に精通してらっしゃる方ですね。

――父親の藤浦周吉（三周）が三遊亭円朝のいわばパトロンで、その名跡を預かるほどの落語の後援者で、富太郎氏自身もそれを受け継ぎ、各界のパトロンとして、芸能や歌舞伎にも精通した趣味人でいらした。

雀右衛門　はい。いつもお正月になると等々力のお宅に年初のご挨拶に伺っていました。というのも、父が戦争に行っている間、一九四三（昭和十八）年に、祖父の六代目大谷友右衛門が鳥取の地震で亡くなっておりますので、そんなときから大谷宗家の後見者として、友右衛門の名前をこの方が預かっていらっしゃったんです。

立教で学んだ生きる姿勢

――最後に、立教時代の思い出を伺えますか。

雀右衛門　池袋駅の西口を降りると、戦後すぐのヤミ市がありました。そのあとに無理やり建てたような建物がずっと並んでるところを通って、二又交番までやっとたどり着く。そこから小学校が一番遠くにあるので、結構距離があって大変でした。自分が小学校一年のときはまだ木造で、二年生から鉄筋コンクリートに変わりましたんですけれども、最初の頃は給食室みたいなものも廊下から見えた記憶がありますね。それと、変な話ですが、駅から遠いのでお手洗いが……（笑）。我慢して小走りに小学校に行ったことはよく憶えています（笑）。

――ヤミ市のなごりのような場所を、小学校一年生から通われていたわけですが、当時怖さなどはありましたか。

雀右衛門　昭和のバラックというか、長屋の商店街みたいなものが続いてましたが、そんなに怖さを感じたことはなかったですね。帰りは駅まで友だちと一緒に楽しく歩いていました。途中に蛇屋さんとか床屋さんとか、いろんなお店があった記憶はあります。

――蛇屋さんの話は、当時をご存じのいろいろな方から聞きますね。

雀右衛門　僕も、蛇の何を売ってるのかなと思ってたんです。でも、水槽のような丸い容器に入っていたり、マムシ酒みたいなのもありました。結局、滋養強壮のようなものだったんじゃないでしょうか。壺の中でヒルも売ってたんです。ヒルなんて使い物になるのかなと思ってたら、肩こりのときに悪い血を吸わせるんですって。ペット用に売っていたわけじゃないことは間違いない(笑)。

――大学は社会学部でいらっしゃいました。乱歩のご子息である平井隆太郎先生が社会学部の教員でしたので、授業に出られていたのでは……などと思ったのですが。

雀右衛門　それが、自分も大学生くらいになりますと、どうしても舞台に出なければ仕方がないことが増えてきて、なかなか授業を受けることができなかったんです。ただ、社会学部に入って、いろいろな授業を受けられたのはよかったなと思います。

――立教で学ばれて、どんなことが印象に残っておられますか。

雀右衛門　小学校から中学校、高校、大学を通して、学問はもちろんですが、人に対する接し方――ジェントルというか、品よく優しく寛容に、ということは一貫して学ばせてもらった気はします。生きる姿勢の大切さ。キリスト教に根ざしたものかもしれませんが、それだけじゃなく、やはり校風なんじゃないでしょうか。小学校のころに「君たちはＰＴＡ受けがいいね」なんて言われたことがあったんですけど（笑）。言われてみると、そうかもしれない。でも、それがいい方向に働けば、品格をちゃんと持って行動できる人間に育っていく。状況によって変化するのは当然ですけれども、物事を考える根本にそういう心を持っているかどうかは大きな違いかもしれませんね。

（二〇二三年五月二十四日）

中村雀右衛門
（なかむら　じゃくえもん）

一九五五年大阪生まれ。四代目中村雀右衛門の次男。六一年二月歌舞伎座「一口剣」の村の子明石で大谷廣松を名のり初舞台。六四年九月歌舞伎座「妹背山婦女庭訓」のおひろで七代目中村芝雀を襲名。八一年重要無形文化財保持者（総合認定）に認定され、伝統歌舞伎保存会会員となる。二〇一六年三月歌舞伎座で五代目中村雀右衛門を襲名。〇八年に松尾芸能賞優秀賞と日本芸術院賞、一〇年に紫綬褒章、一七年に第二十五回読売演劇大賞優秀男優賞など、受賞・受章多数。

漆芸家・室瀬春二の仕事と乱歩との交流

interview

室瀬和美×室瀬智彌×平井憲太郎

kazumi murose

tomoya murose

kentaro hirai

同じ年に池袋へやってきた漆芸家と小説家

――洋館二階の和室に立派な座卓が置いてあるのが目に入り、平井さんから「室瀬春二さんという漆芸家に頼んでつくってもらった」と伺いました。これまであまり知られていなかった作品ですし、乱歩の趣味や交流の新たな側面が垣間見えると思い、春二さんのご子息で漆芸家の室瀬和美さん、そして和美さんのご子息で同じく漆芸家の智彌さんにお越しいただきました。

和美　お招きいただいて、ありがとうございます。乱歩さんのお生まれは何年ですか。

平井　明治二十七（一八九四）年です。少年時代を日露戦争のイケイケムードで過ごして、青春時代が大正デモクラシーですから、あの時代の空気を体現してる作家だという気はします。

和美　ああ、なるほど。他の分野でも、明治二十年代後半から三十年代に生まれた方は多方面で活躍されてますよね。

平井　春二さんは？

和美　明治四十四（一九一一）年ですから、乱歩さんとは十幾つ違うんです。

平井　もともと東京にいらしたんですか。

和美　輪島（石川県）の出なんです。昭和九（一九三四）年に東京に出てきて、それ以来ずっと池袋に住んでました。

――乱歩が池袋に越してきたのとちょうど同じ年ですね。

和美 そうですか。池袋に住んでから乱歩さんと知り合ったんでしょうね。どなたかが紹介してくれたのかな。

平井 その時期だと、たぶん町会も一緒だったと思います。池袋三丁目。

和美 池袋三丁目って意外と広いんですよね。

平井 だから、何らかの形で交流はあったと思うんです。

和美 きっとそうですね。うちはバス通りを渡って、洞雲寺というお寺のすぐ傍でした。

平井 ほんとにご近所。歩いて五分か十分くらい。

和美 散歩コースだし、私も子どものときは、神学院のグラウンドで遊んでました。この近辺が遊び場だったんです。

――春二さんと乱歩の交流について、以前から平井さんはご存じでしたか。

平井 まったく知らなくて。二〇〇二年頃かな。たまたま智彌君から話があったんです。池袋本町にいらした和美さんのお姉さんですか、早川さんという方のお宅に、齊木（勝好）さんに連れて行かれたんですよ。

――豊島区観光協会の会長などを歴任された、あの齊木さん。

平井 そうそう。そこで「うちの甥っ子が交換留学からちょうど帰ってきたところだ」って聞いてね。そのときはお仕事も全然知らなかったから。

智彌　そうですね。二〇〇一年に交換留学から帰ってきたあと、平井さんとお会いしたんです。
和美　齊木さんも、姉の旦那の早川さんも、みんな立教大学で。
平井　早川さんのご主人と齊木さんが同級生だった。
和美　何かというと、池袋近辺に集まってた（笑）。
平井　当時、祖父の家や蔵を立教に渡す前後だったので、蔵の整理をしてたら、すてきな漆のものがあるなと初めて発見して。よく見たら「室瀬春二」って名刺が入ってた。
和美　なるほど。
平井　ちょうど智彌君から、漆のお仕事をなさってると聞いたので、「ひょっとして関係ある人？　うちに漆のものがあるけど見に来る？」って（笑）。
智彌　それで「祖父です」ということになりまして。父に伝えたら「そうだよ」と。昔、交流があったと知って、びっくりしたんです。
――乱歩の孫である平井さんと、春二さんの孫である智彌さんが出会われた。
和美　そんなところで結びつくなんて思ってもいませんでしたから、私も驚きました。

一台の座卓からはじまる物語

――春二さんやその作品について、平井さんは智彌さんと会ってから改めて知ったという感じでしょうか。

平井　祖父が漆の作品を買ってるなんて知りませんでしたけど、座卓があったことは覚えていて。専門家の方に頼んでつくってもらったという話は祖父から聞いてたんです。けっこう自慢してました。ただ、小学生でしたから、どういう由来かは当然知る由もなく。

和美　その座卓が最初に頼まれたものかもしれません。

――乱歩が春二さんに直接注文した。

平井　大きい座卓をつくりたいという気持ちが、まずあったと思うんです。うちはお客さんが多かったので。

――いつ頃のことかおわかりですか。

平井　昭和三十二、三年かな。洋館の二階の和室ができるときにお願いしたと思うんですけど。

和美　当時、うちは貧乏でしたから、注文をもらえるなんて、もう喜んで持ってきたはず（笑）。私が父にくっついて一緒にお邪魔したのは、小学生の夏休みだった気がします。二階の和室に上がって、窓のところか……廊下だったかな。そこに座卓を置いた記憶があります。

――それは、座卓を納めにいらしたときの。

和美　まだ小さかったので、詳しくは覚えていません。

――乱歩には会われたんでしょうか。

和美　ええ。すごく優しいおじいちゃんでした（笑）。子どもにとってみれば「おじいちゃん」

ですからね。

智彌 自分が読んでいたものとそれを書いた本人ということはつながったんですか。

和美 いやいや、全然。「これあげるよ」って、本をもらったときに「うわ、すごい」と思っただけ(笑)。その場でさらさらっとサインしてくれて。うちはきょうだいが五人いたので五冊、全員分の名前も書いてくださった。それが一番印象に残ってますね。すごく優しい人だった。今でもその本は残っています。

――今日は平井さんのお宅から、いくつか春二さんの作品をお持ちいただきましたが、どれもすてきですね。

和美 これだけのものを購入していただいたというのは、父親にとってすごく嬉しかったはずですよ。売ったものは全部生活費になりましたから。乱歩さんはありがたい方だったと思います。

――乱歩から注文を受けて、ひとつひとつをつくられて、乱歩に納めていった。

和美 ええ。注文されて届けに来るという、そのくり返しです。たぶん細かいことは言われなかったんじゃないかな。「こんなお盆つくって」とか、そういう感じで。模様とか色とかは一切言われずに。

――そのきっかけになったのが、座卓。非常に立派です。

和美 そうですね。これは、色漆をただ塗ったのではなく、乾漆粉を使ってますね。漆を何回か塗り重ねて、乾かしてから砕いて粉にしたものが蒔いてある。だから丈夫なんです。普通に塗ってしまうと、擦ったりしたときにすぐ傷が入るんだけど。そこは父親も工夫して、乱歩さんが使いやすいようにやったと思います。

智彌 色漆の粉も自分でつくってますよね。

和美 全部手づくりだね。「潤色《うるみいろ》」というんですが、本朱って朱の顔料と松煙の黒を混ぜて色をつくるんです。濃いめにするか、明るめにするかは作家の感覚しだい。それを粉にしていくのは、非常に大変な作業なんですよね。

智彌 まずガラス板みたいなものに漆を塗って、それを剝がしてから粉に砕く。

和美 ガラスには漆がくっつかないから、ガラスに全面的に二度くらい塗る。で、それが乾いたら剝がす。水に漬けると、ガラスだから剝がれるので。それを薬研で全部粉にして……。私もよく手伝いました。

智彌 で、粉にしたのを篩にかけて粒を揃えて、それを均等になるように蒔くわけですよね。

和美 その上から、同じ色の漆をまた塗って、研いで、平らにするんです。そうすると、粉の粒子が硬いので、普通に塗るより傷つきにくい。でも、色漆の粉を、これだけの大きさの座卓の全面に均等に蒔くのは大変です。これはかなり手間暇かけた座卓ですね。

——実際、乱歩はこの座卓も使われていたんですか。

平井 ほぼ使えなかったんじゃないかな。その後、祖父が二階に上がれなくなって、お客さんは、ほぼ一階の応接間でお相手してましたから。畳に座るのもつらくなっただろうし。

和美 そういう意味では、そんなに使い込んでないですよね。ちょっと繕ったほうがいいところもあるけれど、とてもいい状態で残ってます。

ものに対する作家の姿勢

――春二さんは、ご自宅で仕事をしてらしたんですか。

和美 そうですね。

――この座卓も。

和美 ええ。ひとつ「面」があるだけで大変なんです。これは、天板の角のところが少し斜めになってるでしょう。普通は真っすぐにしちゃいますよ。

平井 色も変えてますしね。

和美 このアクセントがあるだけで、仕事は数倍増える。シンプルなのに、じつは細かいところにかなり細かく手をかけてるんだ。これ、補強のための麻布が下に張ってあって、上から全部、それが埋まるまで下地を付けて、真っ平らにしてから仕上げていくんです。そういう手間暇をかけてるから長持ちするんです。

平井 けっして保存環境はよくなかったし、六十年以上も経ってるのに、きれいですよね。

和美 直射日光が当たると変色しちゃうんだけど。でも、ほんとにいい。これだけしっかり残ってるのはすごいです。

智彌　一人でやってたんですか、これ。

和美　一人だよ。あの人、何でも一人でやるから。

智彌　これだけ大きいのを……。よく一人で、ここまで仕上げますね。

和美　すごく時間も手間もかかる。

智彌　生活の営みというか、作家としての営みだったとは思うんですが、出来合いのものじゃない、その作家ならではの個性を感じます。

和美　こういう模様のない無地のテーブルでも、ちゃんと個性出すんだからね。どの作家もそうでしたけど、戦争前後は日展への出品がメインだったので、そのために作品が大きいんです。だから、当時の作家はみんな当たり前のように、毎年毎年、大きいものをつくってたので、そのこと自体はそんなに苦じゃなかったでしょうね。

智彌　今は小さいのをつくっちゃうので「どうしてこんな大きいものを」と思うけど。

和美　あと、平らなものを平らに仕上げるのは難しいんですよ。だいたい輪島でも、平らっぽく見せるだけで、歪んでますから。砥石できれいに研がないと、こんなに平らには仕上がらない。今はみんな耐水ペーパーで研いじゃうので、平らにならない。簡単そうで、できないんだ。

智彌　乾漆粉を使うのは、普通に塗るのとは違いますよね。研ぐというプロセスが必要になってくるので。

和美　粒子が均等に研ぎつかないといけないから、下が平らじゃないと、蒔いた乾漆粉が取れちゃうんです。だから、この座卓はシンプルだけど業物だよね。ひとつひとつに手を抜かない。やっぱり春二さんの姿勢だな、ものに対する。

智彌　姿勢……そうですね。この平らさはほんとにすごい。

和美　わざわざ粒子を揃えて。艶があるようで落ち着いている。この質感が独特ですね。これは漆じゃないと出ないから。使い勝手がいい分、作業は大変だけど。すごいものをつくったと思います。これだけ大きいものは、ほんとうに今ではつくれません。まず「風呂」が入らない。

智彌　そうですね。屋外で何か工夫するしかないです。

和美　「漆風呂」といって、漆の場合、湿度が高くないと固まらないので、湿度の高い戸棚に本来入れるわけです。この大きさだと、そんな戸棚はないから。

平井　部屋ごとやるわけですね。やかんにお湯沸かしたりして。

和美　冬なんかそう。昔は鍋に、ストーブでお湯を沸かして、水蒸気を出して、部屋も風呂の湿度も上げるわけ。それで、ただ蒸発させるのはもったいないから、大根切ったのを鍋に入れとくんです。朝入れとくと、夕方までにとろとろになってる。で、味噌つけて食べるのが、風呂吹き大根（笑）。漆からきた用語なの。一説によると、ですけど（笑）。

漆芸家・室瀬春二の世界

――乱歩が注文した春二さんの他の作品についても伺えればと思いますが、これは「あじさい文漆丸額盆」と箱書きがありまして、紫陽花をあしらったきれいなお盆です。

和美 実際に使うんじゃなくて、たぶん額立てに飾るためにつくった盆だと思います。戦争の前後は、金を買える経済状況ではなかったので、金は必要最小限のところで使って、あとは、先ほどお話しした、乾漆粉という色漆を上手に使っていたんですね。父親だけじゃなくて、当時の漆の作家はほとんど、代替可能な材料を探して、それをいかにうまく使うかをベースにした表現を模索していました。

――材料を工夫して、とにかく作品をつくっていく。

和美 ええ。そういう思いが強い。この盆も乾漆粉ですね。色漆を使うことで、むしろ色彩的にも華やかになっています。春二の材料や道具って、それこそ乱歩さんじゃないけど、箱の中に山積みになっていて、いろんな色の乾漆粉をつくるんですよ。百やそこらじゃ終わらないくらいの種類の色を混ぜては、それを粉にしていって。この盆の紫陽花なら、ちょっと青みがかった黄色のものを蒔いたり、白い漆を使ったり。銀も少し蒔いてる。この縁の部分を「つば」っていうんですけど、つばのところに筋を二本入れるだけで、大変な手間なんですよね。でも、いいアクセントになるんです。

智彌 印象が全然変わりますよね。

和美 今の人だったら、ここまでしない。

智彌 あえてしんどいことは……と。

――こちらはカフスボタンでしょうか。「金地沈金能面 漆手釦」と箱書きが。

和美 おもしろい技法ですね。まわりの部分は金具だけど、中の部分は木地かな。

智彌 後ろに金具が嵌まっていますが、枠に木を嵌めてつくったのかもしれません。軽いですし。これは、金字の面を彫っていく沈金を応用した特殊な技法ですね。

和美 般若の能面が彫ってある。こんな小さいところをよく彫るよね。

智彌 ええ。こういう手法にこだわってた時代だったんでしょうね。

和美 ほんとうに、この人は細かい、厳密な人だった。この蒔絵粉は青金ですね。十八金なので、明るい金地になるんですが、青金の場合は銀が二十%入ってるから、そのぶん、時間が経つとちょっと黒くなる。磨けば元の金色が出ます。すごい技術ですよ。

――白漆の「とんぼ乃図 飾小筥」も非常に美しいです。

和美 オハグロトンボは盛り上げています。

智彌 盛り上がっていますね。漆の、天面の繊細さと側面の力強さのコントラストが、すごく効いてる。トンボのところがぺったりしてたら、ちょっと弱いですから。

和美　素材の使い方が上手。こういう画面のなかで、日本画のような雰囲気をどう表現していくか。蒔いて絵にするから「蒔絵」なんだけど、父親の場合は、蒔絵の技術と、最後に刃物で彫ってアクセントを付ける「沈金」という技術と、この二つを巧みに使って表現していました。その代表的な作品が、この「飾小筥」ですね。下の波のところを最後に彫っていくんだけど、順番に濃い青い漆を塗って、その上に徐々に淡い白と青を混ぜて色を調整しながら……たぶん十回前後は塗ってると思います。それで、最後に白を塗るんです。それを磨いて仕上げてから波線を刃物で彫っていくと、彫り口から、その下に塗った色漆の断層が見えてくる。そういう技法を使ってます。

――非常に手間のかかる、複雑なお仕事に思えます。

和美　ほんとうに巧みな仕事。まさに「刃物で絵を描く」という感じですね。これは我々にはできない。我々は「筆で描く」ことを教わってるので、刃物で模様をつくっていくというのは、春二さん独特の世界です。

――時代のというよりも、作家としての。

和美　そうです。だから、色漆という素材を、どう生かして表現していくかということに加えて、その技をうまく組み合わせることで、全然違うバリエーションをつくっていく。今の作家はこんなことやらないですよ。やれないというか。

智彌　わが家にも祖父の作品は何点か残ってるんですが、現代にはない無骨さだったり、繊細なんだけれど、繊細さと無骨さが同居してるような……あの時代特有の厳しさといいますか、求道的な雰囲気を感じます。

和美　厳しいよね。

智彌　ほんとうに厳しいです、仕事の内容としては。でも、小さく収まってない。荒っぽいところは意図的に荒っぽかったりするんです。これ(飾小筥)の波模様なんか、一刀で彫っていくので、刃物の勢いで全部決まってしまう。その線の一本一本の厳しさ。絶対に後戻りできない。祖父はもともと彫るほうからキャリアをスタートしてるので、筆を持つより刃物を持つほうが得意だったでしょうし、基礎を訓練されているからこそできる表現だと思いますね。

「作家」同士の共鳴する時間

――春二さんと乱歩は、どのように交流を育まれていたのでしょうか。

和美　たぶん乱歩さんと同じくらいの時期に、父親も狭心症をやって倒れたんです。

平井　昭和三十年代?

和美　私が小学校四年生のときだから、昭和三十五(一九六〇)年かな。そこから三年は寝込んでしまって。今なら狭心症なんてすぐに治るけど、当時はいい薬がなかったから長引いて、完全に回復するまで四、五年かかった。中学二年生のときに少しずつ戻ってきて、仕事を手伝うようになったんです。それ以降の作品はまったく雰囲気が違うので、これらはすべて倒れる前の仕事ですね。

平井 祖父も昭和三十年代後半に体調を悪くしました。

和美 近い時期ですよね。だから、もしかすると、お互いに体を悪くしたこともあって、交流が途絶えたのかもしれません。戦後から昭和三十年代の初めまでが、行き来させていただいた時期だと思います。

――改めて智彌さんがみる春二さんの作品は、どんな印象ですか。

智彌 独特ですよね。時代を感じる部分もありますし、華やかって感じでもない。

和美 そう。渋いよね。

智彌 作品としては渋いのが多いんですけど。独自の美意識が見えるな、と。

和美 名前がなくても春二さんの作品ってわかるからおもしろいよね。やっぱり「作家」ってすごいと思う。

平井 「作家」と呼べるのは、そういう人たちなんでしょうね。

和美 名前があるからその人を特定するんじゃなくて、ものを見れば「この人の作品だ」ってわかるのが、作家の仕事。個性って必ず出てくるんです。そういうところを気に入ってくれて、乱歩さんは父を呼んでくれたんじゃないかな。納めてすぐに帰ればいいのに、一時間や二時間、ずっと話してた。私は小さかったから、時間を持て余してね。「そっちで遊んで来い」とか言われて(笑)。二人でいろんな話をしてたんだと思います。

平井 当時、こういうものに凝ってたんです。骨董品も含めて。もとから嫌いではなかったはずですけど、資金的に余裕ができたのも大きいでしょうね。いちばん大きかったのが「少年探偵団」シリーズのお金(笑)。

和美 なるほど(笑)。

平井 だから、いろんな美術工芸品を買っていました。軸もあったし。でも、焼き物とかはそんなに種類もなかったかな。春二さんとのお付き合いも、たまたまご近所だったから始まったのかもしれませんね。池袋の作家のものを普通の人が買うなんて、とっかかりは少ないと思うから。漆なら輪島とかにいくじゃないですか。

和美 そうですね。あと、当時の池袋から千早町界隈にかけて、池袋モンパルナスじゃないけど、美術に携わる人がたくさんいて、漆をやってる人もいたんです。その中で、乱歩さんがなぜか春二さんを好いてくれたのは、きっと気が合ったんでしょう。他の作家でも構わなかったはずなので。

平井 たしかに。思いきりのよさみたいなところは、話が合ったかもしれない。

和美 そんな気がします。分野を問わず、いわゆるプロの姿勢が好きだったんでしょうね。ものづくり同士で気が合って、会話が弾んだから、何時間も帰らないで、ずっといたんだと思う。普通、納めたら長居しないで、そのまま帰ってくればいいんだから(笑)。

平井　お互いに、ですよね。作家も話し相手がほしいと思うんです。孤独な人同士ですもんね。だから、息が合う人をいつも探してるんじゃないかな。

和美　でも、そこでほんとうに共鳴できる人って、意外といないんです。乱歩さんも執筆される仲間は大勢いたでしょうけれど、何十人、何百人と話ができるわけないし、親しく付き合ってる方は数少ないと思うし。

平井　それはそうですね。

和美　でも、乱歩さんが漆のものをこれだけ好いてくださっていたのは驚きです。座卓のイメージしかなかったので。

——乱歩との付き合いは、春二さんにとってどんな時間だったのでしょうか。

和美　春二さん、その頃は四十代。乱歩さんは六十代かな。当時は、時間をかけてつくれた時代でもあるんでしょう。頼んでから、二年や三年、平気で待ってる。「まだか」なんて催促はしないで。「たまにはお茶を飲みに来ませんか」くらいでしょうね。

平井　まったくそのとおり。お茶飲みながら「ここまで進みました」みたいな（笑）。

和美　その代わり、めちゃくちゃ貧乏だったんですよね。

智彌　それはもうしょうがない。でも、こうやって残るのは大きい。いいものを見せてもらいました。ちゃんと繕ってあげて。

智彌　そうですね。本格的に繕ってあげたいところもありますので。

漆芸家・室瀬春二作品

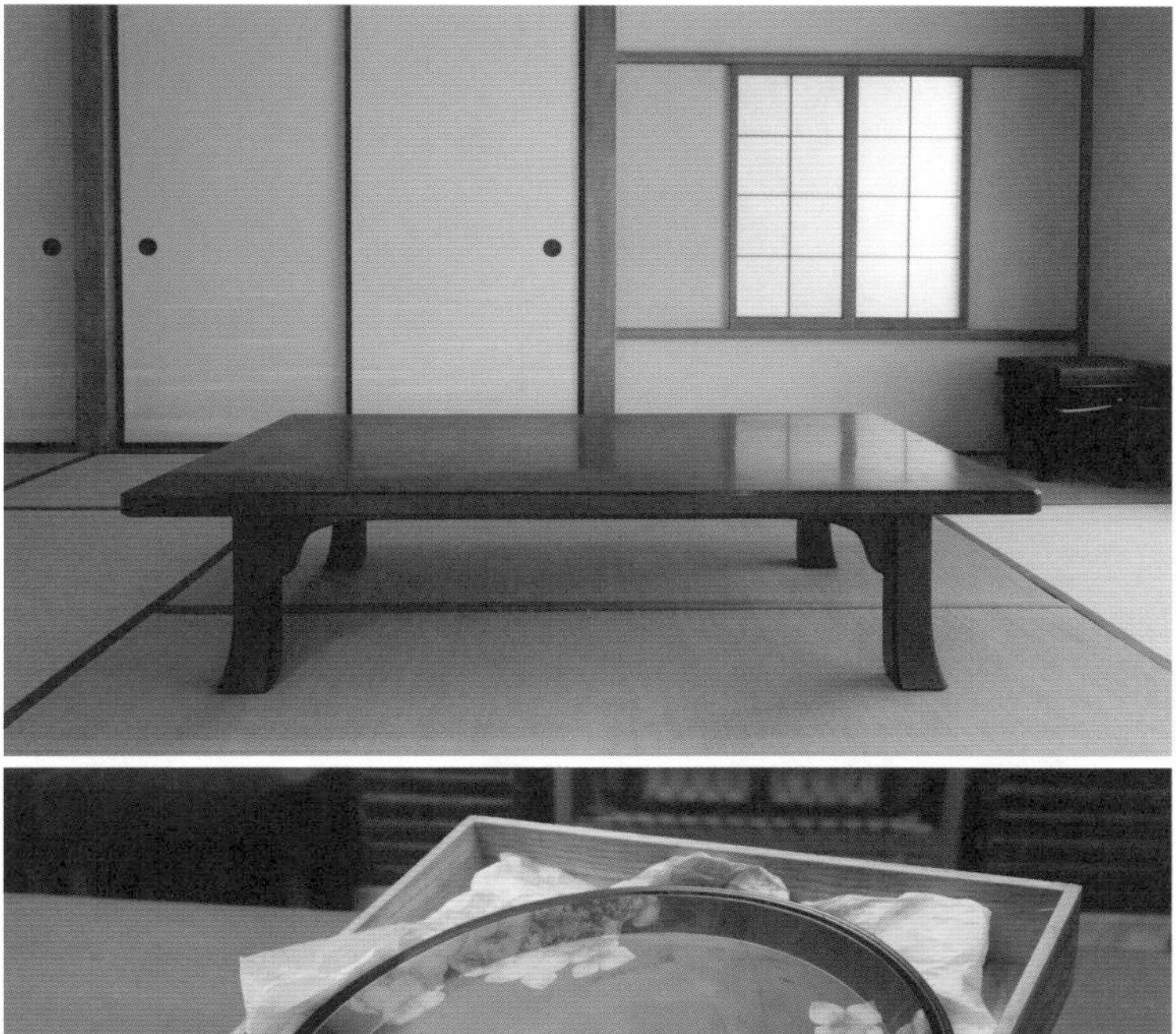

上／座卓（立教大学大衆文化研究センター蔵） 下／あじさい文 漆丸額盆（平井家蔵）

漆芸家・室瀬春二作品

左／とんぼ乃図 飾小筥　右／金地沈金能面 漆手釦（いずれも平井家蔵）

五代目中村雀右衛門インタビューより

1956年に乱歩が撮影した七代目大友友右衛門の16ミリフィルム映像
（立教大学大衆文化研究センター蔵）

和美　どこかに陳列しておいてもいいと思います。それに耐えられるものですよ。

うるし三代、つながる縁

——智彌さんと平井さんが出会ってから、もう二十年くらい経ちますか。

平井　二十年以上になると思う。

和美　あっという間だ。

智彌　ほんとにしょうもない学生だったんですけど(笑)、かわいがっていただいて、よくしていただいて。それで今があるので、応えられるようにがんばらなきゃというのは、いつもモチベーションになっています。

——乱歩が春二さんと交流を持って、ある意味では支えていた部分もあったと思いますが、そのお孫さん同士がこうして……。

平井　付き合いがあるのも不思議だよね。

和美　ありがたいです。ご縁を感じます。それに、こういう時代のものを、きちっと次の世代へ残していただけるのは、すごく大事なこと。

智彌　七歳くらいのときに祖父は亡くなっているので、それなりにものがわかった状態で対話をした記憶がないんです。いま思えば、どんなことを考えていたんだろうとか、どんな人生だったんだろうと想像しますし、話を聞いてみたいと思いますけれども。

平井　僕も祖父とは同じような関係でした。小学生の孫にとっては、やっぱり「お祖父ちゃん」ですよね。

智彌　ええ。ただ、ものが残っていることで感じるものがあります。私自身、平井さんとお会いした頃は、この仕事をするつもりはなくて、違うことをやろうと思ってたんです。それが結果的に同じ仕事をすることになった。そうすると、祖父の作品を見たときに、その人となりとか、その熱量までも感じられるのがおもしろいというか。

――作品を通して間接的に対話ができるような。

智彌　そういう形で、亡くなった祖父とコミュニケーションがとれるのは不思議な感覚ですが。

和美　作品って、模様なんかなくても、ちゃんとメッセージ性が出てくるから。

平井　だいぶ残ってるんですか、春二さんの作品は。

和美　そんなに残ってません。それこそ生活費になってしまったので。春二さんの遺作展をやったときは、半分以上が借りてきたもので、自宅にあるものは、数えるほどだよね。

智彌　ほんとに数点です。

和美　それも晩年のだけで。若いときのものは我々が食べちゃいました（笑）。

平井　お米になっちゃった（笑）。

和美　全部、作品は買っていただいて、それが生活費になった。昭和二十年代とか三十年代は、日展で特選をとると、その副賞で家族七人、半年はご飯食べられましたから。今はひと月も食べられない。それだけ、昔は評価を知ってたんです。

平井 ちゃんと買う人がいたんですね。

和美 最終的に買ってくれる人がいるから成り立ってる。そうでなきゃ、自分たちが仕事に没頭できませんから。そういう意味では、いま日本の文化はつらいところにあります。

平井 こういうのを持ってるのが、楽しくていいことだって広められればね。

和美 ほんとうにそう思う。やっぱり息子たちの世代が、作品を買ってもらいながら育っていくような社会の風潮がつくれるといいんです。そうでないと、一生懸命つくっても、生活ができなければ離れていってしまう。春二さんの時代は、いろんなところにスポンサーがいましたから。つくるほうもそれは大変だったけど、買ってくれる人、お金を出してくれる人がいた時代ですね。

平井 いい趣味だと思いますけどね。飾ってよし、使ってよし。とくに漆に関しては、年月が経っても当時のまま生き続ける。

和美 そうです。漆の作品なんて、大小取り交ぜても一生かかって千点はできない。多くても数百点だよね。

智彌 そうですね。

和美 だから、数百点つくって、数百人に一人一点ずつ買ってもらえたらいいんです。スポンサーが百人いたら、絶対にみんな食べていける。経済は手段であって、文化、心の豊かさが大事ですよ。見て、愛でて、使って楽しい文化を、日本はもう一度ちゃんと取り戻してもらいたい。そういう意味では、乱歩さんも春二さんも、ほんとうに純粋に生きられた時代の人だと改めて思いますね。

（二〇二三年七月二十五日）

室瀬和美
（むろせ　かずみ）

一九五〇年東京都生まれ。漆芸家。父は漆芸家の室瀬春二。七六年、東京藝術大学大学院美術研究科漆芸専攻修了。国内外の展覧会に作品を発表するとともに漆芸文化財保存に携わり、金比羅宮天井画復元、琉球古楽器復元など失われた技法の復活につとめ、正倉院宝物の分析でも功績を残す。九一年、目白漆芸文化財研究所開設。九六年、国宝「梅蒔絵手箱」（三嶋大社蔵）復元模造制作（〜九八年）。二〇〇八年、重要無形文化財「蒔絵」保持者（人間国宝）認定、紫綬褒章受章。二一年、旭日小綬章受章。著書に『漆の文化』（角川選書）、『室瀬和美作品集』（新潮社図書編集室）。

室瀬智彌
（むろせ　ともや）

一九八二年東京都生まれ。漆芸家。目白漆芸文化財研究所代表。父は室瀬和美。二〇〇〇〜〇一年、国際ロータリー青少年交換プログラムにてフィンランドへ留学。〇六年、早稲田大学政治経済学部政治学科卒業。〇八年、石川県立輪島漆芸技術研修所専修科卒業。漆芸家・小森邦衞氏に師事。一三年、フィンランド・ヘルシンキにて「Urushi by Tokanokai展」開催。一七年、第三十四回日本伝統漆芸展新人賞、第六十四回日本伝統工芸展新人賞受賞。

平井憲太郎
（ひらい　けんたろう）

※49頁参照

怪人二十面相に心を寄せてしまう

レ・ロマネスク TOBI

interview
Les Romanesques
TOBI

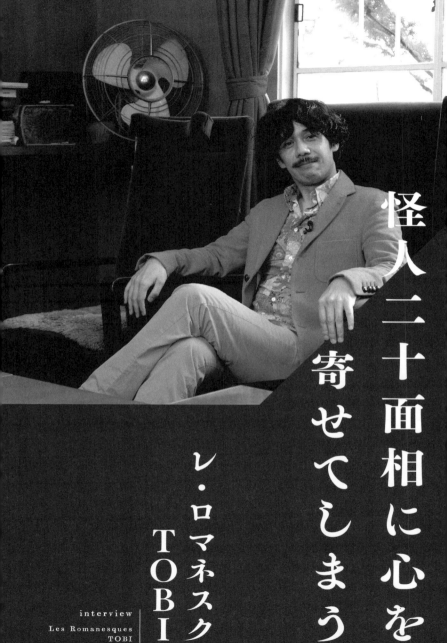

怪人二十面相への思い

——二〇〇〇年にパリで結成されたレ・ロマネスクは、パリコレでライブをおこない、第八回パリシネマ国際映画祭ではジェーン・フォンダ、パリ市長とともに広報大使を務めるなど「フランスでいちばん有名な日本人」として世界を席巻しました。帰国後も多方面でご活躍です。そんなTOBIさんは乱歩がお好きと伺いましたが、乱歩邸のことは……。

TOBI　いや、知らなかったですね。練馬に住んでいたことがあって、仕事場が大塚だったんですね。あとは、池袋の職安によく行っていたので(笑)、職安と自宅をつなぐ道として原付でよく通ってたんですけど、ここにはたどり着かなかった。まさか乱歩が住んでいたとは。

——ようやくお越しいただけて。

TOBI　そうですね。やっと来られました。これからは、ちょくちょく寄らせていただきたいと思います。

——ぜひいらしてください。初めていらっしゃった印象はいかがですか。

TOBI　親戚のおじさん家に来たような気持ちで。やっぱり生活されていた感じがありますよね。資料館のような人が住んでいない場所ではなく、「自宅」という雰囲気がそのまま残っていて、当時乱歩が本当に住んでいたんだ、という感覚がわかる。庭の雑草を見ても感慨が……雑草を見る目が変わりますよね。踏んじゃいけないかな、とか。石も踏んじゃいけないかなと思って、さっきもつま先立ちで歩いてきました（笑）。

――庭を歩けない（笑）。

TOBI 歩けません。土蔵も拝見しましたけれど、あそこだけで、ものすごい博物館ですね。

――ちなみに、ＴＯＢＩさんの乱歩との出会いというのは。

TOBI 小学校三年生のときですね。おそらく御多分に漏れず、学校の図書室にあったポプラ社の少年探偵団シリーズを読みはじめたのがきっかけですね。

――少年だったＴＯＢＩさんにとって乱歩作品は、どんなものでしたか。

TOBI 広島で暮らしていたので、小説に銀座とかよく出てくるんですけど、憧れの土地ですよね。乱歩の描く東京が現実の東京だと勘違いして……というか、空想していました。実際に上京してみたら全然違ったんですけど（笑）。

――乱歩作品のどんなところに惹かれたのでしょうか。

TOBI 少年探偵団シリーズをずっと読んでいくうちに、だんだん怪人二十面相に心を寄せていくようになったんです。明智小五郎は、必ず大金をもらって、お仕事を引き受けるわけですよね。だから、怪人二十面相は「お前のところに行って何かを盗む」みたいな予告状を出さなきゃいいんじゃないかと思って。あれを出すから、みんなお金を明智側に渡すわけじゃないですか。

――そうですね。

TOBI　小林少年に女装とかさせて。明智は。

——お手伝いさんの格好とか。

TOBI　そう。それで「綺麗になったな」とか言うんですよ。で、小林少年がバイクとか車を運転したり、ピストルを撃ったり、だいぶ乱暴者、悪《ワル》なんです（笑）。

——いろんなことやらされて。

TOBI　明智は相当なお金をもらって、小林少年にいいドレスとかいい化粧品を買ってるんだろうなと（笑）。で、怪人二十面相は、きっと捕まってる。執行猶予がついたとしても刑罰は科されてるはずなので。これだけやるとね。

——そうですよね。

TOBI　そうすると、出てきた途端に……あの人、すごい変装するじゃないですか。変装の種類もどんどん変わっていくし。郵便ポストにまで変身して。明智は気づかないんですが、普通気づくだろうと思いますよね。巨大カブトムシとか（笑）。宇宙人とか魔人とか、変装の種類が半端じゃない。アイデアがすごいですよ。だから、そっちのほうにワクワクしてたんです。で、本名は遠藤平吉さんじゃないですか。だから「遠藤さん、がんばれ！」って、いつも思ってました。

——ああ、なるほど。

TOBI　読み進めるほど、遠藤側に自分は立っていることに気づいて。だから「明智が来てるよ！」って教えてあげたかった（笑）。

――本人は気づいていないけれど。

TOBI　こちらからすれば、「志村、後ろ！　後ろ！」みたいな感じ（笑）。「ほら、危ない！　明智がいるよ！　後ろ！」って本当に言いたかったですけど。

――思いきり怪人二十面相側ですね。

TOBI　それくらい夢中で読んでました。次はどんな奇抜な手でくるんだろうと。まあ、郵便ポストが出てきたときに「負けたな」と思いましたけど（笑）。でも、まったく気づかないでみんな通り過ぎて行く……。あの人はいつも失敗するので、お金が大丈夫か心配で。きっとご実家が裕福だったのかな（笑）。だからもう少し、怪人二十面相のほうのストーリーも読んでみたかったとは思います。

――スピンオフのような。

TOBI　ええ。本名が遠藤平吉ってこと以外は謎じゃないですか。なので読みながら、遠藤平吉さんがなぜ怪人二十面相をやらなきゃいけなくなったのかとか、そのお金を何に使おうと思ったのかとか、いろいろ考えてましたけど、大事なのは、本当に盗む気があったのかってことですよ。だって「盗みますよ」なんて予告状を出す必要ないのに、わざわざ出してるということは、おそらく明智との対決を狙ってた。明智がアッと驚くことをしたい。でも結局、明智に儲けさせてる。

――結果としては。

TOBI　もしかしたら、明智とつながっていたかもしれないですよね。

――裏で。

TOBI　じゃないと、郵便ポストに着替えるための費用は、どこから入手していたのか、ちょっとわからない。赤い、あのどっしりとしたやつですからね。ただ自分を赤く塗るだけではダメでしょう。しかも一瞬ですよ。瞬時に郵便ポストに変身できるって、すごい力ですよね。瞬時に巨大カブトムシに変身できるのも、能力的にすごい（笑）。ドラマとかでも、よく顔をペリペリッと剥がして、下から別の顔を見せるじゃないですか。

――はい。

TOBI　あれも結構お金がかかるはずなんですよ（笑）。装着するのも時間がかかると思う。最初に興味を持ったのはそういうところで、どっぷりはまってました。

――読み進める中で二十面相側に寄っていったとのことですが、徐々に変わっていかれたのか、何かきっかけになる作品があったのか。

TOBI　徐々に、だと思います。遠藤平吉って名前も「平《たいら》」って字も入ってるし、きっと乱歩もどこか自分に重ね合わせて書いてたんじゃないかなと思ってはいるんですけど。

――平井太郎の「平」があるし。

TOBI　ええ。で、怪人二十面相に対して温かいんですよ。厳しく、善か悪かだけで切り捨てるのではなくて、何か優しさが必ず描かれている。読み進めると、だんだん気づいてきます。怪人二十面相のほうにも「しまった！」っていうのはあるけど、乱歩は、この人をただの嫌われ役としては出していないなと。

――郵便ポストや巨大カブトムシも、愛されキャラのような。

TOBI 「電人」とかね（笑）。何なのかなって思いますけど。電人に変身させるあたりが、すごく愛されようとしてる。ゆるキャラのはしりみたいなもんですよね。

「奇」の字に惹かれた少年時代

――TOBIさんならではの視点で、乱歩の隠れた側面が浮かび上がるようです。

TOBI 浮かび上がるといえば、乱歩の作品は、とにかく「奇」って字がいっぱい出てきますよね。これがすごく好きで、小学校三年生のときに覚えたんです。だって「Big（大）」と「Possibility（可）」じゃないですか。

――大きな可能性！

TOBI しかも、止めと払いと……右に払って左に払って、最後に撥ねて。

――あ、すべての要素が入ってる。

TOBI 文字自体に夢があったんですね。だから「奇」って字をいっぱい書いてました。人前で何か発表しなきゃいけないときには、手に「奇」っていっぱい書いて（笑）。

――緊張したときの「人」みたいな。

TOBI そうそう（笑）。自分はもっと大きくなれるって意味で。

――大きな可能性を持っていると。

TOBI で、親戚が……あ、この話、ちょっと長くなっちゃうんですけど、いいですか。

――大丈夫です（笑）。

TOBI 僕の家に、曇り硝子の障子戸があったんですよ。そこに息を吹きかけて、全部の硝子に「奇」って書いてたんです。あれ、乾くと見えなくなるんですよね。

――はい。

TOBI で、大晦日に親戚が集まって、すき焼きをやったんです。そうしたら、部屋がだんだん暖まって、曇り硝子いっぱいに「奇」が浮かび上がってきたんです（笑）。そのときの親戚たちの顔が忘れられないですね。恐ろしい子……みたいな（笑）。硝子に「奇」ってたくさん書いてる子どもは相当インパクトがあったみたいで。

――TOBIさんが、ということもそうですが、浮かび上がってくる「奇」の文字群という現象じたいも……。

TOBI そうなんですよ。楽しいすき焼きパーティーが、一気に凍りつきました。徐々に無数の「奇」が浮かび上がってくる（笑）。

――もう怪談というか。呪いを感じます。

TOBI それこそ乱歩が描きそうな……。気づかれないようにこっそりと「この曇り硝子には

『奇』って書いてあるんだぜ」っていうのを、自分の内に秘めてやってるあたりが、ちょっと陰湿な感じがしますね（笑）。

――団欒の場に「奇」の群れが浮かび上がってきたとき、ＴＯＢＩさんは。

ＴＯＢＩ「ばれた！」という感じでした。すごい怒られましたね。

――ＴＯＢＩさんの仕業だってことはすぐばれた。

ＴＯＢＩ「誰がやった！」って言われたので、名乗りをあげたんです。

――私がやりました、と。

ＴＯＢＩ「大きな可能性なんだ」って言ったんですけど、誰もわかってくれなくて。残念でした。

ですます調の文体とピンク・レディー

――他の人にはわかりにくいけれど、非常に強いこだわりがあったんですね。

ＴＯＢＩええ。あと乱歩の作品は、けっこう丁寧語で、ですます調で書かれていることに心を打たれるんです。それがすごく上品な雰囲気を出してるじゃないですか。

――読者に語りかけているような。

ＴＯＢＩそう思います。……あの、またちょっと話がそれますけど。

――はい。

TOBI　ピンク・レディーの歌で「カルメン'77」と「透明人間」が好きなんですけど、共通点として、すごく乱歩的だと思ってるんです。

――それはどんなところが。

TOBI　「カルメン'77」は、ピンク・レディーの三番目のシングルなんですけど、出だしが「私の名前は／カルメンです」「ああ勿論あだ名に／きまってます」と。歌い出しからすごくいい。そのあとに「バラの花／口にして踊っている／イメージがあるというのです」ってところから、もう「カルメン」ってあだ名の女の人が出てきそうじゃないですか。バラの花を口にしてるようなイメージ。

――女賊カルメンみたいな。

TOBI　はい。意識して書いてるのかな、阿久悠が。ですます調で、しかも「これできまりです／これしかないのです」とか入ると、突然、乱歩感が出る。

――ああ、なるほど。

TOBI　読んでて気持ちよくなるんですよね。それから「透明人間」も……なんでしたっけ。「世間をさわがす不思議なことは／すべては透明人間なのです」と。つまり「私」なんですよね。「透明人間あらわるあらわる／嘘をいっては困ります／あらわれないのが／透明人間です」って、その世界観が、もう怪人二十面相っぽいですよね。透明人間の側に立っている歌。「カルメン'77」にしても「世間からはそう思われています」という独白の形をとるときに、ですます調で書いていく。乱歩の文体は、そういう形を確立してるじゃないですか。だから僕、日記をですます調で「ああそうなのです」とか書いてましたね。

――乱歩に影響を受けて。

TOBI 「○○なんですか。△△なんでしょうか。いいえ、そんなことはないのであります」みたいな。自分ツッコミみたいなやつですよね（笑）。

――日記の中で。

TOBI 日記の中で（笑）。「○○君は××と言ったでしょうか。いえ、そんなことはないのです」とか（笑）。乱歩遊びは、よくしましたね。

――他に何か乱歩遊び的なことは。

TOBI 「独り言」ですかね。道を歩きながら「今、向こうからやってくるのは黒田さんでしょうか。いえ、違います」とか小声で（笑）。本当に楽しい時間でした。……楽しくないですか？

――楽しいと思います（笑）。

TOBI 楽しいと思いますよね。大学に入ってからもやってました（笑）。

――今はいかがですか。

TOBI 今はさすがに……。でも、やろうと思ったらすぐにできるので。無料でできる趣味じゃないですか。誰にも迷惑かけないし、今はコロナ禍でマスクもしてるので、気づかれない。お勧めです（笑）。

乱歩の温かさとユーモア

――少年探偵団シリーズも、やがて読み終えるときが来たと思います。

TOBI　はい。シリーズを読み終えたとき、ちょっとおかしいなと思ったんです。

――それはどういうところが。

TOBI　たとえば「死の十字路」なんて明智も出てこないし、不倫相手を殺すみたいな話が、急にシリーズのなかに出てくるんですよ。だから、読み進めていくと、だんだんそこにつながるように……「乱歩の他の作品もどうですか？」みたいな入り口が（笑）。

――誘導されるような。

TOBI　明智も出てこないし、小林少年も怪人二十面相も出てこない、普通のサスペンスドラマが入ってくるんですよね、最後の頃。で、まんまと術中に填まるわけです。高校生くらいですかね。そして「パノラマ島奇談」なんかを読みはじめました。

――遡って過去の作品を読むように。

TOBI　おもしろいんですよ。何といっても読みやすい。乱歩作品は一気に読み進められるので、平易な文章で書かれるのは大事だなと思います。僕も今、歌をつくったり、小説を書いたりするときに、難しい漢字は使わないように、なるべく読みやすさを考えていて。でも、全部ですます調で書いてしまうと、いかにも「乱歩の影響を受けてます」って感じになってしまうので、ちょっと気をつけるんですけど。できるだけ、小学生も読めるということを意識していますね。

――ＴＯＢＩさんの楽曲や小説には、ユーモアやナンセンスが感じられます。強さや正しいとされるものの裏側、逆の立場へのまなざし。そこに向けられる優しさがある。そのあたりは、こじつけかもしれませんが、乱歩との共通点なのかなと。

TOBI 乱歩の何がおもしろいって、やっぱりユーモアだと思うんですね。虐げられていたり、社会でちょっと変わってると言われたり、何をやってもうまくいかなかったり、大学を出てみたけれどもふらふらしていたり……そういう人がよく出てきますよね。何をやっていいかわからないとか、病気がちで快活な人間に憧れているとか。それを描くとき、哀れみの目ではなく、必ず温かさやユーモアを持って描いているところは、読者としても救われる。大げさに言うと「生きていていいんだ」って前向きな気持ちをもらえるような世界観をくれた、まあ、師匠みたいな感じで思っているので、人生のピンチに読むといい。

――なるほど。

TOBI 僕、大学を出たあとに、入る会社が次々に倒産していくという時代がありまして（笑）。

――ＴＯＢＩさんが遭遇したさまざまな体験をまとめた『レ・ロマネスクＴＯＢＩのひどい目。』（青幻舎、二〇一八年）という本に詳しく（笑）。

TOBI はい。当時、池袋の職安に通ってたんですけど、職安で見つけて入るものの、どんどん倒産していく（笑）。その頃は、なかなか乱歩を読む機会がなくて。忙しいんですよね、職安通いって。職安通いって忙しい（笑）。でも、ちょっとしたときに乱歩は読みやすくて、何度も読んでいるので内容がわかっている安心感もある。新しい発見もありますし。自分の中でのバイブルというか、元気づけられた記憶があります。

――読むタイミングで印象も変わりますね。

TOBI　高校生で読んだときとはまったく違いますよね。高校の頃は、自分もどうなるかわからない、まだ「Big なPossibility」を持っていた時代だったので（笑）。十代の頃は、そこまで自分がはみ出してる感じはなかったんですけど。大人になって、入る会社がどんどん倒産するって、社会から必要とされてないんじゃないかと。大きなコミュニティから疎外されてるような……生きていく価値がないんじゃないかと思うくらい落ち込んでしまう。でもそういうときも必ず乱歩がいた。当時は「パノラマ島奇談」を読んでいたんですが、人見広介《ひとみひろすけ》って主人公が、もうふらふらしてるんですよ。最初のふらふらしている描写だけで生きていける（笑）。

――そこを読んでいるだけで。

TOBI　ええ。そのあと失敗したりするんですけど、自分みたいな、大学は出てみたけれど、うまくいっていないような人間を主人公にして、何か世間をアッと言わせてやろうって話を書こうとした時点で、すごく元気づけられますね。

――そうですよね。

TOBI　僕、本名が石飛《いしとび》なんですけど、電話だと必ず「ヒトミ」って聞き間違えられるんですよ。だから、レストランとか居酒屋を予約すると「ヒトミさん」で入ってることがすごく多くて。もう面倒くさいので「ヒトミ」って名前で予約をとることにしてたんです。なので、自分は「ヒトミ」という人間として、まあまあ生きてきた(笑)。そうしたら、主人公が「人見」って名前だったので、すごくシンパシーを感じましたね。

――ヒトミさんとしての人生が……。

TOBI　そうですね。子どもの頃から、世界に自分とまったく同じ顔の人間がいて、その人間と入れ替わるという想像をしてたんです。一気にチャンスを掴む。大逆転するわけじゃないですか。そんなことって現実にはないんだけど、空想をさせてくれる。それも乱歩の魅力だなと思います。

フランスで乱歩と再会

――その後も、乱歩はずっと愛読されていたんでしょうか。

TOBI　それが、大人になると徐々に「もう乱歩を読むこともないかな」と思って、引っ越すたびについ本を売ってしまってたんですよ。だけど、気づいたら買っていて。それを何度もくり返してたんです。

――引っ越しはよくされていたんですか。

TOBI 乱歩もたくさん引っ越してますが、僕もフランス時代を入れたら二十回以上。でもイヤじゃないです。新たな自分になれるというか、変わりたい気持ちがあって。全然違うコミュニティに入ったり、今までの自分を知られていない街に行くのはワクワクしますね。

——環境を変えて、自分を一度リセットするような。

TOBI ええ。つげ義春の漫画、尾崎放哉の詩集、江戸川乱歩の小説……そういうものに影響を受けた自分をリセットして、次の場所へ行ってみよう、と。でも、引っ越したところで人間は変わらないので、また同じものを求めて、半年後には買ってしまうんですが。

——TOBIさんはワーキングホリデーで渡仏し、MIYAさんと出会ってレ・ロマネスクを結成されますが、乱歩の本は持って行かれたんですか。

TOBI いえ、フランスへ行く前に、持っている本とかを全部売ったので、捨てたつもりだった『ガラスの仮面』全巻がなぜか船便で送られてきた以外、日本語のものは一切なかったんです。

——フランス時代、乱歩に触れることは……。

TOBI パリの十区に古い日本の映画ばかりかける映画館があって、そこによく通っていました。向こうで暮らしてる日本人は日本語に飢えてますから。そこで『江戸川乱歩の陰獣』を観たんです。香山美子さんが小山田静子役で、すごい美しいやつ。

——加藤泰監督。一九七七年の松竹製作ですね。あおい輝彦さんが主演で。

TOBI そうそう。乱歩原作の映画ってたくさんありますけど、僕はあの『陰獣』が個人的にはベストです。乱歩のやりたかったことが、いい感じに大衆映画としても折り合いがついているように感じて。

――乱歩作品は、大衆向けの通俗的な部分もありますが、映像化されるとき、エログロなテイストが強調されてしまうきらいがありますね。

TOBI　そうなんです。ちょっと笑えちゃうようなユーモアが乱歩の魅力なのに。じつはその後、日仏合作で再び「陰獣」が映画になったとき（バルベ・シュローデル監督、二〇〇八年）は、キャスティングを請け負っていた友人に頼まれて僕もオーディションを受けたんですよ。採用されませんでしたが。

――なるほど。では、映画という場で、期せずして乱歩と再会された。

TOBI　ええ。そこから、やっぱり乱歩はおもしろいなと思って、また本を読みはじめました。帰国される方が文庫本なんかを置いていくんです。「好きな本持って行っていいよ」みたいな。乱歩の本を持っている人が多くて、懐かしいなと。

――フランスでの乱歩人気というのは。

TOBI　乱歩が好きなフランス人は多い印象です。発音は「ＲＡＭＰＯ」（※「Ｒ」はフランス語の摩擦音）なので、最初誰のことかわからなかったんですけど（笑）。乱歩はフランス語訳もありますし、親和性は高いと思います。

――他にお好きな乱歩原作の映画はありますか。

TOBI　増村保造監督の『盲獣』(大映、一九六九年）も好きですね。あれも映画として美学が描かれてて。その二つが飛び抜けているというか、印象に残ってますね。乱歩を映像化するとエログロになりやすいんですが、それだと幅が狭くなっちゃう。乱歩の本当のおもしろさ、ピックアップすべきところはそこだけじゃない。ユーモアがちょうどいい感じで入ってるという点で、その二作は映画として成功しているのかなと思いますね。

「黒蜥蜴」にみる明智と犯罪者との交感

――二〇一〇年には、フランスで『美輪明宏ドキュメンタリー～黒蜥蜴を探して～』(Miwa : À la recherche du lézard noir) が放送されました。ここにもTOBIさんが一枚噛んでいると小耳にはさみましたが……。

TOBI　噛んでいるというほどじゃないんです(笑)。当時、友達のパスカル＝アレックス・ヴァンサンという映画監督から「日本の戦後のLGBTカルチャーに関するドキュメンタリーを撮りたい」と相談されたので、美輪明宏さんの話をしたら、彼がすごく興味を持ったんです。

――TOBIさんが企画を提案された。

TOBI　いやいや、とんでもない。もともと彼は日本映画が好きで、新旧の邦画をたくさん観ていました。監督になる前は、小津安二郎、溝口健二、成瀬巳喜男らの過去の名作をフランスで配給したり、DVD化したりする仕事をしていたほどです。そんな彼の熱い思いが美輪さんにも届いて、横尾忠則、深作欣二、北野武、宮崎駿など、すごい面々のインタビューも入ることになったんです。

――「黒蜥蜴」もお好きな作品と伺いました。

TOBI　はい。映画は、丸山（美輪）明宏さん主演のもの（松竹、一九六八年）を最初にテレビで観たんです。振り返りざまに「あ、け、ち！」と言うのが、子供心に衝撃でした。大人になって、乱歩生誕百年の際に渋谷の映画館でも観ましたが、深作欣二監督、三島由紀夫脚本という豪華布陣で、これは美輪さんの魅力を世に知らしめた映画なんだと感じました。

――先行して公開されていた、京マチ子さん主演の『黒蜥蜴』（大映、一九六二年）は。

TOBI　フランスで観ました。あれもすごかったですね。ただ、京さんの場合も、やっぱり黒蜥蜴をやる人のプロモーションビデオのように見えてしまう。

――三島由紀夫脚色の映画と原作の違いはどうお感じですか。

TOBI　全然違いますね。僕は、基本的に明智の「おいしいところ取り」はずるいと思ってるので、次こそは明智が痛い目にあってほしいという淡い期待を抱きながら読み進めるんですけど（笑）。「黒蜥蜴」は、明智も犯罪者と共鳴し合うようなところが描かれるのがおもしろい。

――クライマックスの、黒蜥蜴が死ぬときのキスシーンとか。

TOBI　そう！「あそこまで！」と。子どもの頃はアンチ明智派だったんですけど、「黒蜥蜴」

を読んで、明智も同じく社会からはみ出した存在なんだなと感じましたね。

――「黒蜥蜴」ならではかもしれないですけど。

TOBI　そうですね。「黒蜥蜴」があったおかげで、明智も悩める人間だったと思えた。自分もこれでしか生きていけない。犯罪者のほうにも感情移入してるんだけど、警察や大衆側にも自分を寄せていない。自分もそっち側の人間ではないという意識が、黒蜥蜴と出会ったことで生まれたんじゃないかな。もちろん、映画は映画でおもしろいんですが、黒蜥蜴のエキセントリックなところがピックアップされるので、原作にあるような、明智が犯罪者である黒蜥蜴にシンパシーを感じて、心を通じ合わせる探偵、というところが描かれたらもっとおもしろかったのに、とは思いますけどね、個人的には。

――犯罪者への感情移入という点では、先ほども挙がった『ひどい目。』にも収録されていますが、渡仏前には、まさに乱歩の「屋根裏の散歩者」に近いような体験も。

TOBI　そうなんですよ！　屋根裏ではない、アパートのロフト部分に空き巣が二十二日間、住んでた（笑）。たしかに、あれも乱歩的ですね。

――日常の中に乱歩の世界が入り込んでいるような。

TOBI　そうかもしれないですね。気づかなかったわけですから（笑）。

――ええ。

TOBI　あの方も……って、犯罪者を「あの方」扱いしている時点で、もう犯罪者側に立ってるんですけど（笑）。シェアハウスしていた仲間みたいな気持ちにはなってます。高級住宅地で空き巣をして、総額四億円も盗んだ犯人が初めて入った記念すべき部屋が、僕の部屋ですからね。

——幸先がよかった。

TOBI　そこで失敗していたらもうやめていたでしょうから。怪人二十面相と同居していたみたいな感じですかね。

——TOBIさんが仕事に出ている日中は部屋でくつろいでいて、夜な夜なお宅から出勤していたという……。

TOBI　だから、怪人二十面相にも、彼を陰で支えるパトロン的な人がいたのかもしれないですね。

——そうでないとやっていけない。

TOBI　怪人二十面相側に感情移入してる人が。それはもしかしたら、乱歩本人かもしれませんけど（笑）。

（二〇二二年九月十四日）

レ・ロマネスクTOBI

(Les Romanesques TOBI)

二〇〇〇年フランスで結成された音楽ユニット「レ・ロマネスク」のメインボーカル。世界十二か国五十都市以上で公演し、二〇一一年フジロックフェスティバル出演を機に帰国。二〇一三年NHK Eテレ『お伝と伝じろう』のメインキャストに抜擢され、シングル・アルバムを精力的にリリース。最近では『仮面ライダーセイバー』や映画『生きちゃった』出演、NHK『おかあさんといっしょ』への楽曲提供、NHK『ちきゅうラジオ』のMCや自伝小説『七面鳥〜山、父、子、山』の刊行など、活動の幅を広げている。

乱歩×ハードロック＝人間椅子

interview
shinji wajima

和嶋慎治

乱歩自身が収集・分類して残した意味

――ようこそ旧江戸川乱歩邸にお越しくださいました。初めていらっしゃった印象はいかがですか。

和嶋　随筆を読むと、乱歩さんの私生活も書かれていますよね。土蔵の話とか東京に引っ越してからの話とか。その、まさに読んでいたものの中に今いるということで、感動するというか……夢の中にいるような感じがしています。とくに土蔵ですね。特別に中を見せていただきましたが、あれがそのまま残されていることに驚きました。

――土蔵ではどんなところが気になりましたか。

和嶋　何よりすごいと思ったのは、ちゃんと分類されていること。分類魔なんですね。乱歩さんは、自分の書いた原稿や本をすべてとっておく蒐集魔と聞いていましたが、それが存分にいかされてる。あそこまで自分の本を図書館のようにきれいに分類する人は、あまりいないんじゃないかな。いろいろな作家の記念館があるけど、多くの場合、後世の人がつくるわけですよね。でも、ここはつくられた記念館ではなく、乱歩さん自身が、自分のことをきっちり収集し、分類し、残していたからこそ意味がある。そうでなければ、この形にはならなかったと思うんです。

――後から管理する者が整理してつくるものとは意味が違ってくる。

和嶋　もちろんそれでも、その人がいたことの証になれば意味はあるんだけど。だから、乱歩さんは自分が死んでからも残してほしかったのかな。土蔵の二階に、乱歩さんが自分で紙の箱をつくって、江戸時代の和本を置いていた場所がありましたが、文字まで定規で測ったかのようにきれいに書かれてた。本来なら自分がわかればいい、人に見せるものではないでしょう。でも、人に見られることも意識していたのかもしれないという気がして。

――乱歩自身が整理し、実際に使っていた痕跡がそのまま、乱歩がここで生きていた証になる。この場所を残し続けなければいけない意義のひとつだと、改めて思います。

和嶋　それがありありと残っていて。以前『新青年』(二〇一九年) というアルバムをつくったとき、山梨の横溝正史館には行ったんだけど、なぜかこちらには伺わなくて……すみません (笑)。

――(笑)。今日お越しいただけて嬉しく思います。

和嶋　ええ、ついにたどり着きました。

乱歩が描くマイノリティーの精神

――月並みですが、和嶋さんが最初に乱歩と出会ったきっかけを伺えますか。

和嶋　父親が中学校の国語の教員だったので、家に本がいっぱいあったんです。だから、小さい頃から本を読むことに抵抗がなかったんですね。小学生のとき、学校の図書室でコナン・ドイルの「シャーロック・ホームズ」に出会って、推理小説っておもしろいなと。ホームズは、根底は暗いかもしれないけど、とっかかりは明るいんです。あまり悲惨な出来事が起こらないというか、読みやすい。そのあと、ルパンを読んだりしていく中で、ポプラ社の少年探偵団シリーズを読むようになりました。

――ホームズ、ルパンなどを経由して、乱歩に。

和嶋 ええ。舞台が日本なのと、ホームズにはない猟奇性にビビッと来たんでしょうね。ポプラ社のシリーズは全部読みました。おもしろいものも多いけど、そうでないものもあって、差があるなと思ったんですね、正直（笑）。黒岩涙香が翻案した『幽霊塔』を乱歩が日本に置き換えてリライトしたのとか。

――子ども向けに『時計塔の秘密』のタイトルで書きなおしていますね。

和嶋 あのへんは子供心におもしろくないな、と（笑）。そのあと、乱歩さんがペンネームにしたエドガー・アラン・ポーという作家がいると知って、ポーを読みだすんですけど。乱歩に関しては、本を読むことのおもしろさに気づいて、子ども向けではない「二銭銅貨」とか「人間椅子」とか、初期の短編を読むようになりましたね。

――それは早熟な印象です。その後も乱歩を読み続けたのでしょうか。

和嶋 十代前半は読書傾向がひろがって、SFが好きになる。星新一からはじまって、筒井康隆が大好きになって。中学生はそんな感じでした。高校生で純文学趣味になって、あまり探偵小説は読まなくなるけど、夢野久作を知って……どんどんマニアックな本を読みだすんです。

――成長とともに読書の幅がひろがっていくなかで、乱歩との再会は。

和嶋　改めて乱歩がいいなと思ったのは、大学に入ってからかな。相変わらず純文学は好きだったんですけど、乱歩独特の文学の匂い、文体も格調が高くて、とくに初期の短編に僕はそれを思う。で、また春陽堂文庫あたりを読みだして、リターンしたんです。

――音楽活動と並行しながら、乱歩に出会いなおされたのかと思いますが、やがて「人間椅子」というバンドを結成されます。メンバーの鈴木（研一）さんも、昔から乱歩がお好きだったそうですね。

和嶋　僕らは青春時代がバブル期だったんですね。ちょうど我々が大学生の頃、江戸川乱歩は普通に文庫で全部あるような状態でね。『新青年』界隈の作家は、周期的にブームがあると思ってるんですが、小栗虫太郎、久生十蘭、あのへんも文庫で出てました。

――同時代の作家よりも、乱歩やその周辺の作家に関心がおありだった。

和嶋　ええ。当時の作家たちはマイノリティーを描かない印象で。だけど、乱歩さんの小説はマイノリティーの精神を描いてるんですよ。カウンターカルチャーというか、メインじゃない人の精神性から生まれる小説。だから、メインカルチャーを否定はしないけれど、そこに乗っかれない若い人たちは、常に江戸川乱歩を読み続けるようなイメージですよね。僕も鈴木君もそういう精神構造の持ち主だったので、『新青年』界隈の作家を読んでたんです。

バンドが「人間椅子」になった理由

――そんな中で、バンド名が「人間椅子」になったのはどのような流れだったんでしょうか。

和嶋　バンドをやってると、バンド名って、基本的に横文字なんですよ。アルファベットで書く人もいるし、カタカタ表記もありますけど、ほとんど英語。今はそうでもないかもしれないけど、僕らがバンドをやっていた頃は、日本語でバンド名を付ける人たちが本当にいなくて。それが不思議だったし、横文字にすると他と同じになっちゃう。自分たちはマイノリティーの精神構造を打ち出したかったので、日本語のバンド名にしようと思ったんですね。それで考えたのが、自分たちが愛読していた探偵小説。もしかしたら、横溝正史になったかもしれないし、夢野久作になったかもしれない。でも、江戸川乱歩はカウンターカルチャーでありながらもポップな気がしたんです。誰でも知ってると思ったので。

――ああ、なるほど。

和嶋　その後、皆が皆知っているわけではない、ということに気がつくんですけど（笑）。「人間椅子」が乱歩につながらない人も多いんですね。でも、僕らは乱歩のタイトルを付けることがポップだと思った。それで鈴木君と二人で盛り上がりまして。

――すんなりと「人間椅子」に決まったんですか。

和嶋　考えるプロセスも愉しいので、わざと遠回りしたところもありました。バンド名になりそうもない「ペテン師と空気男」とか「心理試験」とか言ってみたりして。「二銭銅貨」も、バンド名っぽくない（笑）。他はどうですかね……。「屋根裏の散歩者」は、わりといいですね、バンド名として。

――それは、ありですね。

和嶋　「恐ろしき錯誤」も挙がったかな。乱歩の中でも一般的ではない作品も含め、いくつか候補を考えたけど、やっぱり「人間椅子」がいちばんバンド名っぽいと思ったんです。説明的ではないし。しかも「人間」と「椅子」を合わせた乱歩の造語じゃないですか。今にして思えば「これしかない」と。なるべくしてなったという感じですね。

――乱歩はカウンターカルチャーかつポップという見方はおもしろいですね。横溝正史や夢野久作だと〝ポップ〟とはちょっと違いますでしょう。

和嶋　夢野久作はポップじゃないですね。思いきりカウンターカルチャー。夢野久作の作品のバンド名も考えたはずですけど、すごくインディーズバンドっぽくなるんですよ（笑）。ほんとうにマイノリティーになっちゃう。インディーズバンドでもいいんだけど、乱歩にすることで、カウンターカルチャーには違いないけど、インディーズっぽさが薄れる気がした。うまく説明できないんですが……。

――いえ、とてもよくわかります。乱歩の大衆性と言いますか。

和嶋　ですよね。江戸川乱歩は、日本に探偵小説および推理小説というジャンルをつくった第一人者だから、一流なんですよ。その一流さが欲しかったんでしょうね。

ブリティッシュ・ハードロックと乱歩のマッチング

――乱歩とバンドを掛け合わせていく根底には、もちろん読書体験としての乱歩があったと思いますが、より具体的にはどういった点が二つを結びつけたのでしょうか。

和嶋　初期短編の主人公の典型的なパターンがありますよね。頭はいいんだけど、社会になじめない。でも、親の遺産があって金には困らない……言ってみれば、高等遊民のモラトリアム。で、僕らはバブル世代だったので、そんなに就職にガツガツしなくてもいい数年間だったんです。そのあとずっと日本は不況ですけど。なので、シンパシーを感じるんですね、乱歩の書く主人公に。バブルの空気になじめない鬱屈した青年の気持ちとリンクした。それでおもしろいと思ったわけです。

――一九二〇年代の乱歩の時代と一九八〇年代のバブルの空気が重なった。人間椅子というバンドのスタイルとして、ブラック・サバスの影響が語られていますが、ブリティッシュ・ハードロックの系譜ですよね。そういった音楽性の部分と乱歩は、マッチングとしても……。

和嶋　いいと思ったんですよ。まず前提として、ハードロックやヘヴィーメタルは、根底にキリスト教があるんですよね。人間の良心が堕落しないようにしたい、だけど悪魔に堕落させられる……そういう内容の歌詞が多くて。完全に悪魔側の歌もありますし、どんな恋愛の歌でも神の存在がある。だから海外のロックにあこがれてそれをやろうとしても、歌詞の面で行き詰まると思ったんですね。何かしらのスパイスというか、バックボーンがないと、あの音楽スタイルはただの借り物、スタイルだけで終わってしまう。

――なるほど。

和嶋　とはいえ、僕らがキリスト教の価値観で音楽を表現できるかと言ったら、子どもの頃から親しんでいるわけじゃないから、勉強したキリスト教のことを歌ってもリアリティーがないし、聴いている日本人に伝わるはずがない。なので、人間の闇の部分を表現するためにどうするか。のちに僕らも仏教系の要素を入れるんですが、まず見せ方として、まったく虚構ではあるけれど、日本の探偵小説的な世界をくっつけたらおもしろいと思ったのが出発ですね。バンド名を「人間椅子」にしたのも、その瞬間に江戸川乱歩的世界とわかるのでお借りしたんです。

――舞台を最初から虚構にしてしまおうという思惑があった。

和嶋　ええ。あと、そういうロック系のグループは、楽曲のテーマを小説から持ってくることが結構あるんですよ。アイアン・メイデンの『モルグ街の殺人』はポーからとっていたり、マウンテンがボードレールの『悪の華』をアルバムタイトルにしたりしていて、かっこいいと思ってたのもありますね。「それ、やっていいんだ」と。

――文学性と音楽性を掛け合わせることで……。

和嶋　より深みが出る。世界観が二重にひろがるイメージがあったので、自分たちもやりたかったんです。それを日本の作家から持ってくるのが日本人らしいかな、と。それで、江戸川乱歩。純文学も好きですし、個別の楽曲ではそういうタイトルもありますが、バンド名を純文学にするとすごく真面目臭い感じがして（笑）。

――それは、そうですね（笑）。

和嶋　江戸川乱歩はポップでもあり、カウンターカルチャーの香りがするので、純文学ではなく、乱歩のほうがロックだと思ったんですね。

乱歩作品を楽曲にする方法

――ハードロックやヘヴィーメタルと括られるジャンルの音楽を、日本語のオリジナルとしてつくるのは、とくに言葉の部分で大変な作業ではないかと。

和嶋　実際、歌詞は書きづらいというか、難しいですね。英語は韻を踏みやすいけど、日本語は韻が踏みづらいですよね。皆さん、ラップみたいなことでなさってますが、意味のある言葉で歌詞を書いて、さらに韻を踏むのはやりにくい。今でも難しいと思ってるんですよ。それで、ちょっと古い言葉や言い回しにすると、語呂もよく、韻を踏みつつやれるかなというところで僕らはやっていますね。

――相性としては難しいロックの楽曲に、日本語の歌詞をどう乗せるのか。つくり方として、歌詞が先か、曲が先かということも関係するかと思いますが。

和嶋　うーん、基本的には曲が先ですね。曲の上に歌詞を乗せていく。あるいは「こういう曲にしたい」というコンセプトが先のことも多いです。たとえば「人間ロボット」という曲があります。人間がロボット化していくことは良いのか悪いのか……というのが最初のテーマだとすれば、それに沿って作曲します。メロディーが自然に出てきて、それに合うように歌詞を付ける流れが多いですね。

――そうすると、文学のモチーフが使われている楽曲の場合、まず原作のイメージがコンセプトとしてあり、曲がつくられて、その上に、原作を言葉の面でも意識した歌詞を乗せていくという流れ。

和嶋　はい。たとえば『新青年』というアルバムをつくったときは、乱歩さんの小説のタイトルで、いっぱい曲をつくろうと思ったんですね。「鏡地獄」という曲は、鏡に光が反射して実体がいろいろ変わる感じをコードでどう表現しようかと、イメージ先行で作曲しました。歌詞を書くにあたっては、当然小説の粗筋みたいな歌詞になっちゃダメなわけです。その小説を読んだほうが絶対にいいので。小説をモチーフにして曲をつくる場合は、おこがましいんですが、その舞台を借りて、小説が伝えたかったであろうことを解釈しながら、自分の意見もそこに入れる。大体そんな感じで歌詞を書くんです。作者さんには、非常に失礼なことかもしれませんが……。

――いえ、そんなことはないと思うんです。ある作品がどう受容されて、別の表現につながっていくか、というところではないでしょうか。

和嶋　変奏曲みたいになれたらいいですね、その原作の。

――さまざまな作家の、さまざまな作品を題材にされていますが、あえて乱歩に焦点を絞ると、乱歩と他の作家は分けて考えるのでしょうか。

和嶋　分けて考えてますね。乱歩さんや他の探偵作家の原作を曲にするときは、あまり純文学っぽくならないようにしてます。

――それは、歌詞として言葉を選ぶときに。

和嶋　ええ。文学のモチーフであってもそうでなくても、仮に「人間が生きる上で必要なのは愛だ」というテーマの曲をつくるとしますよ。……「愛」って、ちょっと言いづらいですけど(笑)。思いやりとか生きる意欲が大切だ、ということを書きたい。そういう場合は、純文学がいいんです。わかりやすい言葉でいえば、ヒューマニズム。でも、江戸川乱歩のタイトルで、ヒューマニズムをそのままは書けない。それを入れると、乱歩さんの世界を壊してしまいます。むしろ江戸川乱歩って、それはわかってるけどできない人の小説じゃないですか。あえて人ならぬ道を描かざるをえない心境というか。「陰獣」みたいなものですよね。だから、乱歩さんの小説を借りて曲を書くときは、人ならぬ感じ、人の道を踏み外してしまう感じで書くようにしてます。

――そこに乱歩の一面がある、と。

和嶋 でも、それだけを描くと、自分はつらいんです、実は。救いがないので。

――和嶋さんご自身の感覚として。

和嶋 はい。人から外れた道に邁進しようとするものは、自分には書けない。乱歩さんはそういう小説が多いけど、それを描くのは怖すぎて。だから、そうならざるを得ない心境までにとどめておく。あるいは「それは洒落なんだよ」っていう風に書きたいし、そう書いてます。抽象的ですけど。

――いえ、わかります。

和嶋 どんどん首がぶっ飛んでいくような音楽って、たぶんないと思うんです。我々の、鈴木君の書いた歌詞にはありますけど（笑）。小説よりもストレートなんですね、音楽という表現は。ページを閉じることができない、拒否できない。勝手に入ってきちゃう。だから何かしらの良識みたいなものが、散文よりも必要なんじゃないかな……って、まるで乱歩さんが良識ないみたいですけど（笑）。

――いえいえ、そんなことは（笑）。

和嶋 逆に言えば、それだけ人を洗脳というか、誘導できるんです、音のほうが。そんな気はします。だから、書く人は自然にストッパーがかかるんじゃないかな。愛を歌う音楽が多いのは、そういうことも関係するのかもしれません。直接訴えかけられるし、逆に散文で愛を訴えるのは難しいかもしれないですね。

――和嶋さんと鈴木さんが、それぞれつくられる乱歩原作の楽曲について、お二人のあいだで違いは意識されているんでしょうか。

和嶋 なんとなくすみ分けをしてますね。鈴木君が乱歩作品に影響を受けた……というか、彼の乱歩解釈、乱歩の好きな部分はたぶん、歯止めが利かない猟奇的なところ。たとえば、女性が死体で発見される表現があるとしますね。そういう小説を読んだとき、彼は「ここを書きたいからこの小説を書いたんだな」って読み方をするらしくて。

――はい。

和嶋 先日、推理小説作家の方々と江戸川乱歩について語る機会がありまして、皆さん、そういう解釈が多かったんです。つまり、乱歩はこの猟奇的なシーンを書きたいがために、この小説を書く、と。だから、乱歩の小説って、謎解きみたいなものが、後半にかけてどんどん破綻していくことが結構あるんだけど、それは別にいいんだ、という読み方。

――その部分にフォーカスしていれば。

和嶋 ええ。鈴木君もそういう解釈で乱歩を読むので、あえて残酷なシーンを選ぶのかもしれません。

――なるほど。一方で、和嶋さんはどういった読み方をされるんですか。

和嶋 僕は、初期作品の人物の背景が好きなんですね。なぜ、この人は犯罪に向かってしまうのか。で、最終的には破綻が訪れるパターン。因果応報というか、主人公が捕まったり破滅したりしちゃうんですよね。その、破滅が訪れるほうの主人公の気持ちを自分は書きます。犯罪そのものはちょっと書けない。

——そういうところで、お二人の違いが表れる。

和嶋　たぶん僕は犯罪傾向がないんでしょう（笑）。だからそうなるんでしょうね。鈴木君はストレートに、乱歩の表現ができるんですよ。

——そこで原作の作品選定も分かれる。

和嶋　ええ。それはバンドとしての幅になって、とてもいいと思います。

乱歩という原点に回帰したアルバム

——乱歩ありきという意味で、ある種のコンセプトアルバムとしてつくられたのは『怪人二十面相』（二〇〇〇年）と……。

和嶋　『新青年』ですね。その二つだと思います。タイトルとしては『踊る一寸法師』（一九九五年）もありますね。

——それらはアルバム全体で乱歩をとりあげる、ということだったと思うんですけれど、改めて乱歩を見つめなおした動機と言いますか、コンセプトに至るまでの過程などを伺えますか。

和嶋　『怪人二十面相』のときは、バンドって波があるもので、あんまり売れてなかった時期なんです。いろいろ模索する中で、自分たちの原点に一度あたろうと。それで『怪人二十面相』というテーマを借りたわけです。

――人間椅子というバンドの原点である乱歩を再確認したアルバム。

和嶋　ええ。そこには、のちに名曲と言われる曲も入っていますし、正直詰めが甘いなと思う曲も入っています。その中でも、鈴木君の「芋虫」は、原作の残酷な部分をうまい具合にもってこられた、すごくいい表現だと思います。で、自分は、乱歩のよく使う副題に「大団円」ってありますよね。破綻したストーリーを無理やり収束させて決着をつけるような。いかにも帳尻合わせっぽいなと思うんですけど（笑）、その「大団円」という概念やワードがおもしろくて、それで曲をつくりました。遊び心とも言えますが、やはりまだ自分の中の解釈が甘かったと思います。個人的には、そういう反省点もあります。

――『怪人二十面相』から約二十年を経て『新青年』というアルバムがつくられました。

和嶋　その間に、江戸川乱歩という存在をどう表現すればいいのか、自分なりに気がつきましたね。僕の場合、犯罪に向かわざるを得ない、高等遊民的な人の心情を描けばいいんだ、ということろ。つまり、我々自身の、マイノリティーの若者の精神構造を描けばいいんだと。だから『新青年』は、バンド結成三十周年というタイミングで、いい具合に原点回帰できると思ったんですよ。バンドも再評価されてきた実感があったので。

——ええ。

和嶋 人間椅子というバンド名ですから、原点に帰るなら乱歩のデビュー作である「二銭銅貨」が掲載された『新青年』がいいだろう、と。ちゃんと『新青年』を管理しているところに許可をいただいて、タイトルをお借りしたんです。自分は精神構造的な部分で曲をつくればいいと思って取り組めたし、鈴木君の残酷面のおかげもあって、トータルで非常によくできたアルバムだと思います。

——『怪人二十面相』から『新青年』へ。約二十年の時間が過ぎて、乱歩への解釈も深まった。その間に乱歩をモチーフにした個別の楽曲はありますけれど。

和嶋 たまにやってましたね。

——時間が経つにつれて乱歩に対する見方、乱歩作品の読み方の変化はありましたか。

和嶋 基本的には二十代前半に、乱歩が改めていいなと思ったところからは変わってないと思います。僕は、その作家の人となりが好きなんでしょうね。たとえば、乱歩さんは、いまひとつ社会生活がうまくいかなかったわけじゃないですか。会社をすぐ辞めちゃうし、転職も重ねていますし。うまく社会に適応できない人だからこその小説だとも思うんです。

——個人としての乱歩への興味がある。

和嶋 乱歩さんの性愛の傾向はわかりませんけど、少年が出てくる感じとか……ああ、そうですね、改めて考えると、読み方は変わりましたね。少年探偵団は明らかに、明智小五郎と小林少年の同性愛の話だと思うんですよ。明智の奥さんが出てくるけど、ちょっと邪魔だなとか、とりあえず書いてるんだろうなとか、そういうのが見える（笑）。そこがまたおもしろいわけで。

――乱歩や日本の作家だけでなく、和嶋さんはH・P・ラヴクラフトやポーの影響も大きいと語っていらっしゃいますね。

和嶋　ラヴクラフトの場合、あんな恐ろしい、人類を滅亡させずにはおかないというか、人類以前からいる怪物を出してくる発想は、よほど世界に対して憎しみがあるんだなと思うわけです。それで、彼の人となりを見ると、やはり社会とうまくいかないし、学校も出てないし、結婚生活もまったくうまくいってない。

――ええ。

和嶋　ラヴクラフトの小説ってほぼ女性が出てこなくて。たまに出てくると、魔女みたいだったり恐ろしく醜かったり。言い方が難しいですが、とにかく女性の扱いがひどい。だから女性に対しても相当思うものがあるんだろうなと。で、人物の描き方がうまくないんですよ。常に私目線で共感がないというか、あまり友情を感じられない。そこがおもしろいと思うわけ。文学って、自分に愛情がないことに悩んで、それをくどくど書くじゃないですか。

――事細かに説明していくような。

和嶋　説明せざるを得ない。自分が人として足りない部分があることを書かなきゃいけないのが文学だと思う。そこに、実は裏返しの愛情があるんですけど。探偵小説とかラヴクラフトの小説って、愛がないんですよ。そこがおもしろくて（笑）。だから、ラヴクラフトの世界観をもってくると、根底に愛のない寒々とした感じの曲にしたくなりますね。普通の人はあんな救いがないもの書けないですよ。

――ラヴクラフトを読むと、ちょっとプログレッシブな印象を受けるんです。

和嶋　そうそう。プログレッシブな感じがしますね。とりあえず、まず難解。あまりそういうことを言う人はいないのかもしれないし、そこは言わなくてもいいことなのかもしれないけど。結局、ラヴクラフトの小説のおもしろさは、僕は人類への絶望だと思うんですよ。モンスターが出てきさえすれば、時として描き方が破綻してもいい。乱歩の小説のおもしろさも近いところがあるのかなと思います。僕らがデビューした頃に「陰獣」という曲をつくりましたけど。あれはもう、ごめんなさい、タイトルだけ借りて、中身は完全にラヴクラフトで書きました（笑）。

――ラヴクラフトのタイトル曲もいくつかおありですよね。ポーについてはいかがですか。

和嶋　ポーも、美しい女性は出てくるけど、だいたい死んでるか、死んでいくか。いわば物質的に女性が描かれますよね。美しいものとして。あるいは死にゆくものとして。そこに永遠を見出そうとしているんじゃないでしょうか。

乱歩という手のひらの上で自由に表現できる

――和嶋さんがお好きな乱歩作品を挙げるとしたら……という、お決まりの質問になってしまうんですが。

和嶋　やっぱり「鏡地獄」なんですよね。小学校のときに初めて読んで衝撃を受けたんです。すごく怖かったし、いま読んでも怖い。人の想像上の恐怖に訴えかけるという、書けそうで書けない題材じゃないですか。主人公が狂気に陥っていく様の表現がうまくて。それがある意味で許された時代なんでしょうね。おもしろい題材だし、重要な問題なんだけど、今はなかなか難しいかもしれない。そういう部分を扱うところも、乱歩作品ならではの魅力だと思いますね。

――他にお好きな作品は。

和嶋　「蟲」も好きです。女優の木下芙蓉が腐敗していく様を描きたかったこともあるでしょうし、後半で柾木愛造がたたみかけるようにおかしくなっていく様なんて秀逸。土蔵で、乱歩さんが集めていた精神医学のコーナーを拝見しましたが、こういうものを読んで、人間がおかしくなるときにどんな行動をとるか、といったことを勉強されたのかなと思いました。あと好きなのは「押絵と旅する男」。あれは「レンズ嗜好症」と押絵という日本の古い習俗の合わせ技じゃないですか。しかも推理小説でもない。一個の小説として、いいですね。大正末期とか昭和初期を舞台に江戸時代の文化が絡んでくる感じ。非常にノスタルジックで、そのノスタルジーが色褪せないので、何度でも読み返せるんです。浅草が舞台でも、人工的な、乱歩のフィルターを通した虚構の浅草として伝わるので色褪せない。変に愛憎を描かないでしょう。遊廓や生々しい女が絡むと、その時代の性のあり方が入ってしまう。でも、それを描かない分、逆に透き通っている。

――乱歩の小説は再読できるものが多いですね。

和嶋 乱歩のすごさって、まさに色褪せないところだと思うんですよ。SF、探偵小説、純文学……あらゆるジャンルで、売れたと言われる作家も後年読むと色褪せて見えるときがある。たとえば、大下宇陀児の小説を読んだとき、あまりに時代に即しすぎていて、ちょっと古く見えちゃったんですよね。

――時代がずれたときに、普遍性から外れてしまう。

和嶋 伝わりきらないというか。でも、江戸川乱歩の小説は、それがないんですよ。

――お好きな小説を音楽として表現するときは、どういう手続きを踏んで作品にたどり着くのでしょうか。

和嶋 先ほども言いましたが、僕の場合、主人公が犯罪に向かう心境というか、犯罪者心理を描く。狂気の道、犯罪の道に行かざるを得ない――そういうのって、すべての人が持っているものかもしれないから、それを曲にしたいってこともあるんですけどね。あと、乱歩が描きたかった想像上の恐怖を曲で還元できたらいいな、と。

――歌詞としても、小説からエッセンスを取り出していく。

和嶋　これはいいと思うワードはお借りします。だから、小説から借りる場合はチャレンジなんです。まったく同じにならないように、別な見方で表現しようと臨んでおります。だって、そもそもやっていいことかどうかわからないじゃないですか。剽窃と言われても仕方ない（笑）。本当は連発するべきものではないとは思うんですけど、一曲で完璧にそういう舞台を描くのは難しい。小説のタイトルを借りてくると、まず「こういう舞台ですよ」と言えるので、やりやすいんですね。

――乱歩作品がポップな感覚を抱かせるのは、作品自体の魅力はもちろんですが、さまざまな形で二次創作的な表現に変奏されることが多いですよね。

和嶋　そういえば乱歩って、映画でも漫画でも格段に多いですね。

――乱歩自身も二次創作には寛容だったと聞いていて。小説が基盤だけど、そこからどんな世界がひろがっていくか。そこが乱歩の不思議なところでもあり、おもしろさでもあるのかなと思っているんです。

和嶋　たしかに。世界観をつくったってことなんじゃないかな。江戸川乱歩という大きな手のひらの上でやれば、その世界観を借りて自由に表現できる。

――時には原作のかたちをとどめていないものもありますね。乱歩という世界に各々の趣向を織りこんでいくような。

和嶋　『江戸川乱歩全集 恐怖奇形人間』（石井輝男監督、東映、一九六九年）って映画を、昔、映画館で観ました。よく映像にしたなと思いましたけど（笑）。一応、原作は「パノラマ島奇談」なのかな。いくつかの乱歩作品が断片的に使われてるけど、忠実じゃない。でも、それでいい。小説の世界を借りて、自分の世界観を表現できる。テレビ朝日でやっていた天知茂主演の『江戸川乱歩の美女シリーズ』（一九七七～八五年）もそうですよね。あれは、たとえば「原作 心理試験」とかって始まるけれど、どこが「心理試験」なんだ、と（笑）。でも、そういうことでやれちゃう。牽強付会でもない、とにかくまるで違うことをやれちゃう。だから僕らもやれるんでしょうね。

――「そういうことでやれちゃう」というのは、大事なキーワードかもしれないですね。

和嶋　大事ですね。江戸川乱歩という前提でやれば、残酷なことも言えちゃうし。タブーがない世界なんだろうね。行間のいろいろな心理が描けちゃうということもあるかもしれません。

困ったときの江戸川乱歩

――二〇二二年のワンマンツアーが「闇に蠢く」というタイトルでした。これは『新青年』以降の、乱歩への回帰という方向性から名づけられたのでしょうか。

和嶋　あ、ついね（笑）。これは改めて感謝を込めて言いたいんですが、困ったときの江戸川乱歩という感じで（笑）。それを三十年以上やらせていただいてます（笑）。今回もリリースツアーとかではなかったので、江戸川乱歩のタイトルを何か借りよう、と。

――「困ったときの江戸川乱歩」というのはいいですね（笑）。

和嶋 今までもツアータイトルにはかなり使わせていただいてます（笑）。

――ベストアルバムも乱歩のタイトルになることが多いですね。

和嶋 そうですね。だいたい『人間椅子傑作選』ってやってるんですけど。

――新潮文庫の『江戸川乱歩傑作選』のように（笑）。

和嶋 つい借りちゃうんです（笑）。

――アルバムタイトルで言えば、『新青年』を経て、二〇二一年には『苦楽』をリリースされました。これは、乱歩の小説「人間椅子」が掲載された大衆文芸誌『苦楽』を意識されていますよね。

和嶋 『新青年』の次のアルバムで、対になればいいと思ったんです。『新青年』が表だとすれば『苦楽』が裏というか。これも許可を取りましたよ。大阪の方が版権を持ってたので。乱歩さんも『苦楽』で書いてますよね。

――「人間椅子」はもちろんそうですし、「闇に蠢く」も『苦楽』です。

和嶋 あ、そうか（笑）。単純に「苦楽」って言葉がいいなと思ったのと、時代が混迷の状態に入りだしたことも大きいですね。でも、それをリアルに表現してしまうと聞いてる人がつらくなるというか。娯楽にならないし、癒しにならない。音楽は、聞いてる人に苦痛を与えたり、嫌な気持ちにさせたりしちゃダメなんです。我々なりにどうするのかと考えたとき、今の時代でどう生きるのかを表現していくしかないかな、と。

――コロナ禍という災厄に見舞われ、世界が新しいフェーズに入っていく中でつくられたアルバムとして『苦楽』がある。

和嶋 時代は無視できないですよね。とくに『苦楽』はそうでした。混迷は今も続いてますが。単純に怖いことを歌ったり、愛を歌ったりしてもいいんですが、どこか嘘くさく感じるわけです。世の中のほうがリアルに怖い。現実の恐怖が虚構を完全に超えちゃってるので、敵わないんですよね。書きようがない。その中で自分なりに現実をどう捉えるか、批判的にならないように、政治的にならないように書かざるを得ない。

――その点、音楽はより抽象度が高い表現だと思うんですね。説明的ではなく。

和嶋 ああ、そうですね。音楽はそういう面ではいい表現形式。散文でやるのは大変でしょうね。どうしてもポロッと出ちゃうでしょう、その人の何かが。

――時代を描きながら、乱歩的な世界の上に新しい趣向を掛け合わせていく。『新青年』から『苦楽』と来ましたので、いつか『宝石』というアルバムも期待したいところです。

和嶋 そのときは必ずご挨拶に伺います（笑）。

（二〇二二年十月二十六日）

和嶋慎治
（わじま　しんじ）

一九六五年青森県弘前市生まれ。大学時代、高校の同級生だった鈴木研一とハードロックバンド「人間椅子」を結成。ギターとヴォーカルを担当。九〇年にアルバム『人間失格』でメジャーデビュー。日本の近代文学から得た着想をハードロックと融合し、文芸ロックと評された。二〇一三年と一五年にはＯＺＺＦＥＳＴ ＪＡＰＡＮに出演。国内外から高い評価を受けている。二一年に通算二十二枚目のアルバム『苦楽』をリリース。著書に『屈折くん』（シンコーミュージック）、人間椅子の楽曲を題材にした小説集『夜の夢こそまこと　人間椅子小説集』（共著、ＫＡＤＯＫＡＷＡ）など。

乱歩と戦争、東京へのノスタルジー

interview
shiro sano

佐野史郎

戦争とともにあった乱歩の人生

――乱歩邸には、これまでに何度もお越しいただいていますね。

佐野　一九九〇年代に番組のロケで来たのが最初ですから、三十年くらい経ちますね。当時は乱歩のご子息の（平井）隆太郎さんもお住まいだったので、乱歩邸にはまだ以前からの気配が残っていました。それからも何度かお邪魔する機会があって、蔵の中にも入れていただきました。

――二〇一九年に立教大学で「乱歩と戦争」と題してご講演いただきましたが、今年三月には「防空壕」（『文藝』一九五五年七月号）の朗読と、平井憲太郎さんとの対談が池袋でおこなわれました。

佐野　「防空壕」を朗読したのは初めてでしたね。乱歩作品をずっと読み続けていると、直接であれ間接であれ、常に背景に「戦争」というものが感じられるんです。たとえば、乱歩の「芋虫」（『新青年』一九二九年一月号）は、戦前は左翼系の人たちに反戦小説として支持されたそうですが、本人はそんなつもりじゃなかったと。とはいえ、平和でなければ作品も書けないでしょうし、「反戦」といった大げさな運動やメッセージでなくても、「戦争にならないように」という気持ちは生涯を通してずっとお持ちだったのではないかと感じたので、なぜそうなったかを細かく紐付けしていけたらと思ったんです。

――近年の佐野さんにとって、乱歩を語るうえで「戦争」が重要なキーワード。

佐野　戦争のことが気になったきっかけは、作品の背景を知るためでした。乱歩が生まれたのは一八九四（明治二十七）年、日清戦争の年でしょう。それで日露戦争の始まりが十年後の一九〇四（明治三十七）年。乱歩は子どもの頃から何度も戦時下を生きていて、いつも戦争が人生のターニングポイントだった。引っ越したり、古本屋さんをやったり。無自覚だと思うんだけど。そして東京オリンピックという国家的事業のあとに亡くなったわけです。

――昭和十年代、検閲のために著作が事実上の絶版状態になったこともあり、執筆活動ができなくなった乱歩は、戦時中、町会活動に熱心に関わっていました。戦前と戦後の変化についても乱歩自身、エッセイで書いていますね。

佐野　戦時下の乱歩については『貼雑年譜』をつくっていたこと以外、あまり知らなかったんです。戦争は避けたいのが本当のところだったとは思いますが、あからさまに反戦を唱えることなどできない空気でしたでしょうし、時勢に身を任せながらも見て見ぬ振りはできないし、目の前で起こる事態に対して、自分にできることをやっていこうというか……。おそらく当時の人たちの多くが、当たり前のように抱いていた思いかもしれません。でも、それは戦争を後押しすることにもつながりうるのではないか、と。僕も表現の仕事に携わる身として、とくに東日本大震災、コロナ禍を通じて、メディアや国の情報は本当に正しいのか、正反対じゃないのかと唱えてもいい。でも、実際どうなのか、わからないところもたくさんある。そういう、何を信じていいのかわからない状況の中で、ひとつずつ検証しながら、自分で納得して発言できればとは思うんですけどね。政治的なことであれ、天変地異であれ、葛藤やどうにもならないことを、なんとか乗り越えて幸せな状態でいたい。その思いを届けるために表現という手段はあるはずなので、そのことを忘れちゃいけないと思うんです。話がいきなり核心に行ってしまいましたが（笑）。

――そういうこともふまえて、明治期以来、戦争とともにあった乱歩の人生。

佐野　ええ。乱歩本人は、意識してそのことを作品などに書いたつもりはなかったかもしれません。でも、結果的に、この国がどうなって、市井の人たちがどのように暮らしていたか、何を美しいと思い、何が正しくて何が間違っているのかを問い続けた人生であり、作品群だったと思うんです。その「問い続けること」が大切だと、僕は乱歩から教わった。それはさらに次の世代に必ず伝わっていくと思います。

乱歩との出会い

――佐野さんに大きな影響を与えた乱歩。その出会いについて伺えますか。

佐野　ほんとうに個人的なことになっちゃうんですけどね。少年探偵団シリーズのポプラ社版が再版されたのが、一九六四（昭和三十九）年だったかな。東京オリンピックの年。当時、僕は島根県の松江に住んでいて、日曜日に父親と園山書店という書店に行ったんです。一九六〇年代、地方都市でも書店や映画館は、意識的にセレクトが尖ってたなあと思い出します。

――個人書店ならではの選書が。

佐野　ええ。その園山書店で、父親が『電人M』を買ってくれたんです。もちろん、少年探偵団シリーズは人気ですから、それが並んでるのは当然なんですが、僕は知らなくて。まだ小学生だったし、漫画ばかり読んでた気もするし。で、何冊か並んでいる中で、たぶん表紙がロボットだったから選んだんじゃないかな。手塚治虫さんの『鉄腕アトム』とか、横山光輝さんの『鉄人28号』や『鉄のサムソン』が大人気で、子どもたちはロボットが大好きだった。『少年探偵団』や『怪人二十面相』もあったはずですが、これを先に取ったのは、やっぱりロボットでしょうね。

――タイトルも独特で、惹かれる感じがありますね。

佐野　そうなんです。その日に帰って一気に読んで……もう没我。作詞家の松本隆さんともお話ししたことがありますが、松本さんも友達の家で『少年探偵団』を手にとって、気がついたら夜暗くなっていた、と。まったくその間のことを覚えてないくらい没頭してしまったそうなんです。僕も同じでしたね。それから一気に熱中して、当時は月一回の配本だったので、シリーズは全部読んでました。しかも、くり返し、くり返し。

――まわりの子どもたちも、同じように読んでいたんでしょうか。

佐野　クラスで「少年探偵団」という読書グループを結成したんですよ。会員証もつくってね。ほんとうはBDバッジをつくりたかったんだけど（笑）。メンバーの中で、ちょっと温度差があって長くは続かなかったけど、探偵ごっことかもしてました。

——何年生くらいですか。

佐野 小学校五年生か六年生の頃。僕は一九六一（昭和三十六）年まで、東京の練馬の桜台にいたので、池袋のあたりも親に連れられて出かけたのをよく覚えているんです。乱歩作品に登場する東京の風景ですよ。まだ帝都の香りが残っていた。時計塔にしても、長く続くコンクリート塀にしても、銀座の街並みにしても……。僕は練馬に住んでたけど、休みの日にはチンチン電車に乗って上野に行ったり……トロリーバスも走っていて、渋谷や銀座、新宿にも行きましたからね。

——そのあとに松江へ引っ越された。

佐野 そう。一九六二（昭和三十七）年に転校して、松江の親の実家へ帰ったんです。湖べりの松江は神話の故郷であるのと同時に、モダンなところもあってすてきな街なんですが、東京の風景が懐かしくて。幼少期に育った原風景ですから。それが、乱歩作品の中に詰まってたわけですよ。そこにノスタルジーを……まだ十歳にもならない子どもなのに、ものすごく激しい郷愁を覚えたのも、乱歩にのめり込んだ大きな要因だと思います。

——東京オリンピック前の東京。先ほど松本隆さんのお話もありましたが、松本さんが描いた「風街」と一緒ですよね。

佐野 まさに「風街」と一緒です。いまでも思います。一九六一年までの東京しか知らないから、僕にとってはあれが東京だった。でも、小学校、中学校、高校と松江で育って、高校を卒業して東京へ出てきたときには、もう高速道路を車が走り回ってるような状況でね。ニュース映像で東京の様子は知ってましたけど、実際に目の当たりにすると、やっぱり喪失感がありましたね。それでも、路地裏とか細かく見ると、変わってるのは表面だけで、まだまだかつての東京の気配が残ってるし、そんなに捨てたもんじゃないなと。今は原宿なんかで降りると、ちょっと取り返しがつかないかなとも思うけど（笑）。一九七〇年代半ばにもう一度東京に出てきたとき、そこにはまだ「風街」や、乱歩の描いた帝都の空気はかろうじてあった。松本隆さんは笄町の生まれ育ちだから、まさに。

――乱歩作品の舞台にもなっていた麻布界隈。

佐野　ええ。生まれ育ったところと重なって、臨場感が特別だったんでしょうね。僕にしたって、そういう失われた東京の原風景を求めつつ、アンテナを張って、目をこらして耳を澄ませば、まだ感じられる。その喜びのほうが今でも大きいですけどね、絶望感よりも。そういう感覚が、乱歩作品を読み直すたびによみがえってくるんです。放っておくと、自分自身が「今」の物語に持っていかれちゃうので。毎日ずっとスマホを見てますけど、身体の使い方がやっぱり違いますから。乱歩作品に惹かれ続けているのは、そういう身体感覚が内側からよみがえってくる、ということですかね。

――その身体感覚を、あえて言葉にするとしたら……。

佐野　うーん、難しいな。僕は音楽もやるので、楽器を弾くようなことですかね。ギターを弾く。こうすると音が出る。ここだとこういう響きになる。音として表れるものと自分の身体は別なんだけど、そこを直結させるにはどうしたらいいかという感覚……。音楽じゃなくても、人と共有しなくても。たとえば、仕事から離れて、海辺で何も考えずに潮騒の音を聞いているとか、ただずっとたき火を見てるとか。そういう行為を通して、人間が古代から変わらずに感じてきた身体感覚を、今でもよみがえらせることはできると思うんです。それは非常に大事なこと。リセットするというか、思い出させるというか。自覚的でなくとも、無自覚にでも身体に覚えさせる。どうしても目先のことだけに振り回されてしまうので。それはそれでやらなきゃいけないことなんですけどね。

「芋虫」と「偉大なる夢」と「防空壕」

――先ほどのお話に戻りますが、反戦という視座から、佐野さんは乱歩の小説をどのように読まれるのでしょうか。

佐野　戦時中に乱歩は町会や大政翼賛会関係の仕事をしていたわけですが、当時ならきっと、その立場に追い込まれたら多くの人がそうしたことでしょう。乱歩の、よく言えば大衆性、逆に言えば弱さみたいな、どっちつかずの何か。自分の純粋さと、世の中に迎合して生きていくしかなかった自分に対する不甲斐なさとが重なって感じられるんです。そういうなかで、戦時中に「偉大なる夢」（『日の出』一九四三年十一月号～四四年十二月号）という戦意高揚小説を書いてますよね。

大好きなんです、あの作品。SFとしても荒唐無稽だし。あれで思いきり戦争に荷担して、ルーズベルトをけちょんけちょんに言いながら、スパイは誰かを探るという小説ですけれども。

――乱歩としても珍しいタイプの小説ですね。

佐野　最後に種明かしされると、軍にとって「万歳」みたいな終わり方になってますけれども、ずっと乱歩を読み続けている人なら、そこに書かれていることが嘘だったんじゃないかというからくりがわかると思うんです。なので、僕は「なるほど、その手で来たか」と。でも、当時「偉大なる夢」を検閲した人は見抜けなかったのかな。ようするに、書いてあるか書いてないか、言ったか言わないかみたいなことだけで、世の中を判断してるってことでしょう。「偉大なる夢」には、文字として書いてはいない。裏にある内実はその反対。なかなか巧妙だなと思いました。

――書かれた言葉から「どうしてこんなことが書かれたんだろう」ということを読みとるかどうか。

佐野　「偉大なる夢」もそうですし、戦後十年経ってから書いた「防空壕」は、いかに空襲が美しかったかを書いてるけど、もちろん単純に戦争は悪かろうが美しければいい、なんてことを言ってるわけではなくて、自分の中にある物事を決めきれないモヤモヤを、そのまま描いてると思うんです。で、なぜそんなことを書いたのかという心根を読者は読みとる。そうして「芋虫」と「偉大なる夢」と「防空壕」を続けて読むと、ひとつの世界が浮かび上がってくるんですね。戦前、戦中、戦後に乱歩がどう思っていたか、捉えていたか。一点だけを見てわからなくても、連ねて読み続けると見えてくるものがありますよね。

――それが乱歩の特質でもある。

佐野　ひとつひとつの作品は違うんですけどね。本当に出鱈目で、ひどいなと思うものも正直ありますよ（笑）。むちゃくちゃじゃないかとか、また思いつきで書いたなとか、いっぱいあるんだけど、そういうところも含めて、続けて読む、あるいはランダムに読むことで、近現代史が浮かび上がってくる。いま読むとなおさら、子どものときに読んだのとは違う感覚がありますね。やっぱり、自分の中でとても重要な作家だと、折にふれて再確認しています。

朗読することでわかること

――乱歩の文体は、語りかけてくるような調子も独特です。その背景には、乱歩が幼少期に黒岩涙香の小説などを母親から読み聞かせられていた体験も大きかったのかと。

佐野　それは大きいでしょうね。

――佐野さんは、乱歩の作品を朗読されてきました。一九九七年には新潮カセットブックで「人間椅子」と「押絵と旅する男」を収録されています。最近、ドワンゴのオーディオブックで「鏡地獄」と「芋虫」が配信されました。朗読という方法を通すと、乱歩はどのように見えるのでしょうか。

佐野　いつも反省するんですが、やっぱり江戸川乱歩ってある種の権威だし、いわば「立派な作家」じゃないですか（笑）。そういう認識の上で、どうしても乱歩作品を読んでしまう。その呪縛から逃れるのは難しいですよね。

――「立派な作家」という呪縛。

佐野　僕ね、乱歩を朗読すると「ちゃんとしちゃう」んです（笑）。皆さんがちゃんとしたものを聞きたがっているのもわかるし。出鱈目な話だからといって「これは出鱈目ですよ」って読んでもダメだし。だから、皆さんと一緒に「さて、どうなんでしょう？」って問いかけながら、ずっと話の筋を追っていけばいいんですけどね。ましてや「語り聞かせてあげる」みたいな心根がちょっとでもあったらダメ……というか、そんな芸はないんだけど（笑）。

――その意味では「防空壕」という一般的にあまり知られていない小説を読むことは、佐野さんのおっしゃる権威化された乱歩でなく、ニュートラルに入っていけるきっかけにもなるのでしょうか。

佐野　そうですね。それに、乱歩作品はやっぱり短編がいいじゃないですか（笑）。「人でなしの恋」とか、朗読するにはちょうどいいですし。

――時を経て朗読する場合、以前からの変化などはおありですか。

佐野　それは乱歩作品だからというより、毎回、朗読するときの心根がどうあるかで変わりますね。「このお話と共に一緒にひとときを過ごしましょう」と。ただ、それは自分と受け手との間に信頼関係がないと難しいんですよ。自分で自分を演出するのって本当に難しくて。

――その難しさというのは、どういったところでしょうか。

佐野　誤解を恐れずに言えば、「観客は信じない」というところから始めて、観客に話の内容を信じさせる技術。僕はそういうものを持ち合わせてないし、不器用だし（笑）。なので、書いてあることを音にして、観客の皆さんと一緒に話に向きあうしかないわけです。もちろん半分は自分に語り聞かせているんだけど……その自分だって、ちゃんと聞いてるのかどうか、当てにならないからね。くり返しになりますが、乱歩はずっと戦争というものに翻弄され、共に生きざるを得なかった。そして、我々は相も変わらずそうやって生きている。そう思いながら乱歩作品を読むと、少年のときのような受けとめ方とはまた違って、老境にさしかかりつつある今、なおさら共感や切実さが増すんです。

映像化される乱歩

――乱歩は、小説が読み継がれているだけでなく、二次創作的な派生作品がとくに多い作家だと思うんです。

佐野　そうですね。新しい少年探偵団シリーズが出たときは嬉しかったもんな。「あ、携帯出てきた！」とか（笑）。それはそれで楽しいですよ。

――佐野さんご自身、乱歩原作の映像作品に数多く出演されています。

佐野　そうですね。俳優の中では、多いほうかもしれません。

――映像化される乱歩ということについて伺えますか。

佐野　それは監督次第ですからねえ。映像作品では、田中登監督の『江戸川乱歩猟奇館　屋根裏の散歩者』（日活、一九七六年）が一番好きかもしれないな。いどあきおさんの脚本で、石橋蓮司さんが主演された。

――ご自身の出演作ではいかがですか。

佐野　手前味噌ですけど、一九九四（平成六）年に自分がやったオムニバスドラマの『乱歩―妖しき女たち―』（ＴＢＳ）もなかなかいいんじゃないかな（笑）。たとえば、デビューしたばかりの常盤貴子さんと共演した「接吻」という小品は、あまり知られていないかもしれませんが、乱歩らしい鏡を使ったトリックで映像向きだし、どうしてもやってみたいと思ったら、企画が通ったので嬉しかったですね。あの頃は、僕もわがまま放題だったので、乱歩がいち早く紹介したラヴクラフトの『ギミア・ぶれいく　インスマスを覆う影』（ＴＢＳ、一九九二年）なんかもやってしまって（笑）。

――『ずっとあなたが好きだった』（ＴＢＳ、一九九二年）で、佐野さんがマザコン男を演じて「冬彦さん現象」を巻き起こし、続編の『誰にも言えない』（ＴＢＳ、一九九三年）もつくられました。そのあとに『乱歩―妖しき女たち―』の企画が実現した。

佐野　ええ。『ずっとあなたが好きだった』と『誰にも言えない』の視聴率が幸いよかったので、企画が通ったんでしょうね（笑）。声をかけてくださったプロデューサーの貴島誠一郎さんも乱歩好きだったし、『誰にも言えない』にも乱歩的要素があったので、企画されたんだと思います。『乱歩―妖しき女たち―』の演出の吉田秋生さんも幻想怪奇文学が大好きな方で。あの頃のＴＢＳは変な人がたくさんいたんですよ（笑）。だから、バンドじゃないけど、そういうメンバーが集まっていたからこそできた。それぞれに乱歩やホラー、ミステリーに対する熱い思いを持ってた人たちが、たまたまドラマの現場に携わっていた。それだけなんです。

――偶然の出会いが作品になっていった。

佐野　そうですね。マザコン男のドラマがヒットした頃に、そんなメンバーだったからできたことでね。仮に橋田壽賀子さんの脚本だったら、たぶんそうはならないわけで。それはそれでおもしろいですけど（笑）。でも、ストーリーは変わらないのかな？　ホームドラマとしては。家族のいざこざは一緒かもしれませんからね。

――不条理の表れ方が違うだけかもしれません。

佐野　そういうことですよね。だから、乱歩作品をどう映像化するかは、つまり原作の中の何を見ているかで変わるのでしょう。物語を解釈する上で何が正しくて何が間違ってるということはないと思います。もちろん、僕の中での、個人的な線引きはありますけどね。

細部を緻密に描写する

――乱歩を含めた、佐野さんの探偵小説への思いを考えるとき、映画初主演作である『夢みるように眠りたい』(林海象監督、一九八六年) を忘れてはいけないと思うんです。

佐野 そうですね。監督も僕も、お互い面識もない状態で、あの作品に呼び込まれたような形でした。「乱歩じゃないか、これは」と (笑)。大好きな乱歩の世界で、しかも探偵。すぐに「やります」って言いましたね。

――あの作品に感じられた乱歩的な世界は、どういうものだったのでしょうか。時代設定や無声映画という表現もあると思いますが。

佐野 乱歩特有のというか、探偵の部分ですね。ディテクティブで、次々と謎が謎を呼んで最後に解決していくストーリー展開。その喜び、楽しさに多くの読者や観客は惹かれたと思うんです。と同時に、仁丹塔とか浅草十二階とか、帝都の香りが残っている建物を選んでモンタージュしてつくられた映画だというところに乱歩的なリアリティがあるのでしょう。今ならＶＦＸで細かいところまでその時代を再現できるかもしれないけど、それではちょっと空気感が違いますよね。

――背景となる具体的な建物などの存在感。

佐野 物語、ストーリーも大事だけど、物事が展開するときに何が映ってるか。その向こうに何があるのかを、作家にしろ監督にしろ、つくり手が物語と同様、あるいはそれ以上に緻密に描き込む。フィクションであろう物語を、撮影しているその現在に、背景を緻密につくりこむことで現在は過去となり、観客は本当か嘘かわからなくなって作品の魅力に誘われていく。そのまなざしが『夢みるように眠りたい』の場合、監督にもあった。描写がいちいち細かいじゃないですか。そういうところかなと思います。

――それが、乱歩の小説とも重なる。

佐野　そうですね。「青銅の魔人」で言えば、夜も更けた時間に、ジャラジャラとネジの音を立てて銀座の街を歩いている不審な人物を見る。その出来事じたいに引き込まれていくんだけど、ネジの質感の描写とかね。そういうフェティシズムが重要だし、いちばんの魅力はそこだと思います。

――人物の内面云々よりも、造形のディテールが緻密だからこそ。

佐野　それは、水木しげるの漫画でも、つげ義春の漫画でも一緒。まあ、そんなこと言ったら、それがないものには心惹かれませんけどね（笑）。ただ、ネイチャーフォトみたいに綺麗に撮るのか、明らかに人物を撮っているのに陰影としか感じられないように物として人間を捉えるのか。そのまなざしは全然違いますからね。谷崎潤一郎も好きなんだけど、敵わないからな、あそこまで本物だと。

――谷崎でお好きなのはどんなところですか。

佐野　小説じゃないけど、たとえば『陰翳礼讃』で、徹底して自分の美学を書いていくでしょう。『美食倶楽部』での食べ物に対する狂気に近いまでの執念とか。それは誰にでもできることじゃないし、それに対する憧れもあるけど。乱歩は「あれなら俺にもできるんじゃないかな」と思わせてくれる（笑）。

——対象がちょっと身近に。

佐野　そう。でも、やっぱり変は変だよね（笑）。

——乱歩作品と乱歩自身を並べてみると、どうお感じですか。

佐野　オタクだと思うけど、大らかですしね。かなり常識人だし。本人と作品とは深いところでリンクしてて、実人生をずいぶん投影してるとは思いますよ。だけど、実人生と作品は関係ありませんって述べるじゃないですか。でも、見える。そういう隠れみのを使ってる感じはします。そのやり方も非常に巧妙だなと。自分を主張しないやり方には、非常に共感を持ちますね。

——共感を。それは佐野さんが演技をされる上で……。

佐野　乱歩から学んだのか、もともと自分の中にあるからそうしたのかはわからないですけどね。ドラマで演じてる人間が、そのまま僕のわけがないけど、演じてる僕は僕自身だから。どうやったって、何を演じたって。良くも悪くも、ドラマの中の僕自身なんだろうし。それを行ったり来たり、入れ子のやり方を意識的に使ってるとは思いますよね。

乱歩に惹かれている理由

——そんな佐野さんが、あえて一番好きな乱歩作品を選ぶとしたら……。

佐野　いろいろな作品に携わってきましたけど……やっぱり「押絵と旅する男」かな。こんな言い方をすると本当に僭越だし、乱歩に失礼かもしれないけど、作品としての完成度といい、描写といい、遠近法の逆転の感覚が身体にズシンと入ってくる。あれはすばらしいですよね。二〇二一年に神奈川近代文学館で朗読したんですが、ひさしぶりに朗読したら、新たな構造に気がついたんです。つまり、押絵の中の兄と一緒に旅をしていると言いながら、あの弟はお兄さんを殺してきたんだなって思ったんですよ。

——なるほど。読みながら発見があった。

佐野　本番前に何度も読んでるうちに気がついたことでしたけど。なので、新潮カセットブックで読んだときと、今は解釈がかなり変わってますね。

——時期の問題もあるかもしれませんが、黙読と朗読とで乱歩作品の受けとめ方は変わるものですか。

佐野　黙読の場合は自分が文字の中に入っていくけど、音読は文字が自分の身体の中に入ってくるので、逆の行為ですね。どっちがどうってわけじゃなくて、それぞれの楽しみがある。ようは、文字を読む喜び。中上健次や石川淳の小説を読んでるときもワクワクするんです。権威ある文学者たちですが、単純に文字が身体に入ってくる。文学っておもしろいなと心底思います。

――黙読することで文字に没入する喜びもありますね。

佐野　そう。この語り口がたまらない、とかね。人によっては読みにくいだろうけど。ラヴクラフトにハマったのも、原文が難解だろうから誰が訳しても読みにくいのかもしれないけど、その読みにくさがいいじゃないですか。それで言うと、乱歩は非常に読みやすいし、引っ掛かりは少ないかもしれない。だけど、引き込まれる。若い子たちに読み親しまれているラノベの元祖の一面もあるのかな?「押絵と旅する男」が一番好きだけど、乱歩世界の集大成としては、やはり「孤島の鬼」でしょうね。

――「孤島の鬼」は今、BLの文脈で非常に人気を博しています。

佐野　腐女子の大好物。そこは乱歩も意識的に書いてただろうしね。悪いやつだな(笑)。

――(笑)。改めて、佐野さんが乱歩に惹かれてきた理由を伺えますか。

佐野　子どものときに少年探偵団シリーズを読んだのが、乱歩との最初の出会いでしたが、なぜそんなに夢中になったのか、いま改めて考えてみると、愚かさや切なさ、生きる喜びは、世の中の善悪や常識、法律が定める正しいこと、間違ってることに左右されるのではなく、人が生きるうえで何が大切なのかを考えさせてくれたからなのかなと。僕はそれを、学校や家庭以外に、乱歩の言葉の中に嗅ぎとった。もちろん当時は意識はしていなかったけど。「これでいいんだ」と。

そして「二十面相、がんばれ！」と思うわけです（笑）。

――明智側、つまり正義とされる側ではないほうを応援したくなる。

佐野　乱歩に限らず、ウルトラマンよりも怪獣やマッドサイエンティストに感情移入するし、マカロニ・ウエスタンの映画でもクリント・イーストウッドよりリー・ヴァン・クリーフのほうに肩入れしていた。そういう個人的な「おまえ、ちょっと変だよ」って言われるところは受け入れるとして（笑）。でも、間違ってると言われるもののほうが正しいんじゃないかという物の見方と、本当はどうなってるのかを考える思考の仕方を、乱歩作品と出会ったことで、学んだんじゃないかな。そんなふうに、今になって振り返っています。

（二〇二三年六月十九日）

佐野史郎
（さの　しろう）
一九五五年山梨県生まれ。生後まもなく東京へ引っ越し、六歳の時に島根県松江市へ。高校卒業後、上京。七四年、「美学校」にて中村宏に師事。七五年に劇団「シェイクスピアシアター」の創設に参加。八〇年に唐十郎主宰「状況劇場」に移り、八四年まで在籍。八六年、林海象監督のデビュー作『夢みるように眠りたい』に映画初主演。九二年、ＴＢＳ金曜ドラマ『ずっとあなたが好きだった』で桂田冬彦を演じて脚光を浴びる。ドラマ、演劇、映画、朗読など数多くの作品に出演するほか、写真、音楽活動もおこなっている。

平井太郎をドラマ化した『探偵ロマンス』の方法

安達もじり

interview
mojiri
adachi

乱歩の小説から逆算してドラマを想像する

——二〇二三年一月から二月にかけて、NHK土曜ドラマ『探偵ロマンス』全四回が放送された。江戸川乱歩が乱歩になる以前、若き日の平井太郎を素材に描いた異色のドラマで、太郎を取り巻く大正期の風俗や社会状況、乱歩の実人生と作品の交差、小説のエッセンスを緻密に表現して話題を呼びました。本学文学部の金子明雄教授にもご一緒いただいて、お話を伺います。放送から約半年が過ぎましたが、非常に好評でしたね。

安達　本当に楽しんでいただけるものになったかどうかは、ご覧いただいた方のご判断だと思いますが、むちゃくちゃハマってくださったコアなファンの方が大勢いらして。ちょっとびっくりしたのが、若い方から葉書をいただくことが多くて。

——葉書ですか。

安達　朝ドラをやっていると、ご高齢の方が愛してご覧くださって、長いご丁寧なお手紙をいただくことはあるんですが、今回は熱烈な葉書一枚、みたいなものをけっこういただきましたね。それまで全然知らなかった世界に触れたようなワクワク感を持っていただけたのかなという気がして、ありがたいと思ってます。ちょっといつもと違う感じの反響というか、あまり経験したことのないパターンでしたので、さすが乱歩先生と（笑）。

金子　乱歩好きの方は、それぞれの「私の乱歩」を持ってますから。たとえば「もしも乱歩が自分の描いた作品世界の中に生きていたら何が起こるか」という設定にしたとき、「ここは自分だったらこうする」とか「こういうディテールは自分ならこれを使うのに」みたいな議論も起きるでしょうし、今回はそういう楽しみ方もできる作品だったと思いますね。

安達　そうおっしゃっていただけるとありがたいです。

金子　ドラマに描かれている乱歩は、彼の作品世界の中のようなところに飛びこんでいきますが、そこに入るとき、自分の夢をそのまま肯定するのか悩んで、微妙な抵抗感を持つのがひとつのポイントだったと思うんです。そのあたりは意図がおありだったんでしょうか。

安達　あくまでも大いなるフィクションといいますか、無謀な設定でして（笑）。ただ、乱歩が小説を書くためのヒントを現実の社会の中から得ていた、という仮定をもとにドラマをつくったので、物語の導入として、まず目の前で起きている出来事をちゃんと見ようという太郎の葛藤から始まるわけです。それに直面したときに太郎が何を感じるのかが、物語の核になるとは思っていました。

――大前提に乱歩が書いた小説があって、それがじつは現実の事件や出来事を題材にうまれたという設定。

安達　ええ。すべて逆算の想像でつくりましたが、帰着点としてすでに作品がある。その中で「乱歩先生が社会の光と影を目の当たりにしたとき、何を思われたんだろう」ということは意識しました。百年前の大正時代を調べると、現代社会と重なる問題が多く、非常に現代的なテーマになると思いましたが、どこまで伝わったのかは、視聴者に委ねるしかない。ただ、作品を見てくださった方が議論したり、何かに思いを馳せたり、何度見ても発見があるような作品になったのであれば嬉しいです。

現実と虚構が交錯するエンターテインメント

――改めて『探偵ロマンス』が生まれた経緯を伺えますか。

安達　一緒に演出をしたディレクターの大嶋（慧介）が企画を書きまして。乱歩先生の随筆の中に、岩井三郎という実在する探偵の門を叩いたという数行の記述を見つけたんです。実際には弟子入りを断られていますが、そこから妄想を膨らませて「本当に探偵をやっていたらどうなってたんだろう」と。乱歩先生の世界観をベースに、そんなエンターテインメントをつくれないかという思いつきが発端でした。

――乱歩作品の映像化ではなく、乱歩自身、とくに若き日の乱歩をドラマにするという発想を具体化するために、どんな作業から始めたのでしょうか。

安達　最初は、俄か乱歩ファンのように、とにかく小説を読んでいましたが、何より大きかったのは『貼雑年譜』と出会ったことですね。

――乱歩が、自分に関する資料や記録などを貼り込み、それに詳細なコメントを書いた自伝的な資料。講談社と東京創元社から復刻版が出ています。

安達　ええ。ご自身についての資料や記述が事細かに残されていて、読めば読むほど、平井太郎という人の思いが浮かびあがってくる。今回の一番のネタ帳といいますか、とにかくこれを紐解く作業を進めました。『貼雑年譜』は当時の時代状況に関しても、どんな資料より詳しくわかる記録だったので、のめり込むように熟読して、単純に楽しみながらヒントを探しましたね。

金子　乱歩作品を映像化するとき、往々にして乱歩が好んだであろう幻想世界を再現する方向に行きがちです。そういう世界を構築するのも意味はありますが、今回のドラマは、現実社会と虚構の世界の入り交じった関係が描かれたところがすばらしかった。それは、平井太郎という人物を入れ込んだことで初めて可能になったと思います。

――そのベースに『貼雑年譜』が活用されていた。

金子　『貼雑年譜』は、乱歩がどういう動機でつくったのか、わからないところがたくさんある記録ですが、彼が作家になっていくプロセスも含めて、社会をどう見て、どう感じていたのかが素朴にわかる資料でもある。それをドラマに取り込んだのは大きなメリットだったと感じます。ですから、乱歩の、必ずしも幻想的な面だけをクローズアップするのではない、彼の内面世界が外の現実世界と交錯するという観点は新鮮でした。

安達　まずリスペクトありきですが、ただ忠実に平井太郎さんの人生を再現するという仕掛けではなかったので、アイデアを膨らませるための厖大なヒントをもらえたのは最高でした。というのも、何度かモデルがいる方の物語をつくってきましたが、ここまでの資料は絶対に残ってない。その中で想像するしかない局面が多いんです。なので、逆に「なんでこんなに資料や言葉を残したんだろう?」と。平井太郎、江戸川乱歩という人が考えていたことを想像する作業が楽しくて、表現上の遊び心にもつながったと思います。

――現実に寄り添う部分と、一方で実際の乱歩の時間とは多少ずれながら、たとえば、スペインかぜの話題を入れることで、我々が生きる現代とのつながりを見せるような部分もありました。乱歩の小説を映像化したものはたくさんありますが、何か参照された先行作品はあったんでしょうか。

安達　時間があるかぎり、いろいろなものに触れようとはしましたが、何よりも小説を読む作業における発見がたくさんあって。乱歩ワールドを大きく三つに分けると、推理と冒険と耽美といった要素があると思うんです。子どもの頃に乱歩作品でワクワクした感覚を思い出すと、もちろん耽美的な部分で、ドキドキしながら大人の世界を覗くような気持ちもありましたが、それにくわえて冒険小説的な、非常にドライブのかかるような書き方をされていて。「あ、意外とこうだったな」という再発見がみんなの中であったんです。

――イメージの中の乱歩と、小説を改めて読むことで見えた乱歩の世界。

安達　ええ。ですので、とにかくエンターテインメントとしてつくるのであれば、耽美に寄るんじゃなくて、むしろ冒険小説的なワクワク感をどうやったらつくれるかを第一に考えていこうという話をしながら、脚本の坪田（文）さんと物語をつくっていきました。

「場所」と「視点」の物語

――制作の過程で、ドラマの形が少しずつ見えていった。美術部チーフの瀬木（文）さんが、ドラマの世界を視覚的に表すために使われた「渇き」「赤と黒」「文字」「八角形」というキーワードを提案されたとか。アジアンティストの街並みや建物なども非常に特徴的でした。そうした視覚的な要素を脚本やドラマ全体に入れ込んでいく中で、美術スタッフの方々とはどんなお話をされながら、あの世界をつくっていかれたのでしょうか。

安達　『探偵ロマンス』では、通常と較べると早い段階から瀬木に合流してもらったんです。まだ粗筋もないような時期で「こんなことやりたい、あんなことやりたい」と話をしていく中で、瀬木から四つのキーワードが出てきました。それをもとにしながら、瀬木が写真を集めたり、自分で絵を描いたり、物語の視覚的な部分をつくってくれたので、速やかに坪田さんに渡したら、坪田さんもすごく興奮してくださって、そこからまたアイデアが次々に出てくる……。そんなやりとりを四～五か月くらい続けて準備をしました。スタッフの誰も仕上がりのイメージが途中でわからなくて、模索しながらつくっていったという感じですね。

――アイデアの取捨選択も多かったと思いますが、とくにドラマの核となっていくような案は。

安達　アイデアの九割以上を捨ててあの形になったんです。で、具体的なシーンではないんですが、スタッフ全員が徐々に思いはじめたのが「このドラマは場所の物語なんだ」ということです。百年前は今以上の格差社会だったことも知り、それなら、富裕層がいるエリア、かたや生活に苦しむ貧困層がいるエリア、あらゆる人が集まる大歓楽街――大きくそんな分け方をして、多少デフォルメもしながら表現していきました。それらが混然と同居している全体像になったらおもしろいなと。その中で唯一、太郎だけがすべての場所を行き来するようなイメージができあがっていったんです。

――各エリアに出入りすることで、太郎の世界がひろがっていく。

安達　最初は生活が苦しいところにいた太郎が、もっと社会のことを知らなければと未知の扉を開けたときに、さまざまなものが見えてくる。それぞれの場所で生きる人びとの生き様や苦しみ……。それが「江戸川乱歩」の作品に落とし込まれていくような構図になればいいなと思っていましたね。

金子　太郎が鳥羽から東京に出てきて、隆子さんが後を追いかけてきちゃいますよね。もちろん、世界が太郎からどう見えているかもおもしろいんですが、隆子さんが東京や太郎の姿をどう見ているのかという部分もおもしろい。そういう視点をつくることで、都市の姿がより鮮明に見えてくる。都市を再現するだけでなく、それを誰が見ているものとして描いたか、という点が大事な気がしました。

――隆子さんは、他の登場人物と違う新鮮なまなざしで世界を見ていたように思いました。

安達 あの役だけがすべて見えているんです。つくっていく過程で「もうこの人の言うことを聞いとけば、ちゃんと生きていけるんちゃうん?」みたいな(笑)、あまりにも出来上がったキャラクターになっていって。結果的に、太郎の目線と隆子さんの目線という二重の目線ができたのかなと思います。

――「場所」と「視点」が重要なキーワードだったんでしょうか。

安達 はい。太郎がいろんな場所に行くとき、目立たなくてもその場所にいる人の視点で太郎を見るような仕掛けにしてみたり、大勢の登場人物の視線が交錯することで、重層的に社会や都市を描きたかったのかもしれません。

――白井三郎は太郎の見る世界を知りたい、太郎は白井の見る世界を知りたい、隆子は太郎の見る世界を知りたい。それぞれに「自分と異なる他者の視点で世界がどう見えるかを知りたい」という動機で物語が起動し、それらが絡み合いながら進むドラマだったように思います。作中で「ピス健にもがんばってほしいと思う人がいる」といったせりふもありましたが、犯人が単純に悪とされるのでない。だからこそ、住良木のような視点も出てきたのかと。

安達 そうですね。坪田さんと、何を描きたいかを突き詰めて議論したとき、「人と人は絶対にわかり合えない。でも知ろうとしないと、本当にその壁がなくなることはない」という話になって。どうしたら人はわかり合えるのかを深く掘り下げてみたいとおっしゃっていたんです。今まさに世界にはさまざまな分断がありますが、そういう状況に対して人としてどうあるべきかを、坪田さんは根本に描きたかったのかなと理解しています。

地下トンネルがつなぐ世界

——作品全体として、マニアックなくらいにディテールが凝っていて。

金子 細部へのこだわりとか、とてもあるよね。

安達 平井憲太郎さんとお目にかかったときに「目が肥えた厳しい乱歩ファンの皆様に楽しんでいただけるものがつくれるか不安です」と申し上げたら、「いや、乱歩ファンは緩いですよ。とにかく楽しいものにしてください」とおっしゃった（笑）。そのお言葉に甘えて、信じきっていましたが……。

金子 両方だと思います（笑）。乱歩が取り上げられることに喜びを感じる一方で、やはりディテールについては一言物申したい方々が多い（笑）。

安達 なるほど（笑）。とにかく『貼雑年譜』に厖大なヒントがあって、太郎の下宿は古本屋と合体させた設定にしましたけど、基本的には乱歩先生が書いた図面どおりにやってみよう、と。あまりに細かく書き残されているので、セットをつくるのが楽しかった記憶がありますね。

――「赤い部屋」のセットも印象的でした。

安達 赤い部屋の表現は一番悩んだところで。もちろん小説の「赤い部屋」から発想した設定ですが、ドラマの中での意味合いは全然違う。美術部チーフの瀬木と何回も小説を読んで、どの言葉が大事かをピックアップしながら、瀬木なりの「赤い部屋」に対する捉え方の表現が、あのセットになったんです。実際の撮影のときに照明部が照明をつくってくれるんですが、赤のニュアンスもイメージは千差万別ですから、相当議論しました。その中でも瀬木の信念をもとにつくったセットでしたね。

――精緻なセットも見事でしたが、冒頭から出てきた巨大な地下トンネルみたいな空間も印象的でした。

金子 作家の伝記を考える場合、たとえば自然主義系の作家だと、作品に書いてあることをそのまま事実のように思ってしまって、作品世界とその人の人生がストレートにつながっているイメージを持つことがしばしば起こるんです。乱歩の場合、本当の平井太郎がどういう人だったのかは僕もよくわからないけれど、「作品では犯罪を書くけど、自分が犯罪好きなわけではない」みたいな……当然ですけどね(笑)。「私は健全な社会人ですよ」というイメージを意識されていて。

――社会的、常識的な生活がちゃんとできた人。

金子 そういう側面と作品世界との落差がある。それをひとつにしたとき、一体何が出てくるんだろうと考えるわけです。そうすると、あの地下トンネルが、現実の平井太郎と彼の幻想的な世界の通路だったように見えました。

安達　まさにあそこが、いろいろなものをつないで、かつ世界観のベースになってくれる大事な役割を担っていたんです。

――狭間の世界のような抽象的な空間で、いきなり引き込まれましたが、構想当初からあの設定はあったんでしょうか。

安達　全然なかったんです。ロケハンをしているときに地元の方に教えてもらって、とりあえず行ってみたら、むちゃくちゃ古くて長いトンネルがあった。湊川隧道という、神戸のど真ん中なんですよ。で、どういう場面で使えるかはわからないけど、「ここは絶対『探偵ロマンス』に必要な場所だ！」とスタッフ全員が肌で感じて。坪田さんに相談したら、現実でもない、太郎が覗く見知らぬ世界でもない、一個の脳内世界みたいな空間を書いてくださったので、ああいうつくりにしたんです。あそこを見たとき、やっとこの物語のピースが埋まったと思った。湿度が高くて撮影には過酷なんですが（笑）、場所が持つ力を改めて感じましたね。

多彩なキャラクターと彼らが身近にいる感覚

――第一話を見て驚いたのが、白井三郎を演じた草刈正雄さんの度重なるアクションシーンの連続。あれはどの程度、予定されていたんでしょうか。

安達　相当やりたいという強い意図を持って、アクション監督の方に来ていただいたんです（笑）。たとえば「黒蜥蜴」なんかを読むと、チェイス的なシーンがありますよね。当初は「これをちゃんとやるにはどうしたらいいんだろう」という発想で、一話に一回くらいは、そういうシーンをつくりたいと思っていたんですが、正直、だんだん楽しくなってしまったところもあります（笑）。

――（笑）。根底にはエンターテインメントとしてつくる、という方針がおありだったと思いますし。

安達　そうですね。アクション監督と話していたとき、最近はリアリティーを求めるアクションが主流になっているけれど、たとえばピストルの弾が当たって血が流れるとか、そういう表現はせずに楽しめるアクションは何かを考えよう、と。たぶんそれが冒険活劇的なことなんだろうという捉え方で模索した結果が、あのシーンだったんです。

――非常に心に残るアクションシーンでした。他にも、さまざまなキャラクターがたくさん出てくるのも『探偵ロマンス』の魅力のひとつだったと思います。たとえば、オペラ館のお百。オペラ館のディテールも細かくつくられていて、お百という役も、ある意味では今のジェンダー的な問題に踏み込んでいくような部分もあって印象的でした。

安達　お百は難しかったんです。坪田さんから「こういうキャラクターを出せないか」という発案をいただいて、それはものすごく大事な気がしたので、どういう人物なのかを掘り下げるために議論を重ねたんですね。で、世古口凌さんに演じていただく上で、まず人物像や背景などを説明したんですが、頭ではわかるけれど、実際にそれを世古口さんの肉体を通して表現をしてもらうのが、実は大変でした。居ずまいや所作、ちょっとした動きも含めて、お百が何のためにそういう動きをするのか、すべてに理由があってそういう居ずまいになっているということが、いろんな方と話しながらだんだんわかってきまして。

――徐々にキャラクターが構築されていった。

安達　お百は「絶世の美女」という設定だったので、世古口さんをいかに絶世の美女につくっていくかという扮装部の苦労と試行錯誤もあり、世古口さんご自身も含め、みんなが必死に考えて、総合芸術のような感じでつくりあげたキャラクターだったんです。

――物語の中で、重要なキーパーソンの一人でした。

安達　お百のような人物に対して、人として愛情を持てた太郎を描くことが、平井太郎、江戸川乱歩が人間をどう見ていたかをきちんと描くための肝になる気がしたので、そこは繊細につくろうと思って、大嶋とも話しながら進めていったんです。

――世古口さんが好演されていましたね。

安達　本当によくがんばってくださいました。踊りもいっぱいあったので。

――他にもいろんなキャラクターが立っていますし、ちょっとした一瞬の場面に「こんな人出てるの？」みたいな役者さんがたくさんお出になっていて。存在感を持った人がそこかしこにさりげなくいることによって、その人がその場所にいる意味ですとか、太郎がそちらへまなざしを向けたときの意味が深くなっていましたし、ドラマとしての厚みになる。

安達　いや、贅沢させていただきました。

――住良木役の（五代目）尾上菊之助さんの存在感も大きかったですね。

安達　明らかに二十面相を意識したキャラクターにしたんですけど（笑）。ただ、変装するために顔を変えるって、どう表現すればいいのかということだけは、いろいろな映像化された作品も見ながら、悩んで悩んで、悩んだ挙げ句にああいう形で表現したんですけど、正解かどうかはわかりません。

――正解かどうかわからないところも含めて二十面相なんだろうとも思います。菊之助さんは当時、国立劇場の通し狂言『義経千本桜』（二〇二二年十月）に出演されながらの撮影で、かなりのハードスケジュールだったと思いますが、朝ドラの『カムカムエヴリバディ』（二〇二一～二二年）と同じ制作チームだったことも大きかったのかなと。

安達　そうですね。早めに「こんなんつくるんですけど、ご一緒しませんか」とお声がけして、前向きに考えてくださったので。じゃあ、菊之助さんに演じていただくなら、どんな役がいいんだろう、と想像を膨らませていってできた役です。

――ドラマの最終回、最後に変装した住良木として、市川実日子さんが一瞬、登場されました。続編も期待させるような、物語の先を想像させるような、暗示的な終わり方でしたね。

安達　構成している早めの段階から、ああいう感じの終わり方にしたいねと話していて、実際に台本ができあがったときにはあの形だったんです。もちろん「続きがあるよ」とワクワクしてもらいながら、ひとまず一回このシリーズは終わりです、という形にできたらいいなという思いが半分。あと、住良木というキャラクターにしましたが、二十面相のような、乱歩先生がお書きになった世界のキャラクターが今も傍にいるかもしれない、乱歩先生の世界観はいまだにあなたの隣にあるかもしれないよ、と……。ちょっと身近に感じていただけたら嬉しいという思いも半分ありました。終わらない物語にしたかったんですね。物語はやっぱり終わってこそ物語になるわけですが、あえてちょっと開けておくとどうなるんだろうか。そんなことを思いながら、あの形にたどり着きました。

怪盗という夢は終わらない

――ドラマをつくる経験を通して、乱歩、あるいは作品について、イメージの変化などはありましたか。

安達　たくさん小説を読み直して、改めて「めっちゃおもろいな」と感じたんです。平井太郎という方が歩まれた人生については、正直、初めて知ることばかりでしたが、なんて真摯な方なんだろうと。何事に対してもちゃんと向き合ってらっしゃるし、「このエネルギーはどこから来てんやろうな」と思いを馳せながらドラマをつくってましたね。

——作品はもちろん、人間としての乱歩に近づいたような感覚でしょうか。

安達　ええ。楽しいことを届けたい。みんなに楽しんでもらいたい……。ベースにある精神は、我々が今やってる仕事で大事にしなければいけないことと同じなので、改めて敬意を抱きました。どこの小学校にも、ずっとポプラ社版の少年探偵団シリーズを置いておいてほしい（笑）。

金子　怪盗にみんなが喝采を送りたい時代ってどんなものなんだろう。そういう意味で、怪盗は「夢」ですよね。探偵はすごくリアルな存在だけど、怪盗はやっぱり夢だから、それは永遠につづく。終わらない。消えたとしてもまた出てくるようなもの。乱歩は、たとえば怪人二十面相のシリーズのように、夢を追いつづけるところに根源的な、今日的な魅力があるのかなと思います。

——だからこそ、ぜひ続編をつくっていただきたいですね。

金子　そう。怪盗は終わらない夢だから（笑）。

安達　はい（笑）。それがあくまでもフィクションの世界で繰り広げられることが、とてもすてきなんですよね。なので、何らかの形で続けていきたいと思っています。

（二〇二三年七月十一日）

安達もじり
（あだち　もじり）

NHK大阪放送局コンテンツセンター3部ディレクター。主な演出作品は、連続テレビ小説『カーネーション』『花子とアン』『べっぴんさん』『まんぷく』『カムカムエヴリバディ』、大河ドラマ『花燃ゆ』、土曜ドラマ『夫婦善哉』『心の傷を癒すということ』（第四十六回放送文化基金賞番組部門テレビドラマ番組最優秀賞受賞）、ドラマスペシャル『大阪ラブ&ソウル この国で生きること』（第十回放送人グランプリ受賞）など。二〇二三年の土曜ドラマ『探偵ロマンス』を手がけた。

乱歩でつくる「モダン」な歌舞伎

十代目
松本幸四郎

interview
koshiro
matsumoto

乱歩歌舞伎の誕生

――幸四郎さんが七代目染五郎時代、お父様（当時・九代目松本幸四郎。現・二代目松本白鸚）と『江戸宵闇妖鉤爪《えどのやみあやしのかぎづめ》――明智小五郎と人間豹――』（国立劇場、二〇〇八年十一月）を初演されてから、約十五年が過ぎました。

幸四郎　もうそんなに経ってしまったのかと思うと驚きますね。たまたま昨日、倅（八代目市川染五郎）から「あれはやらないの？」って言われたんです（笑）。ああいう世界観のお芝居もなかなかないので、印象が強かったのかな、と。当時、実際に観に来ていたとは思いますが、記憶にあるのか、ないのか……。でも、よく記録映像を見直したりしていましたから、それで覚えているのかもしれません。自分自身、これは再演していくものだと思っていましたし、まあ、倅にも言われましたので（笑）、そろそろやる時期なんじゃないかと考えているところです。

――続編の『京乱噂鉤爪《きょうをみだすうわさのかぎづめ》――人間豹の最期――』（国立劇場、二〇〇九年十月）を経て、二〇一一年一月に大阪松竹座で『江戸宵闇妖鉤爪』は再演されていますが、どちらもまた拝見できたら嬉しいですね。

幸四郎　ずっと上演できるし、進化しうる作品ですね。乱歩先生の原作が、それだけ普遍的に興味を持たせてくれる、刺激をしてくれる存在なんだと、改めてその大きさを感じています。

――初演のとき、乱歩邸にもお越しいただきましたが、今日ひさしぶりにいらして、思い出されることなどおありですか。

幸四郎　何も変わらずに存在することが嬉しいというか。あの頃の思いがよみがえってきて、やっぱり特別な場所だなと感慨深いですね。そもそも「乱歩歌舞伎」と銘打って、江戸川乱歩の「人間豹」を歌舞伎化するというのは、当時やっとの思いで上演にたどり着いたんです。それくらい、ずっと思い続けてきたものが形になったので、その興奮と、「さあ、これから本当に始まるんだ」という実感が初めて湧いたときでもありましたから。

――幸四郎さんが長年あたためられていた企画だった。

幸四郎　ええ。これをやりたいと思ってから実際に上演するまで、十年近くかかったと思います。

――構想から実現にこぎ着けるまでの経緯を伺えますか。

幸四郎　まずは「新作歌舞伎をつくりたい」という思いが強くありまして。じゃあ、何がいいか……ということで、ふと、江戸川乱歩が思い浮かんだんです。乱歩の作品が歌舞伎になったら絶対おもしろいだろうと。一度思うと、その気持ちが変わることはない質なので、すぐに具体的な世界観を考えまして。乱歩作品は、すごくモダンなイメージがありますが、舞台になるのは下町が多くて、そういう微妙なバランスもおもしろい。で、歌舞伎は、豪華絢爛で、明確にそれをお見せするイメージもありますが、その中で「モダンな歌舞伎」も存在していいんじゃないかと。そういう歌舞伎ってあまり思いつかないな、と思ったのが大きかったですね。

――乱歩作品と歌舞伎が、どこでつながったのでしょうか。

幸四郎 歌舞伎のイメージにないモダンさであったり、作品はとんでもない事件ばかりじゃないですか（笑）。でも、何か美しさを感じるんですよね。怖さはありますけれど、そういう闇の中にも美しいものがある世界。歌舞伎にとって「美」というのは、絶対条件みたいなところがあって、どんなお芝居でも……それこそ人殺しのお芝居でも、日の当たらないアウトローの人物が主人公のお芝居でも、やはり美しさが必要なんです。そこで接点が見つかった。それから、作品だけでなく、乱歩先生が（十七代目中村）勘三郎のおじ様とご交友があったという関係性も含め、これは歌舞伎でやるのが必然だと思って、どんどん入っていったんです。

「はてな」をそのまま歌舞伎化する

――なぜ「人間豹」を選ばれたのでしょうか。

幸四郎 人間豹がどういう存在なのかわからないんです。なぜこれだけの人を恐怖に陥れるのかがわからない。しかも、それが「悪」だとすれば、やっつけるのか、滅びるのか。かといって「めでたし、めでたし」でもない。これはどういうものなんだ、わからないぞ、と（笑）。

――小説の「わからなさ」が動機になった。

幸四郎 ええ。その「はてな」を「はてな」のまま上演できないかな、と。歌舞伎に出てくる悪人は、天下を狙ったり、お家転覆を謀ったり、悪なら悪の大義があって、それに対する正義との対決があるんですが、「人間豹」においては、それが何かわからない、というところに興味を持ったんですね。歌舞伎の新たな悪のキャラクターにもなるだろうし、それを実際に形として見てみたかった。もちろん、文字で想像する世界が無限に大きいと思いますが、生の舞台でその世界を見せることに挑戦したくなったんです。

――「人間豹」の他に、候補に挙がった作品はありましたか。

幸四郎　「パノラマ島奇談」ですね。あとは「人間椅子」をはじめ、いろいろな不思議な世界がありますので、短い作品をギュッと凝縮する案も出ましたが、人間豹というひとつのキャラクターに絞って、それをどう歌舞伎化できるかということは、早い段階で考えていましたね。

――そこから乱歩歌舞伎が動きだした。

幸四郎　実現に当たっては「モダンな歌舞伎」というイメージがあったので、演出を誰にするかと考えたときに、もうこれは父に頼もう、と。想像もできない世界観をつくる人なので、父に「江戸川乱歩の『人間豹』を歌舞伎化したい」と投げかけてみたら、あの世界にどんな色が付くのかなという興味もありました。

――演出であり、明智役を勤められたお父様と、どのように作品をつくりあげられたのでしょうか。

幸四郎　僕自身、思い描いていたものや「モダンな歌舞伎」というキーワードはありましたが、自分が考えて始まったことが「一人歩き」していくのを楽しむところがあって(笑)。父に渡すことで、父の世界観、父の存在を通して「人間豹」が新たに変わっていくのを楽しんでいましたね。

――具体的に、どのような作業が待っていたのでしょうか。

幸四郎 とにかく打ち合わせが多かったです。まず僕の原案を、歌舞伎の台本にしなくてはならない。岩豪友樹子さんという方に書いていただいたんですが、大分にお住まいの方だったので、やりとりは電話。稽古をふまえて岩豪さんに相談して、書き直してもらったものをFAXとかで送ってもらって、それを稽古場でやってみて……という連続でした。

――今のようにZoomが普及しているわけでもありませんでしたし。

幸四郎 本当に。わからない場面はいったん措いて、他の部分の稽古を進めたり、役者もスタッフも総出でしたね。音響、照明、舞台転換も、ちょっと特殊なやり方も盛り込んでいたので、タイミングから何から、台本が一ページ変わると、すべてが連動して変わってしまうような状況で。

――演出であるお父様が中心になってつくられた。

幸四郎 ええ。明らかに大変で実現は難しいのに「ちょっと難しいんじゃないか」とか「現実的に間に合わない」とかは一切言わず、あえてこだわりを捨てずに「とにかく考えてみよう」ということでつくりあげていったんです。先に「やりましょう」と言ってから悩むような毎日でした(笑)。

――原作との大きな違いとして、時代が江戸幕末に置き換えられています。

幸四郎　そうですね。価値観の変化といいますか、武士が絶対の存在ではない。むしろ経済を動かせる人たちのほうが力を持っていて、善と悪も揺らいでいるような時代でもありますよね。

――世話物のような様式が、乱歩を歌舞伎に近づけた印象もありました。

幸四郎　江戸に書き換えたら歌舞伎になるということではないと思いますが、説得力さえあれば、「江戸」という世界やそこに生きる人間をつくることができる。「そう思わせてしまった者勝ち」という、非常に堂々と嘘をつける世界なので（笑）。ファンタジーでもあるし、歌舞伎の特異な娯楽性でもある。そういうものを発揮できる時代設定でもあるのかなと思いました。

――国立劇場で上演されたことについて、国立劇場ならではのつくり方もおありだったのでしょうか。

幸四郎　そうですね。歌舞伎座の場合、桟敷席があって、客席にも提灯がきれいに飾られている華やかな芝居小屋ですけれども、国立劇場は客席の壁が非常にシックにつくられていることもあって、雰囲気が全然違う。自分が思う「モダンな歌舞伎」をやるには、ここが一番だろうと思いましたし、古典や伝統を守ることだけでなく、新しいものを一からつくることも国立劇場のひとつの役目だということで、ちょうどいい劇場でした。

原作には存在しない続編で描いたもの

――第一作が反響を呼び、翌年、続編として『京乱噂鉤爪』がつくられました。

幸四郎　『江戸宵闇妖鉤爪』は、乱歩先生が書かれた小説の最後までを歌舞伎にしたので、『京乱噂鉤爪』でその続きを書いてしまった。しかも「人間豹」の結末をつくってしまおうというんですからね（笑）。そこは歌舞伎の傾《かぶ》いたところで。よくご理解をいただけたと、本当にありがたく思っています。歌舞伎の「人間豹」というものを生み出したからには、ちゃんと落とし前をつけなきゃいけない。そのためには人間豹の最期を描かなければいけないのではないかと思って、自分が原案という形でストーリーをつくりました。

――今度は幕末の京都。原作にはない続編のアイデアは、どのように生まれたのでしょうか。

幸四郎　どう終わればいいのか、方法を探していたときに、京都の「大文字」――五山の送り火が思い浮かんだんです。そもそも五山の送り火は、精霊を冥土に送り帰すという意味ではじまったことでもあるので、人間豹が自らそこに行って、自らの意思で炎に包まれて終わるというやり方もあるんじゃないか。そして、それによって江戸が終わる。柱としては、そのふたつが大きかったですね。

――一人二役という趣向も、非常におもしろく活きていました。

幸四郎　『江戸宵闇妖鉤爪』では、善悪という相反するものを一人で演じるかたちの、神谷（芳之助）と恩田の二役でしたので、次は単純に男と女の二役かな、と。それも、大きい女だから「大子《だいこ》」って名前を付けたという……そのままなんですけど（笑）。現実問題として、恩田から大子に早変わりをするにあたっては、恩田の衣裳を脱いで、大子の衣裳に着替えて舞台に出るのが普通に考えることですよね。そうではなく、恩田の衣裳の上に大子の衣裳を着て出てしまえば、ひとつ作業が減るじゃないですか。恩田の上に大子を着て、大子を脱げば恩田で出られる。単純にそれがいちばん早いんじゃないかと思ったんです。ただ、着込んでしまうと大きくなってしまうので、それなら大柄の女にしようということで「大子」にした（笑）。そういう決め事でやっていけば、現実的につくれるだろうと考えましたね。

——なるほど。具体的な手順からキャラクターもうまれた。大道具も立派でした。

幸四郎　父が演出で、美術の方もほんとうにすてきな道具をつくってくださった。羅城門の道具なんて今でも舞台が目に浮かぶくらいです。恩田がその端に立って、そこから飛び降りて去っていく。自分の原案をもとに、岩豪さんが台本を書いてくださって、さらに道具や役者の力で舞台がより豊かになるような出来でした。

——中村梅玉さんもいいお役でしたね。鏡の舞台装置や人形という要素も、乱歩的なイメージと遊び心があふれていて。

幸四郎　梅玉のおじ様には、陰陽師の鏑木幻斎役で出ていただきましたが、ニヒルなイメージでありながら、一方で「花がたみ」という美しい人形を愛している。人間の、ある意味で弱い部分でもあるのかもしれませんが、あの不可思議な役をあれだけ膨らましていただいたことへの興奮はありましたね。

――その後、二〇一一年に大阪松竹座で『江戸宵闇妖鉤爪』が再演されます。

幸四郎　『京乱噂鉤爪』をやった上で、時間が経ち、劇場も変わって『江戸宵闇妖鉤爪』をやるときには、絶対に自分の身体が変わっていると思うんです。ある意味、最初の作品では存分に暴れてやるといった心持ちでしたが、再演するときは、一度上演して型ができていますし、冷静かつ的確につくることは意識しましたね。同時に、初演以上の熱をもって、変化した自分や作品の存在感を見せつけたい、そういう思いはあったかもしれません。

――乱歩歌舞伎をつくられて、改めて乱歩と歌舞伎が重なるのはどんなところだと思われますか。

幸四郎　乱歩先生が、ひとつの芸術的な世界をつくられたのは間違いないですよね。ただ、語弊があってはいけないですけれども、非常に庶民的な感じがするんです。「娯楽」とまで言っていいかわかりませんが、そこが大きいんじゃないかな。崇高なものは、本当に崇高ですし、芸術という言い方もできる。でも、常に「そばにいる」感覚があって、それはひとつの「文化」だと思うんですね。日常に乱歩の作品がある。日常の時間にその世界を広げる。その世界に入るために本を広げる……。日常の中、生活の中に入りこんでいるからこその文化。一人で「江戸川乱歩」

というひとつのジャンルをつくられて、この世界観は他にはない気がします。

――それが身近に感じられることのすごさ。

幸四郎　歌舞伎もそうであってほしいんです。歴史があって「伝統芸能」といわれていますが、今を生きている方に感動していただくために、我々はやっていますので。現在の日常の中で、ちょっと非日常の刺激を受けていただく。皆さんの近くに存在することを目標にしているんですね。まさに乱歩はそれを実現していて、今でも存在しつづけているじゃないですか（笑）。それが理想だし、だからこそ歌舞伎も存在する意味があると思うので、その大本のところは同じだと感じています。

「人間豹」の再演と新たな新作へ

――染五郎さんから再演希望のお話もあったとのことですが、期待してよろしいでしょうか。

幸四郎　絶対に再演したいと思います。ただ、再演するとなったら、彼（染五郎）ができないといけないので。

――今度は幸四郎さんが明智役に回られる。

幸四郎　明智ですかね（笑）。ただ、一方で、自分が手がけたものを客席で観たいという夢もあるんですよね。さっきの「一人歩き」じゃないですけど。役者は舞台に立てますが、演出家も作家も舞台に立てない存在なので。ここが限りなくはっきりした境界線だと思うんですね。作品をつくって、しかし舞台に立てない人間の楽しみってどんなものだろう、と。自分が「こうしてほしい」という方向は示したうえで、自分のものが人の手に渡って、どういう形で表現されるかを席で観たい。

――新しい舞台との関わり方も想像されているんですね。

幸四郎 ただ、そうなったらなったで、絶対に「俺がやりたかった」って思うんでしょうね(笑)。「自分でつくったものを席で観たら楽しいだろう」というのも、その経験がないから言えるのかもしれない。それでも、自分とは違う人が新たにその作品をやっていくということは、めざすところではあります。

――「人間豹」シリーズの、さらなる続編の可能性はありますか。

幸四郎 ひとつ考えているのは、人間豹の「誕生」をつくりたい。そういう「エピソードゼロ」的なこともありうるんじゃないかと。

――後日譚の次は、前日譚。

幸四郎 それができたら最高ですが、乱歩先生もいい加減、びっくりしているか、呆れているか(笑)。でも、逆に乱歩先生を驚かせたい思いもありますね。

――新しい歌舞伎をつくるときに、今でも乱歩という存在は、幸四郎さんにとって重要なモチーフとしてあるとお考えでいらっしゃいますか。

幸四郎　そうですね。ひとつは「この作品を歌舞伎化したい」という思いが形になった、初めてと言ってもいい作品なので。そういう意味では、これからも新作に関わる機会はあるかもしれませんけれど、乱歩の「人間豹」が歌舞伎になったということは、いつまでも特別な存在ですよね。

――他に歌舞伎にしてみたい乱歩の作品はありますか。

幸四郎　新作は長編の大作が多いんですけど、それこそ短編を歌舞伎にするとか。三十分の新作というのは、逆にないので。そういう意味では、乱歩の短いものってたくさんあるじゃないですか。アイデアの宝庫だと思っています。

――乱歩原作の一幕物は歌舞伎で見てみたいですね。

幸四郎　おもしろいと思いますよ。時間というのもすごく大事な要素なので、ギュッと凝縮された、他にはない独特の世界の時間を味わっていただくのは、やってみたいことのひとつですね。

――たとえば、どの短編という案はおありですか。

幸四郎　やっぱり「人間椅子」からじゃないでしょうか。どうするんだ、椅子でいいのかって話になっちゃいますけど（笑）。「人間座布団」ってわけにもいかないし。十枚くらいにならないと駄目ですね。……ちょっと違うものになっちゃうな（笑）。

（二〇二三年三月二十八日）

松本幸四郎
（まつもと　こうしろう）

一九七三年東京都生まれ。二代目松本白鸚の長男。七九年三月、歌舞伎座『侠客春雨傘』で三代目松本金太郎を襲名して初舞台。八一年十月、歌舞伎座『仮名手本忠臣蔵』七段目の大星力弥ほかで七代目市川染五郎を襲名。二〇一八年一月、歌舞伎座「高麗屋三代襲名披露公演」の『壽初春大歌舞伎』で十代目松本幸四郎を襲名。現代劇や映像でも活躍。第二回朝日舞台芸術賞秋元松代賞、平成十四年度芸術選奨文部科学大臣新人賞（演劇部門）、第二十九回日本アカデミー賞優秀主演男優賞、令和元年度日本芸術院賞、二一年日本クリエイション大賞２０２０伝統文化革新賞など受賞多数。

「人間豹」と乱歩歌舞伎に焦がれた十五年

interview
somegoro
ichikawa

八代目 市川染五郎

三歳の記憶に刻まれた乱歩歌舞伎

――乱歩がお好きだと伺っていましたが、実際に乱歩が住んでいた旧邸や土蔵をご覧いただいた印象はいかがですか。

染五郎　純粋に、蔵の中は自分が好きな感じの雰囲気で、お金を払うので一か月くらい住まわせていただきたいくらい（笑）。自分は演じるだけではなく、つくる側にも興味があるので、ああいう本に囲まれた狭い空間で、お芝居の脚本を書いたり、作品をつくったりしたいと、ずっと思っていたんですが、まさにそういう感じの、落ち着くすてきな空間でした。

――おお、そうでしたか。家賃のご心配はなさらず、ぜひいつでもいらしてください。

染五郎　ありがとうございます（笑）。

――やっぱり本がお好きなんですね。

染五郎　小学校のときから読書が趣味で、今よりも読んでいましたね。でも、よく考えてみると、本当に乱歩しか読んでなかった。読書というよりも、乱歩を読むのが趣味。そんな感じでした。

――乱歩にはどんなきっかけで出会ったのでしょうか。

染五郎　祖父（二代目松本白鸚）と父（十代目松本幸四郎）が「人間豹」を歌舞伎にしたもの（『江戸《えどの》宵闇妖鉤爪《やみあやしのかぎづめ》―明智小五郎と人間豹―』国立劇場、二〇〇八年十一月）を観たんです。初演のときは三歳くらいでしたが、それが乱歩に出会った初めての経験で。そこからまず「人間豹」を読んで、学校の図書室にある少年探偵団シリーズを片っ端から読んでいきました。

――最初に「人間豹」を読まれたのは、舞台をご覧になったあと、それなりに時間が経ってからですよね。

染五郎　ええ。小学校に入ってからですね。

――しかし、三歳で『江戸宵闇妖鉤爪』をご覧になった記憶があるのはすごいです。その頃、他にご覧になった舞台も覚えていらっしゃいますか。

染五郎　いいえ。生で観た舞台では、いちばん古い記憶だと思います。三、四歳の頃のことはほぼ覚えていないんですが、乱歩歌舞伎は強烈に印象に残っていて。父が演じた人間豹――恩田（乱学）が最後に宙乗りで飛んでいくんですけど、それを二階席で見ていた記憶がうっすらあるんです。あと、父が新たに考えた人間豹のメイクを真似して描いたり、役になりきったりして、家で遊んでいました。

十五年待ち続けている「人間豹」への思い

――翌年に上演された続編の『京乱噂鉤爪《きょうをみだすうわさのかぎづめ》――人間豹の最期――』（国立劇場、二〇〇九年十月）もご覧になっていますか。

染五郎 はい。ただ、正直なところ、二作目よりも一作目のほうが記憶に残っていて、二作目は覚えてないんです（笑）。少し大人になってからも、乱歩の「人間豹」はたまに読みたくなって繰り返し読んでいるんですが、歌舞伎を観たときの記憶と重ね合わせながら読んでる感じはします。

——乱歩の小説と歌舞伎版を比べて、気がつかれたことなどはありましたか。

染五郎 原作より先に歌舞伎に触れたので、逆に原作を読んで「この場面をカットしたんだな」とか、「カットしてるけど、その場面を匂わせるようにせりふやお芝居でお客さまにわかるようにしているんだな」とか、そもそものお芝居のつくり方がすごく勉強になって、深く捉えられた感じはしました。もちろん、歌舞伎化されて、舞台が幕末の江戸に変わっているので、原作どおりにいかない場合もありますが、それもうまくその時代に合うように変わっていたのも感じましたし。

——とくに大きな違いを感じたところは。

染五郎 歌舞伎化された「人間豹」の場合、恩田は反社会というか、悪にも悪なりの正義があるという人物に祖父がつくりあげたみたいですが、原作では何のために人を殺すのかわからないし、どうやって生まれた人なのかもわからない。で、最後は気球に乗って飛んで行ってしまって、どこに消えたかわからない……。そういう終わり方ですよね。最初から最後まで正体不明の人物として描かれているので、自分がいつか「人間豹」をやらせていただけるときがもし来たら、その原作のテーマというか、恩田の人物像を生かしてつくり直してみたらどうなるんだろうとも思ってはいますね。

——ただの再演ではなく、染五郎さん自身の新しい「人間豹」をつくられる。

染五郎 そうですね。

——そのときは染五郎さんが人間豹を演じられるイメージでしょうか。

染五郎 そうだと思います。

——すると、お父さまが明智役に。

染五郎 どうでしょうか（笑）。父がやったらまた違う感じになるだろうと思いますが。でも、今年が乱歩の作家デビュー百年、来年が生誕百三十年という節目なので、そういうタイミングに合わせてできたらいいなと個人的には思っていて。

——なんと！ それは期待してしまいます。

染五郎 とはいえ、自分も待つしかないので、どうなるかわかりませんけれど（笑）。

——二〇二五年は没後六十年ですので、今年から三年間は（笑）。

染五郎 三年間、何かしら引っ掛けられる（笑）。

——ええ。染五郎さんの恩田は拝見したいですね。幸四郎さんが明智をなさっても、あるいは演出に回られて、染五郎さんと同世代の方が明智というパターンもおもしろい。いろいろな可能性があって、新しい「人間豹」の歌舞伎ができるんでしょうね。

染五郎　三歳で出会ってから、本当に、本当に大好きな作品で、今でも映像をたくさん観ているんです。十五年間、ずっとやりたいと思い続けているので、早くやりたいですね。

歌舞伎にするなら「人間豹」以上はない

——「人間豹」以外に、お好きな乱歩作品はありますか。

染五郎　明智が出てくるものや少年探偵団シリーズは小学生のときに読んでいて、どれも好きなんですけど、わりと近年、明智が出てこないものや、短編や中編が気になっていまして。『江戸川乱歩傑作選』と『江戸川乱歩名作選』を買って読んだんです。

——新潮文庫の。

染五郎　ええ。その中では「石榴」がすごく好きになりました。

——「石榴」はどういうところが。

染五郎　まずタイトルに惹かれて読みはじめたんですが、最後まで読んで「石榴ってそういうことなんだ。そういうものに譬えてるんだ」と。ちょっとグロテスクな感じも美しく描くところに、乱歩の美学が表れている作品かなと思いました。

——染五郎さんがイメージされる乱歩の美学を、あえて言葉にすると……。

染五郎　それこそ「人間豹」も、得体の知れない、どうやって生まれたかわからない、どういう目的なのかわからない怪物が突然現れて人を殺していく。そういうグロテスクな部分は大きな魅力で、「乱歩らしさ」のひとつでもあると思うんです。どの作品にも、自分が感じる「乱歩らしさ」が共通してあるのが好きなところですね。

――「人間豹」は当然として、芝居にしてみたい乱歩作品はありますか。読んでおもしろいものと芝居にしておもしろいものは違うかもしれませんが。

染五郎　そうですね……。少なくとも歌舞伎にするなら「人間豹」以上はないなとは、いろいろ読んで思っていて。父が最初に「『人間豹』を歌舞伎にしたらどうか」と提案したそうですが、本当によくぞ「人間豹」を歌舞伎にしたなと、映像を観たり台本を読んだりするたびに毎回思うんです。ちょっとリアルな部分もあるけど、現実ではあり得ないような話は歌舞伎にいっぱいありますし、人間と人間じゃないものが戦う構図も歌舞伎に落とし込みやすい。そういう意味でも、やはり「人間豹」は歌舞伎に合っている作品なのかなと思います。

小説の読後感を舞台で実体化したい

――幸四郎さんにお越しいただいたとき、ちょうどその前日に、染五郎さんから「乱歩歌舞伎を再演しないのかと聞かれた」とおっしゃっていたんです。初演から十五年近く経っていて、世代も変わってきた中で、あの『江戸宵闇妖鉤爪』を幸四郎さんに再演してほしいという願いだったのか。あるいは今日お話を伺うと、染五郎さんが新しくご自身の「人間豹」を探しているのかなとも思ったんですが。

染五郎　自分のというよりは、祖父と父の「人間豹」をちょっと手直しするというか。もちろん、恩田という人物をああいうふうに解釈してやるのもおもしろいし、たぶん舞台でやるならああいう人物のほうが物語として深く見えるとは思うんです。でも、先ほどもお話ししましたように、何のために生まれて、何のために人を殺して、どこに行ってしまったのかわからない。そこが「人間豹」という作品全体の重要なところで、小説を読み終わった後の、いい意味での後味の悪さになっている気がしていまして。それを舞台で実体化したい。「人間豹」を読むたびに毎回そう思うので、まったく新しい「人間豹」というよりも、祖父と父が歌舞伎にした「人間豹」を、自分なりの原作の解釈になるべく近づけたい、という感じでしょうか。

――時代を幕末に移し替えたところなど、基本的な設定は変えずに。

染五郎　そうですね。

――幸四郎さんにも、芝居にしたい乱歩作品がおありかを伺ったんですが、「短編をやってみたい」とおっしゃっていて。

染五郎　あ、そうなんですか。

――そのときは「人間椅子」を挙げられました。

染五郎　たしかに短編はいいかもしれないですね。乱歩に限らず、ずっと同じセットで、まったく転換がない歌舞伎をいつかつくってみたいと前から思っていたんです。それを乱歩の短編でうまくできたらおもしろいなと、今思いました。

――それはぜひ、乱歩歌舞伎の新作として実現していただきたいですね。

染五郎　ええ。乱歩歌舞伎も、まだ「人間豹」しかやっていませんので。そういえば、父は「人間豹」の続編（『京乱噂鉤爪』）をやったので、今度は原作の前日譚をやりたいと言ってましたね。それもおもしろそうですが、違う作品でも絶対歌舞伎に合うものはいっぱいあるはずなので、そういう目でいろいろ探して読んでみたいと思っています。

唯一無二の存在に惹かれる

――雑誌のインタビューで、染五郎さんは乱歩がお好きだと知って、お話を伺いたいと思ったのですが、他にもお好きなものとして、沢田研二さん、マイケル・ジャクソン、デヴィッド・ボウイといった名前を挙げられています。ご自身の美意識や美学に強い影響を与えた方々かと想像しますが、二十世紀のエンターテインメントをつくってきた存在の中に乱歩が並ぶとき、共通して見えるものはあるのでしょうか。

染五郎　たしかに好きなものを聞かれると、そういう方たちを挙げることが多いんですけど。あまり自分の中で並べて考えたことはなくて……。うーん、ひとつは「唯一無二」であるということでしょうか。どの方も表現者としてステージに立って魅せるという共通点があって、その唯一無二のところに惹かれるんだろうとは思います。それも、唯一無二の人を探してたどり着いたというより、個別に知って好きになって、あとから自分で振り返って共通点を考えたときに「こんな人、他にはいないんだな」と思ったんです。そこに乱歩が入ってくると……どうなんでしょう。もちろん乱歩も唯一無二なんですが……。

――いま改めて、感じることはありますか。

染五郎　今日、邸宅や土蔵、蔵書などを拝見して、乱歩はすごく几帳面で、自分の中でいろいろな知識や要素を蓄えて作品を書いていたことを初めて知りました。計算に計算を重ねて、研究し尽くして表現しているところが、他に挙げた方たちとの共通点なのかなとも思います。

――ご自身が好んで見たり聞いたりされているものが、染五郎さんご自身や、染五郎さんのベースである歌舞伎に、直接あるいは間接にでも還元されていくような意識はおありでしょうか。

染五郎　それはまったく意識していないんです。人間としても役者としても、自分をつくる要素としては確実に、無意識に影響されていると思いますが、意識的にここを採り入れようとか、そういうことはあまり考えていないかもしれませんね。

――昨年は、大河ドラマ『鎌倉殿の13人』の源義高役が話題を呼びました。

染五郎　大河ドラマでほぼ初めて映像作品に出させていただいたので、映像と舞台の違いがより肌で感じられました。

――たとえば、どんなところで大きく違いを感じられましたか。

染五郎　ひとつのシーンがあって、それが広い空間でも狭い空間でも、舞台の場合、劇場じたいの空間は同じです。でも、映像の場合は、狭いシーンだったら狭いところにカメラが入れますし、たとえばこの部屋の中で会話をするようなお芝居だとして、映像なら、リアルな距離感で声の大きさやトーンを調整すれば、マイクが拾ってくれたり、カメラがベストなところを撮ってくれたりするので、普通に会話するようにできるんですが、舞台だとそれだけではお客様に伝わらない。でも、場面としてはこれくらいの空間でしゃべっているわけなので、その空気感はそのまま、声の大きさやトーンを変えて、後ろのお客様にまで伝わるようにしなければいけない。そこが一番違うところですね。

――大河ドラマの登場回が放送された少しあとに上演された『信康』も、歌舞伎座初主演という大きな出来事でした。『信康』では、劇団新派文芸部の齋藤雅文さんが演出に入られていましたが、外から「演出」という立場で関わられる方がいる場合、芝居のつくり方の変化など実感されたことはありますか。

染五郎　『信康』で初めて齋藤さんに演出していただいたときは、全体のお稽古に入る前から、マンツーマンで何回もせりふの稽古をしていただいて、舞台の上での見せ方や声の出し方、イントネーションや抑揚の付け方……お芝居というものの基礎的な部分から教えていただいたんです。最初の頃は「映像ならそれで伝わるけど、舞台だと伝わらないよ」と注意していただいたり。自分が勤める「役」を教わることは、小さい頃から主に父にしてもらってきてはいましたが、お芝居というものの全体をどう見せればいいのかについては、歌舞伎の中だけでは勉強できない部分もありますので、とても新鮮でした。

――演出家が入ることで、全体の変化や違いはどのように感じられましたか。

染五郎　新作の場合は、芯の役者さんがはっきり「演出」としてクレジットされることもありますが、基本的に古典では、演出という役を担う方がいないので、出ている役者がそれぞれに演出していくような形なんです。なので、演出家が芯にいらっしゃるときは、そのまわりで役者がお芝居をしていくというか。個人的にはそういう構図になっていると感じますね。『信康』のときは、とくにそんな印象が強かったのを覚えています。

――それは、染五郎さんにとってどのような経験だったのでしょうか。

染五郎　僕はやりやすいですね。出ている側は、作品の「枠」の中にいるので、演出家の方がいらっしゃると、その「枠」の外から全体を見てくださる。齋藤さんとご一緒したときに「このせりふはどういう気持ちでしょうか」とか「どういう言い方がいいでしょうか」とか質問すると、齋藤さんは役の一人一人を深く捉えてくださっているので、「こういう気持ちだから、こういう言い方がいいんじゃない？」と、すぐ対応の仕方を教えてくださった。なので、自分がやる役に対して、一個の視点で見るだけでなく、違う視点を持っている方が自分以外にいると全然違いますね。やる側としても、より深く役を捉えられる。ですので『信康』以降も、舞台だからこその見せ方を、自分なりに考えて役をつくるようになったと思います。

「市川染五郎」とはどんな役者か

――時代や歌舞伎そのものを取り巻く状況も変わっていますが、そのなかで高麗屋さんは、代々進取の気風に富んだお家柄という印象があります。高麗屋の「血」のようなものについてお考えのことはありますか。

染五郎　そうですね。代々受け継がれてきたものをやりつつ、新しいものに挑戦している家だとは思います。でも、祖父の言葉で印象に残っているのが、「自分から挑戦しにいくのではなく、これをやってほしいと言われたことをやってきた」と。それが結果として、お客様や周囲の方からは「挑戦」と見られる。何を突き付けられてもこなしていく柔軟性の高さを代々持ってさまざまなことをやってきたと思うので、自分もその姿勢をもっていたい。そのためには多くの経験をして、「こういうものを歌舞伎にできないか。こういうものがつながらないか」と常にアンテナを張りながら、いろいろなものを蓄えておくことが大切。何にでもすぐ対応できる役者になりたいですし、それは高麗屋が代々やってきたことなのかなと思っています。

――乱歩作品に限らず、今後演じてみたい役や作品はおありですか。

染五郎　世間の皆様やお客様が、自分に対して持たれている印象としては、ちょっと儚げな、線の細い役をやるイメージが強いんだろうなと、当人としても思うんです。でも、むしろ自分はそれとは正反対の、骨太な男らしい悪役が大好きなんです。歌舞伎でいえば、仁木弾正（『伽羅先代萩』）であったり、国を巻き込むような大きなことを企んでいる悪役。高麗屋が代々やってきた役柄でもありますし、そういう意味でも早く挑戦したいですね。歌舞伎座の『花の御所始末』（宇野信夫作）で父がやった足利義教もやりたい。

——それこそ「人間豹」の恩田なんかぴったりですね。

染五郎　そう思います。悪役をやりたいですね、早く。

——大河ドラマに出演され、歌舞伎座で主演を勤められて、メディアに登場される機会も増えていると思います。そうすると、外から見られている「市川染五郎」という存在と、ご自身がかくありたいと思う「市川染五郎」とのずれなども出てくるのかな、と。そのバランスの取り方は、どうなさっているのでしょうか。現時点で「市川染五郎」という役者は、染五郎さんにとって、どんな役者ですか。

染五郎　もちろん、客観的に自分を見ることも大事だと思うんです。ただ、役者は「見られる」ことで成り立つ職業ですし、お客様に見ていただいて、お客様が感じられたことがすべてだとも思う。だから、自分がやったもの、自分のお芝居を主観的な目線だけで評価することは、あまりしなくて。自分で「今の自分がどういう役者か」といったことは考えないですね。それを感じて、評価していただくのはお客様しかいない。言ってみれば、お客様が「市川染五郎」という役者をつくってくださっているのかなと。自分で自分のイメージをつくるのではなく、見ていただくことで「市川染五郎」という像をつくっていきたいですね。

――その中でも、見られることで形成される「市川染五郎」という像に対して、染五郎さんとして「いや、そこだけじゃなくて……」というお気持ちもおそらくあっての、悪役への思いですとか、あるいはお家の芸でもある『勧進帳』の弁慶への憧憬もあろうかと想像します。そういったせめぎ合いは、ずっと付きまとうものでしょうけれど、今後もご活躍を拝見したいと思っています。

染五郎　ありがとうございます。弁慶も高麗屋が代々勤めてきた大切な役ですし、祖父や父の舞台を観て、いつか自分もと強く思い続けてきましたので、そこにたどりつけるように日々精進していきます。

（二〇二三年四月二十四日）

市川染五郎
（いちかわ　そめごろう）
二〇〇五年東京都生まれ。十代目松本幸四郎の長男。祖父は二代目松本白鸚。〇七年六月、歌舞伎座『侠客春雨傘』で初お目見得。〇九年六月、歌舞伎座『門出祝寿連獅子』で四代目松本金太郎を名乗り初舞台。一八年一月、歌舞伎座『勧進帳』源義経ほかで八代目市川染五郎を襲名。二〇年十二月、国立劇場『雪の石橋』獅子の精で歌舞伎興行初主演。二二年六月、歌舞伎座『信康』の徳川信康で歌舞伎座初主演を果たす。同年NHK大河ドラマ『鎌倉殿の13人』の源義高役で注目を集めた。

乱歩の小説の謎を追いかける旅

齋藤雅文

interview
masafumi
saito

作家にとっての「音」

——齋藤さんは劇団新派文芸部にご所属。長年、商業演劇を中心に劇作家、演出家として活躍されてきました。多岐にわたるお仕事のなかで、二〇一七年に劇団新派が江戸川乱歩原作『黒蜥蜴』を上演した際、脚色・演出を担当されました。齋藤さんにとって、乱歩を演劇にするということは、どのような経験だったのでしょうか。

齋藤 文学の記録って、基本的には文字情報でしか残らないじゃないですか。昔の作家は「文字」から勉強しているように思いこんでしまうけど、その人が「文字」を使って創作しようとするとき、脳内は、その人が生まれ育った環境の「音」が支配していると思うんです。

——乱歩の場合もそうだ、と。

齋藤 僕の想像ですが、乱歩は、明治末年から大正、昭和にかけての歌舞伎や三味線、レコード、映画、流行歌といった「音」を聞いていて、それが小説として再構成されている。たとえば「銭形平次」を書いた野村胡堂は音楽評論家だったけれど、そういうことも共通する部分があるかもしれない。なぜなら僕たちは、乱歩の「怪人二十面相」や「少年探偵団」を紙芝居とかで「音」として受けとることが多かったわけです。

——大げさかもしれませんが、ある種の語り物の世界。

齋藤　そう。語り物の系譜なんですよ。乱歩が生み出した小説は、とても音楽的なんです、リズムが。たくさんの、しかも非常に世俗的で、文字に残らないタイプの音——たとえば、昔のラジオのアナウンス、あるいは何気ない物売りの声——そういうものが、彼らが紡ぎ出す「音」の構造の重要な部分を占めているのではないかと思いました。だから、乱歩を演劇にすることは流れがいいんです。

——乱歩は幼少期に母親から黒岩涙香の小説を読み聞かされていたそうですね。名古屋に住んでいた時分には、芝居好きの祖母に連れられて御園座で歌舞伎や新派を観ていましたし、後年には三味線や長唄も習っていました。

齋藤　ああ、なるほど。乱歩が昔から歌舞伎好きで、それも文士劇をやれば立派にコピーできるレベルだったのは、小さい頃から耳に入ってないと無理ですよ。作家の資質としては重要な気がする。そこから生まれた小説だというのは腑に落ちるんです。乱歩が（十七代目中村）勘三郎さんがお好きで親しくされていたと聞いて、改めて納得しましたが、そういう方の小説を脚色して芝居をつくっていると、とても心地いいんです。自分の中から湧いてくる音の選択が、たぶんその心地よさのもとなのかもしれない……というのが、最近の僕の仮説。

——作品によらず。

齋藤　たぶん。もちろん、内容のロマンティシズムとか荒唐無稽さとか、小説作法としての新しいものはたくさんあります。ただ、昔の作家が語学に堪能だったのは、耳がよかったんだろうという気がしますね。だから、耳の悪い小説家は大成しないんじゃないかって仮説にまでたどり着いてる（笑）。

――それは、最近思われたことですか。

齋藤　そうですね。後藤さんから質問されて、改めて「乱歩をやったり横溝をやったり、どうして自分はこんなところにいるんだろう」と考えたんです。僕自身、劇団新派にいるのは偶然なんですよ。就職先がなかったから、たまたま商業演劇で働きだしただけで（笑）。自分が演劇の方向性を狙って学んだことではない。ただ、商業演劇で朝から晩までいろんなものを見て育ったので、耳で学んだことのほうが多いんです。

――齋藤さんにとっての「音」の環境。

齋藤　ええ。でも、そこが僕のコンプレックスでもあるんです。つまり、新劇の方々みたいに読書百遍をしてない。戯曲を読みこんだり、シェイクスピアやチェーホフの劇構造を深く理解したりするような経験を端折ってしまっているので。

――コンプレックス。

齋藤　でも、僕が一番好きな作家は川口松太郎なんです。で、川口松太郎の先生が講釈師の悟道軒円玉。そのことが自分の中で腑に落ちるわけですよ。僕自身、舞台袖で耳で聞いて、役者さんのせりふから理解したことが多い。……というのがまとめですね（笑）。

日本文芸の伝統的作法を受け継いできた

――早々に総括していただきましたが（笑）。「黒蜥蜴」は、乱歩の小説よりも、一九六二年に三島由紀夫が脚色した戯曲のほうが有名かもしれません。初演の黒蜥蜴は初代水谷八重子。また齋藤さんは新派版に先行して、明治座創業百四十周年記念公演『黒蜥蜴』（西川信廣演出、二〇一二年六月）の脚本を書かれています。黒蜥蜴を演じた浅野ゆう子さんの魅力が発揮された美しい舞台でしたが、これが新派版の下敷きになったのでしょうか。

齋藤　そうですね。まず、僕自身の「黒蜥蜴」との関わりからお話ししますと、僕は乱歩の小説を読む前に、いきなり三島さんの戯曲を上演する現場に携わってしまったんです。坂東玉三郎さんが初めて黒蜥蜴を勤められて、明智小五郎は北大路欣也さんという華やかな組み合わせでした。

――一九八四年十一月の新橋演舞場。演出が栗山昌良さん。

齋藤　ええ。そのとき、僕の師匠である栗山先生が「原作の通天閣のほうがおもしろいんだけどな」って繰り返しおっしゃっていたんです。三島さんは、作品の舞台を戦前の大阪から戦後の東京に、通天閣を東京タワーに置き換えましたが、通天閣の下、戦前の猥雑な空気の中で展開するほうがいいかもしれないと思って、明治座のために自分が脚色することになったときに改めて原作を読み直したんですね。そうしたら、得体の知れないおもしろさがあった。明確な答えを出しきってない、見物に委ねている楽しさ。想像力をたくましくするロマンティシズム。だから、僕がつくってきた『黒蜥蜴』は、小説の中で謎だったことを追いかける旅だったような気がします。

――具体的には、どのような「謎」ですか。

齋藤 小説でも三島版でも、黒蜥蜴はあくまで「黒蜥蜴」ですよね。あとは「マダム」と呼ばれるくらいで、本名はわからない。そこに迫ってみた。明智が「教えてもらいたいことがあります」と言って、黒蜥蜴が「今の私に、出来ること?」と応じると、明智は「お呼びしたいのです。あなたの本当のお名を」と返す。「それはねぇ……」というところで芝居が切れるので、結局答えは出ないんですが。

――原作にも三島版にも書かれていない黒蜥蜴の名前。

齋藤 美を追い求めて盗賊になったこの女性は、どんな環境、どんな時代背景のもとに生まれ育ったのかと考えていたら、それをドラマにしたくなった。その謎解きをしてきたんです。もちろん正しい答えなんてないけれども、僕なりの答えは出した。

――黒蜥蜴の「過去」に言及するという点ですね。

齋藤 ええ。最後に黒蜥蜴の「過去」を出すことは、賛否両論ありました。そこまでやる必要があるのかという方もいたし、意外で楽しかったという方もいたし。ただ、先行作品の疑問を探っていくうちに生まれたのが、あの物語なんです。

――三島版の上演に携わってこられた経験も、そこに重なっている。

齋藤　当然、三島さんの戯曲がなければ、僕はあそこにはたどり着けませんでした。それは横に連鎖しているのではなく、上へ上へと重なっていく感覚ですね。乱歩の「黒蜥蜴」という本歌に対して、三島さんは非常に純度の高い作品をつくった。そのために非常に抽象的な世界に入ったんですが、僕はそれを借りながら、もう一度世俗に戻したかった。僕の作劇方法じたいが、江戸歌舞伎以来の綯い交ぜや和歌の本歌取りといった脈絡の中にあるんです。大まかに総括すると、日本の文芸史の伝統的作法を受け継いでいる気がします。でもそれは勉強しようと思って「学んだ」のではなく、長年商業演劇をつくるなかで、自然に教わってきたことですね。いま思えば、ですが。

――商業演劇の現場で培われてきた土台があっての作劇法だと。

齋藤　二十年くらい前まで商業演劇は東京、大阪、京都、博多、名古屋……各地に劇場がたくさんあって、どこも十二か月公演を打っていたわけです。しかも朝十一時と夜四時に開いて、ほとんど一日二ステージもやっていた。それはものすごい観客の数なんですよね。

――演劇のムーブメントとしては、非常に大きな動員力があった。

齋藤　にもかかわらず、いわゆる「商業演劇」と一括りにされて、流行のものだから、あまり記憶に残らないし、記録もされない。そういう中に僕はいたわけです。新橋演舞場で育ったようなものですが、一回の公演に千二百～千三百人は入れてたから、昼夜で約三千人。それを二十五日間。しょっちゅう満席になっていたし、一年ノンストップでやってた。そこを貫いてるのは、おもしろいもの、お金を払うにふさわしいだけのエンターテインメントをつくることですよ。それは理屈じゃなくて、おもしろくなければ終わる。次はかからない。おもしろければ、似たようなものがどんどん出てくるという非常にシンプルな経済原則の中にいた。そのことが、僕を育ててくれたと思っています。

新派でつくる新しい『黒蜥蜴』

――かつては新派もそうした商業演劇の一角を占めていました。時代が下って状況は変わっていきますが、齋藤さんが新派で『黒蜥蜴』をつくられる前提として、喜多村緑郎さんと河合雪之丞さんが、歌舞伎から劇団新派に入られたことが必要かつ重要な条件だったと思います。

齋藤 ええ。彼らがいなかったら生まれませんでした。

――どのような流れで企画されたのでしょうか。

齋藤 いくつか要因はあります。玉三郎さんの『黒蜥蜴』初演から関わってきたことも、僕に声がかかった理由のひとつだし、明治座に書いたものをアレンジして雪之丞さんでやれないか、と。そういう瀬踏みの上で成り立っていたんです。市川春猿の名前で歌舞伎にいらした頃の雪之丞さんが、三代目市川猿之助（のち二代目猿翁）さんが倒れられたあと、玉三郎さんから鏡花の『夜叉ケ池』を含め、たくさんの作品をたたき込まれたわけですが、それも玉三郎さんが三島版をなさった延長線上にある気がしますね。僕自身もやってみたかったので、ちょうどいい巡り合わせだったと思います。

――新派版は緑郎さんと雪之丞さんへの当て書き。

齋藤　もちろんそうです。三島版は、やっぱり三島さんの世界なんですよ。乱歩の本歌を取ってはいるけど、三島さんが本歌に乗り替わっちゃうくらい強くて、三島由紀夫の世界観で埋め尽くされている。だから相当手強いですね。僕は玉三郎さんの『黒蜥蜴』の現場にずっとついていたので、他の方はイメージできない。あとは美輪明宏さんくらいじゃないかな。男でも女でもどちらでもいいような非常に抽象化されたキャラクターとして描かれているので、女優では難しい。

――玉三郎さんの『黒蜥蜴』と美輪さんの『黒蜥蜴』には、どんな違いがあると思われますか。

齋藤　美輪さんは、美輪さんの世界に引っ張り込んだんです。これもすごい力技で、三島さんもそれをおもしろがった。非常に特殊な関係だと思いますね。そういう意味では、玉三郎さんは忠実に三島版をなさった気がします。新派でやったときは、それを僕がまた乱歩側に引き戻したという感じでした。雪之丞さんの場合、玉三郎さんや美輪さんのような腕力とは違う形で、彼の魅力をより多く掘り出せるようにと考えていましたね。

――新派版の原型ともいえる、明治座版はいかがでしたか。

齋藤　明治座では、浅野ゆう子さんのイメージがどうしても強くて。黒蜥蜴は基本的に黒い衣裳だから、スチール撮りのためだけにハリー・ウィンストンで本物のジュエリーを借りたんです。

そうしたら、浅野さんがきれいでかっこいいんですよ。だから「女優でもできるかな」と思って、浅野さんに寄りかかって書いたんです。新派では、そこを修正しました。黒蜥蜴と明智が対等になるように。

――基本的なプロットは。

齋藤 ほとんど同じですね。ただ、明治座のときは、文学座の西川（信廣）さんに演出していただいて、西川さんは台本どおり派手にやってくれたんです。ト書きに「ベックリンの絵が掛けてある」と書いたら、ほんとうに四間くらいの大きなベックリンの絵が舞台の真ん中にあった。書いた本人が言っちゃいけないんだけど、「え、台本どおりやっちゃったの？」って（笑）。「だっておまえが書いただろ」みたいな話ですよ（笑）。

――（笑）。浅野ゆう子さんの印象も相まって、非常にゴージャスな舞台だった記憶があります。二〇一七年の新派版は齋藤さんご自身の演出でした。

齋藤 三越劇場の狭い空間でやることのハンディーが逆によかったんじゃないかと思います。あの中に無理やり収めないといけないし、装置も置く場所がない、転換できない……限られた条件でやったのが、いいほうに出た。

――三越劇場自体の装飾と舞台装置が非常にマッチしていて。小説が書かれた時代と三越劇場が建てられた時代が近いので、作品と空間がとても合っていました。

齋藤 苦し紛れのアイデアでしたけど（笑）。デコラティブな感じは出ていましたね。三越劇場は、戦争で焼けなかった、昭和の日本建築の和洋折衷のおもしろさが詰まっていて、とてもすてきです。非常に優れた劇場ですよね。

――明治座版を土台に新派版を書かれる際、大きな修正点としては、黒蜥蜴の造形が大きかった。

齋藤　そうですね。

――明智についてはいかがでしたか。

齋藤　個人的な印象ですが、映像でも舞台でも、あまりおもしろい明智小五郎に出会ったことがなくて。小説に出てくる明智ってしょっちゅう変装するでしょう。当時の自分のメモに「『伊達の十役』のようにやれたらいい」みたいなことが書いてあったんです。めまぐるしく早替わりをしていくような歌舞伎的手法がふさわしいと思って、緑郎さんならそういう技術を身につけているし、できるだろうと。しかも彼は細身で背が高いし、スーツ姿も似合う。それでいながら通天閣下では、あえて着流しにして。歌舞伎の影響は大きいですね。非常に意識しました。

――黒蜥蜴と明智の関係では、三島が戯曲化するときにも焦点を合わせた二人の恋のありかたが注目されますが、それを象徴するのが、二人のキスシーン。原作では幕切れにあった場面を、齋藤さんは劇の中盤に移されています。

齋藤　三島版の場合、恋はお互いの中で成就してるんです。でも、理念だけではもったいないので、具体的に絵として見たかった。ただし、歌舞伎もそうですが、男優と女方のキスシーンって出さないですよね。ちょっと際物めいたぎりぎりの、緑郎さんと雪之丞さんがどこまでいけるかを稽古場で瀬踏みしながらやった覚えがあります。キスシーンといっても、正面から見て、二人が重なった、離れる。それくらいのかわいらしいやり方ですが、ちゃんと恋愛をさせたくなっちゃいましたね。そういう意味では、良くも悪くも等身大のキャラクターになった。

——三島版の圧倒的な美の世界にいる二人、ということとは違って。

齋藤　そうですね。最後に二人は死別するわけですが、別れが最後に待っているときは、恋愛として高い状態というか、幸せな状態をつくらないといけない。位置エネルギーなんですけどね。なるべく持ち上げておいて、壊す。そこは定石どおりにいきたいと思いました。

——『黒蜥蜴』は、その後「全美版」（三越劇場、二〇一八年六月）として再演されました。

齋藤　大きく違うのは刑事の役。初演は永島敏行さんで、非常にストレートな刑事にしたんですが、「全美版」では今井清隆さんが来てくれたので、これはもう歌っていただくしかないだろうと。

——そうでないと、今井さんのファンが怒る（笑）。

齋藤　いきなりバーでピアニストに弾かせて、一杯飲みながら歌っているシーンで入るとかね（笑）。でも、全体の骨格はあまり大きく変わってないと思います。無駄はだいぶそがれましたけどね。不要なせりふや動き、人物は淘汰されていく。

——「全美版」は『黒蜥蜴』の定本のようなものと考えてよいのでしょうか。

齋藤　いえ。初演より「全美版」がよくて、決定稿というわけではないんです。初演には初演のよさがあって、手探りでつくっていたテンションの高さは再現できない。だから、もしまた『黒蜥蜴』をやることがあっても、初演とも「全美版」とも別のものになるはず。つくる側も観客も、時代や社会、演劇的条件とともに変わっていきますから。上演時の感覚には二度と戻れない。だから、同じ作品をやっても同じものにはならない。それでいいと思っています。

『怪人二十面相～黒蜥蜴二の替わり～』

――「全美版」が上演された二〇一八年の春には、緑郎さんと雪之丞さんの自主公演『怪人二十面相～黒蜥蜴二の替わり～』がありました。乱歩ゆかりの地である池袋のサンシャイン劇場。三日間の短い公演でしたが、非常におもしろい舞台でした。

齋藤　ひさしぶりに台本を読んだんですが、おもしろかった(笑)。

――いや、いい作品でした(笑)。あれは緑郎さんからの発信だったのでしょうか。

齋藤　二人が劇団新派に入ったものの、本公演がなかったので、松竹から「自主公演のような形で何かやってみてはどうか」と提案があり、最初に緑郎さんが『眠狂四郎』をやりたいって言ったんです。

――それは観てみたいですね。

齋藤　僕も「おもしろいんじゃない？　それならやってもいいよ」と言ったんですが、会社側から一蹴されてしまって（笑）。それで『黒蜥蜴』は手応えがあったので『黒蜥蜴　エピソード1』『黒蜥蜴の秘密』『黒蜥蜴誕生秘話』……いろいろ考えましたね（笑）。明智が出て、黒蜥蜴らしき悪役が出るものということで、それなら「怪人二十面相」は懐が深いからOKだろう、と。怪人二十面相って誰かわからないし、「怪人二十面相＝黒蜥蜴」でもいいじゃないか、みたいな話でスタートしたんです。でも、お客さんには「怪人二十面相＝黒蜥蜴」と思わせておいて……違うんですよね、実は。

――乱歩作品のさまざまなエッセンスがふんだんに散りばめられた「黒蜥蜴」の前日譚のような構成でした。

齋藤　まさに本歌取りの世界。雪之丞さん演じる大河原美弥子という女性が、実は怪人二十面相だったわけですが、最後の最後、どうやって幕を切ろうかと思ったとき、彼女に誘拐された令嬢不二子が、後に黒蜥蜴になるのではないか……と想像させる形にしたらおしゃれかなと、おもしろがって書きました。

――乱歩という世界をもとにしながら、その前後を膨らませていく趣向。

齋藤　完全なオリジナルをつくって、一から観客に情報を理解してもらうのは大変なことなんです。ある程度、お客さんが知っている情報の中に作品を放りこんでいくほうが演劇としては入りやすい。歌舞伎でいう「世界定め」ですね。今度は乱歩の世界でいきましょうと決まったら、明智が出てこようが、黒蜥蜴が出てこようが、一寸法師が出てこようがかまわない。原作だけでなく、先行する三島戯曲のせりふも綯い交ぜにしながら、長唄にしようか洋楽にしようかとか考えて。そういう流れで生まれた芝居です。そこに泉鏡花の「貧民倶楽部」も乗っけたりして。

——さまざまな乱歩作品からキャラクターを採用して、乱歩のエッセンスが混ぜ込まれていました。乱歩以外にも多彩な引用があったかと。

齋藤 新派の名狂言といわれるせりふをいっぱい放りこんでます。自主公演に来てくださった方はコアなファンだと思うので、わかる方々に向けてあえてやったご趣向という感じですね。好きなんです、そういうのが。ファンの楽しさというか。

——乱歩の世界と新派の言葉を綯い交ぜにしながらつくられたわけですが、その両者はなじむ。

齋藤 基本的に新派という芸能が、明治から昭和にかけて隆盛して、それと乱歩が描いた文化が重なってるからではないでしょうか。

——不二子がだんだん美弥子への憧れを強くしていくプロセスの中で、不二子が元々河野家の子どもじゃないということがわかって、自分の中に流れる血の話になっていきます。そこも『黒蜥蜴』で語られていた黒蜥蜴の過去とリンクしていくような見え方でした。

齋藤 そうですね。作劇って一種、三題噺的なところがありまして、全然関係ない要素を強引につなげてしまうようなやり方もある。日本の演劇の場合、とくに歌舞伎でも能でも「血」の話は多いですよね。血のつながりが因縁となって、血で解決する。その伝統の中に僕自身がいる気がします。後藤さんといろいろお話をして「体系的に僕はどこにいるんだろう」と考えたとき、自分では全然関係ないことをやっていたつもりが、座標としては真ん中にいるなと。ただそれは、あくまでも日本的伝統の中というだけの話で、演劇としての中心ではまったくありませんが。

語り手として登場する悟道軒円玉

——『怪人二十面相』は、黄金仮面として出演された貴城けいさんの存在も大きかったですね。

齋藤 そうそう。けいさんがお出になってくれた。緑郎さんから話があって、こっちは「宝塚の元トップスターでしょ？　いいの？」なんて（笑）。

——雪之丞さんという洋装の似合う女方と、貴城けいさんという男装の麗人。そこが一緒になる舞台は、エンターテインメントとしても楽しく、あまり例のない演劇になっていた気もしました。

齋藤 そうかもしれません。女方芸と宝塚の歌唱力や芝居という伝統を背負って、基本的なメソッドを持ってらっしゃる方々と一緒に、ああいう良くも悪くも猥雑な感じの舞台をつくれたのは贅沢で楽しい。ショービジネスってそういうものだと思いますけどね。

——それから『怪人二十面相』から登場したのが、講釈師の悟道軒円玉。

齋藤 語り手が登場したら便利だなというのが大前提にあったんです。でも、狂言回しや語り手って緊急避難で。テネシー・ウィリアムズの『ガラスの動物園』のようなすてきな入り方もありますが、僕としては一応禁じ手だったんです。

――禁じ手。

齋藤　しゃべっちゃえば済んじゃう。それはまずいだろうと。やっぱり芝居で見せなきゃいけないと思うんです。ただ、語り手に近い何かがないかと思ったとき、川口（松太郎）先生が師事されていた円玉という講釈師が登場したらおもしろいかもしれないと。講釈芸じたいも惹かれるものがあったので。

――それを緑郎さんが明智との二役で。

齋藤　二役というのは、歌舞伎の手法のど真ん中ですからね。

――円玉を選ばれたのは、語り手という舞台上での表現の必要だけでなく、川口松太郎へのオマージュ的なところも……。

齋藤　それはありますね。僕は大好きなので。「人情馬鹿物語」シリーズは非常に優れた作品世界ですから、どれも芝居になってきたのはよくわかります。だから「黒蜥蜴」の物語を語るために、新派文芸部の僕が悟道軒円玉というキャラクターを使うのに何憚ることがあろうかと（笑）。

――『怪人二十面相』の再演は難しいでしょうか。あの時期に、短期間の公演だったからこそのおもしろさもあったとは思いますが。

齋藤　いつかやってみたい気はします。ただ、勢いで書いたテンションの高い作品は、自分がそこへ戻っていくのが難しいかもしれない。今やるとしたら、まったく別なものになるでしょうね。

昨日、台本を読み直して、「すごくテンションが高いな」と思った。自分で「こんなせりふ、こんなにたくさん書かないだろう」と思うくらい。円玉のせりふなんて、実際にやったときの倍くらいありましたから。とにかく勢いで書いたんです、たぶん。長過ぎるのでいっぱい切ってますけどね。

――円玉が舞台を回す枠組みは、のちに『黒蜥蜴』の「緑川夫人編」(大阪松竹座・御園座、二〇一九年九月)がつくられる際にも有効に機能していました。

齋藤 そうですね。思いのほか相性がいいんです。緑郎さんと講釈は。

――「緑川夫人編」は、興行として山田洋次監督の『家族はつらいよ』とセットでつくられた作品と見てよろしいんですか。

齋藤 ええ。御園座で上演するとき、山田洋次監督の『家族はつらいよ』と二本立てにするために、約二時間の『黒蜥蜴』を六十分にしてほしいと。六十分一本勝負なので、途中で終わるような仕掛けにして、しかも歌舞伎でよくある、途中で「さらば、さらば」と別れていくやり方を使ったんです。明智が舞台の中央にいて、黒蜥蜴が花道を逃げていく。二人で見合いがあって、別れが……という幕切れを書いた。それで御園座へ持っていこうと思ったら、プロデューサーから「齋藤、御園座は花道がないんだ」と。もちろん普段は立派な花道がありますが、この興行のときは取り外して客席にすることになってたんです。なのでもう苦し紛れに、二人が舞台上で見得を切って、真ん中にタイトルをダーンと下ろして幕を切ったんです。そうしたら評判がよくてね、困ったことに（笑）。でも、制約や条件をクリアしようとすることで生まれるおもしろいものがある。それはどんな作品でもつきまとうと思います。

――「緑川夫人編」は、時間短縮という点でも狂言回しの円玉という仕掛けがいきていました。

齋藤　転換が早くなって、かえっておもしろくなった。最初は円玉に、睫毛を描こうか、ひげを付けようか、眼鏡を掛けようかと、いろいろ試したんです。でも、そのままでいいじゃないかと。ほとんど明智小五郎のまま。二役ってそういうことか、心が切り替わればいいんだと。そういう発見はありましたね。

――一夜かぎりの朗読劇「演劇博物館特別篇」（早稲田大学小野記念講堂、二〇二二年一月二十一日）もつくっていただきました。

齋藤　そう。不可能はないんです（笑）。何か続きがあればまたやりますよ。

乱歩から横溝正史へ

――乱歩に続いて、新派で横溝正史を劇化されていきます。乱歩と横溝の違いをどうお感じですか。

齋藤　乱暴に言うと、社会性の違いかもしれません。『犬神家の一族』（大阪松竹座・新橋演舞場、二〇一八年十一月）や『八つ墓村』（新橋演舞場、二〇二〇年二月）を脚色したときは、結末を書き換えて、小説とは違う形になってますが。横溝作品は社会の矛盾と向き合ってるんですね。それが凝り固まって大量殺人になる。社会に対する不信感と怒りが横溝さんの中にあって、ご自分が体を悪くして動けない中で、戦中戦後を岡山で過ごしている間の怒りのエネルギーといいますか。それは、やっぱり戦後のものだと思いますし。

――作家が生きた時代と、時代との向き合い方。

齋藤　乱歩が生まれたのは日清戦争の時代ですよね。日本が急上昇して世界に伍していく。時代の成長とともに乱歩は育っている。エログロナンセンスの時代ともオーバーラップしていくけれど、その部分も大正文化の成熟した形の申し子でしょう。そういう意味で、どこか時代に寄り添ってる感じがするんですね。でも横溝は怒っている。時代とこの国に対して。それが僕の見立てです。

――『犬神家の一族』では幕切れ近く、犬神佐清が戦地から日本へ帰ってきたときの内地の日本人への怒りを独白するシーンもありました。ああいう場面にも、齋藤さんが脚色に込められた思いが強く出ているのかなと。

齋藤　原作には書かれていませんが、原作が孕んでいる怒りや破壊力を現代劇にしたら、現代に対する僕自身の怒りにも通じてくるんです。いま読み返しても、僕は自分で怒り狂っているのがわかる。何も変わってないじゃないか、この国は。だから、金田一耕助が出てきても、ドラマとして「現代」であり続ける。そうでないと横溝さんの魂を描くことにならないと思うんです。そのための改変は許してくださるだろうと勝手に思っているんですが。基本的には原作の持っている魂というか、エネルギーを伝えるためには、現代に翻訳しないといけない。それが僕らの作業ですから。

――あくまでも個人的な印象ですが、二〇一〇年代後半に緑郎さんと雪之丞さんが歌舞伎から移籍されて、齋藤さんとの、それまでになかった立役・女方・座付き作者という関係が新たに生まれた。それは、自分が生きている同時代の新派が初めて現れたような感覚だったんです。

齋藤　僕もそういう気分だったと思います。それまでも台本は書いていましたが、なかなか新派では上演できなかったし、劇団の外でおもしろいことがたくさんあって、新派の中で新しいものはもう生まれないだろうと、どこか思っていた。でも、彼らが来たことで……陳腐な言い方になってしまいますが、出会いなんですよね。あの二人が来なかったら、僕は乱歩にも横溝にも行かなかっただろうし。いい時期にいい人と出会えた気がします。

――新しい動きに対する劇団新派の内外での評価などは実際どうだったのでしょうか。

齋藤　評価は定まっていないと思うんですが、所詮傍流という捉えられ方はしているだろうなと。それでいいと思っていますし、新派がもっている綺羅星のごとき名作群とは違うものですから。本流ではない。演劇の作法としては王道ですけどね。時代の仇花とは言わないし、おもしろいものをつくれたとは思います。

――『黒蜥蜴』では、初演後、サンシャイン劇場での『怪人二十面相』があって、「全美版」、「緑川夫人編」という形でシリーズ化されていく中で「黒蜥蜴とは一体誰なのか」という秘密がしだいに明らかになっていった。娯楽としてのエンターテインメント性に加えて、物語としての深さも増していったと思うんです。

齋藤　僕が最近思うのは、「新派とは何か」という話の中に、技術的には歌舞伎的なメソッドが根本にあるということと、描かれている世界が、社会の歪みや抑圧のなかで弾きだされたり、生きていくことができない立場に追いやられたりした人びとの、悲しさや苦しさ、怒りというものが、新派の永遠のテーマだと思っています。だから、悲恋のメロドラマが新派の真髄ではないんですね。やっぱり社会に対して、個人がどんな抑圧の中でどうもがいていたか。それが悲劇的な様相を呈することが多いんですけれども、その意味では『黒蜥蜴』の場合も、黒蜥蜴という女性が社会から弾きだされていってしまう物語だし、たとえば『怪人二十面相』では泉鏡花の「貧民倶楽部」から登場人物やアイデアを本歌取りしましたが、鏡花も社会からはみ出た人間を描きつづけたと思うし、それが新派の王道だと思うんです。だから、僕たちがつくってきた一連のものは、『八つ墓村』にいたるまで、新派の王道を行っているという自負はこの頃ありますね。

――その意味で、二〇二〇年二月に『八つ墓村』が新型コロナウイルス感染症の感染拡大の影響で中止になり、新派じたいも動きが止まってしまったことは残念でした。

齋藤　おっしゃるように、コロナ禍で当初の熱が少し冷めてしまった感はあります。劇作家としては、やはり役者さんあってこそですから。自分で積極的に動くことでもありませんしね。あとはこの先、自分は死ぬまでに誰と出会うんだろうって感じでしょうか。僕自身、自分に劇作の才能があるとはまったく思ってなかった。でも、玉三郎さんから「書いてごらん」って言われたのがきっかけで書くことになって。死ぬ思いでしたよ。どうやって書いたらいいのかわからない、でも締切は迫ってくる……。でも、それがあったから今がある。玉三郎さんは何げなくおっしゃったんですよ、きっと。口調は優しかったですけどね。

――横溝作品の劇化もふまえつつ、改めて乱歩を演劇にすること、乱歩のおもしろさについて伺えますか。

齋藤　やっぱり人間がおもしろいですね。キャラクターは普遍的だと思う。どの時代に移し替えても、それぞれの切り口があるだろうし、人間の本質を娯楽として非常におもしろく描いていますよね。一歩間違えると、どろどろした嫌な部分とか、見たくもないものになりかねない。でも、そこに共感さえしてしまうような捉え方。乱歩の人間を見る目のあたたかさというか、ヒューマニティが、人間の本質と相まって、娯楽として成立している。「黒蜥蜴」は百年近く前の小説ですが、黒蜥蜴という女賊が「僕は」って言うでしょう。そういう男言葉を使うのは、昨今の女子中学生の感じにも近い。自分の性ではないところへポーンと行ってしまう心地よさ、囚われない自由が乱歩にはたくさん出てくる。性差をこえた人間のフェティシズムや多様性をどんどんお書きになっていた新しさと先見の明。演劇にもしやすいし、現代に通用する宝箱ですね。

――劇化してみたい乱歩作品はありますか。

齋藤　『怪人二十面相』を書いたときのメモに「怪人二十面相＝明智小五郎」というネタがあって（笑）。よくある手かもしれないけど、ちょっとやってみたかったかな。それなら役者が一人でいいので。まあ、それはまずいというので、ボツになったんですけど（笑）。機会があれば、また何かつくってみたいと思いますね。

（二〇二二年十一月十六日）

齋藤雅文
（さいとう　まさふみ）

一九五四年東京都生まれ。劇団新派文芸部。劇作家・演出家。八〇年に松竹傘下の劇団新派文芸部に入る。新派の他、歌舞伎や新劇、ミュージカルなど、商業演劇を中心に幅広いジャンルの脚本・演出を手がける。劇団新派では近年『糸桜―黙阿弥家の人々―』、江戸川乱歩原作『黒蜥蜴』や横溝正史原作『犬神家の一族』『八つ墓村』などの脚色・演出を担当。『恋ぶみ屋一葉』で第二回読売演劇大賞最優秀作品賞（一九九四年）、『竜馬がゆく　立志篇』で大谷竹次郎賞（二〇〇七年）を受賞。コロナ禍の渦中で演劇ユニット「新派の子」を立ち上げ、独自の活動も展開している。

歌舞伎と新派を応用した新しい乱歩劇の夢

二代目 喜多村緑郎

interview
rokuro
kitamura

新派の『鹿鳴館』が呼び覚ました乱歩の記憶

――緑郎さんは、長年にわたって市川段治郎（のち月乃助）として歌舞伎で活躍されていましたが、二〇一六年に劇団新派へ移籍し、二代目喜多村緑郎を襲名されました。翌年六月には、江戸川乱歩原作の『黒蜥蜴』（齋藤雅文脚色・演出、三越劇場）で明智小五郎を演じられ、シリーズ化されています。新派での『黒蜥蜴』は、緑郎さんが企画段階から関わっていらしたそうですね。

緑郎　そうなんです。

――そのお話は後ほどお聞きするとして、まずは緑郎さんが乱歩に出会ったきっかけから伺えますか。

緑郎　先ほど、土蔵で『怪人二十面相』（ポプラ社）の表紙を見て思い出したんですが、その本が家にあったんですよ。仏像に扮してる表紙の絵を見た瞬間に、もう四十数年前の子ども部屋の匂いがふわっとよみがえって。だから、最初に読んだのは『怪人二十面相』だと思ったんです。でも、いま話しながら、そういえば、アニメか子ども向きの番組で乱歩原作のものを観た記憶があって、そこから小学校の図書室で『少年探偵団』を読んだなと。

――『怪人二十面相』はそのあとに読まれた。

緑郎　ええ。誕生日に『怪人二十面相』と『黄金仮面』を買ってもらったんです。子どもの頃、リアルタイムで『仮面ライダー』を観ていて、あれはいろんな怪人が出るじゃないですか。そこに食いついて父親にねだったんでしょうね。子ども部屋の本棚に、乱歩の『怪人二十面相』と『黄金仮面』と学習図鑑がずっとあったのを覚えています。なので、最初に読んだのは『少年探偵団』ですが、思い入れは『怪人二十面相』のほうが強くて。

――そのあとも乱歩を読みつづけたのでしょうか。

緑郎 中学に入ると読まなくなったんですが、高校生になって、小学生のときにわからなかったものを改めて読んでみようと思った。「パノラマ島奇談」も読んだかな。でも、それくらいです、十代の頃は。十七歳で歌舞伎の世界に入ったので、読書どころの騒ぎじゃなくなっちゃって（笑）。読むのは台本ばかりで、朝から晩まで楽屋にいましたし。

――休む暇もなく劇場にいらっしゃったかと思いますが、大人になってからの乱歩にまつわる思い出はおありですか。

緑郎 乱歩を読む時間もないくらい毎日が舞台浸けだったんですが、二十代の頃に新橋演舞場で『鹿鳴館』（三島由紀夫作）を観たんですね。我々は歌舞伎座に出ていたんですが、ちょうど出番がない夜の部に、たしか（水谷）良重さん――今の八重子さんがなさっていたと思いますけれども……。

――一九九五年十一月でしょうか。松竹百年記念で、二代目水谷八重子襲名披露興行。十二代目市川團十郎、七代目尾上菊五郎、山田五十鈴の特別参加でした。

緑郎　あ、それですね。すごく立派な大道具で、それを見たときに、なぜか乱歩の小説を活字で追っていたときの洋館の描写が浮かんできて、「これは江戸川乱歩の世界だな」と思ったんです。歌舞伎に入ってから初めて乱歩を思い出しました。

――新派の『鹿鳴館』が乱歩の記憶を呼び覚ました。おもしろいですね。

緑郎　当時は新派について何も知らなかったんですが、初めて『鹿鳴館』を観たときの印象として「乱歩のものは新派でやったらいいいんじゃないかな」と、自分で勝手に思い込んじゃったんです。

――三島は乱歩の「黒蜥蜴」を脚色していますし、『鹿鳴館』のデコラティブなイメージと、新派が表現するモダンな部分が重なったのでしょうか。

緑郎　そうかもしれませんね。それから、博多座ができた頃に一か月、公演で福岡に滞在しまして。博多湾の能古島って小さい島に、おいしいイタリアンレストランがあると聞いたので、うちの旦那（三代目市川猿之助。のち二代目猿翁）と（市川）笑三郎さんと一緒に行ったんです。フェリーに乗ってね。博多湾に落ちる夕陽を見るのが旦那の一番の目的だったんですけど。島に着いて、藤棚がある階段を上がっていくと、古びた洋館が見えてきた。猫が鳴いてたりしてね。

――何やら不穏な空気が流れています。

緑郎　口数も少なくてどこか影がある、でもちょっと艶っぽい老姉妹がやっていたレストラン。フルコースが出てきて、味はおいしかったんですよ。で、また藤棚の階段を下りてフェリー乗り場に着いた途端……。三人とも我慢してたんでしょうね。僕が「まるで乱歩の世界でしたね」って口火を切ったら、旦那が「あんたもそう思ってた?」って。笑三郎さんは「私は姉妹の方が横溝正史だと思った」なんて(笑)。

——ちょっと『八つ墓村』の双子の老姉妹のような。

緑郎　そう。みんな同じことを考えながら、パスタを食べてたんだなと(笑)。あのときにまた乱歩のことを思い出した。片隅に横溝正史もいましたけど(笑)。

劇団新派、そして齋藤雅文との出会い

——その後、猿翁さんが倒れられて、段治郎時代の緑郎さんが代役に立たれたり、坂東玉三郎さんの相手役で鶴屋南北の『桜姫東文章』や泉鏡花の『夜叉ヶ池』などを勤められたりと、環境が変化されました。緑郎さんが歌舞伎から新派に活動の場を移されたのは……。

緑郎　二〇〇九年に膝の大手術をしたんです。若い頃から、歌舞伎で立ち回りとかアクロバット的なことをやっていて、いま考えると、準備運動もストレッチもしてなかった。旦那の手伝いがメインで、合間に舞台に出てとんぼを切って引っ込んで、すぐにまた旦那の支度……そんな年月を重ねていたので、ついに膝が悲鳴を上げて、どうにもならなくなっちゃったんですよ。で、お医者さんからは「歌舞伎に復帰するためには、二年くらいかかります」と言われて。

――リハビリも必要だったでしょうし、簡単な怪我ではなかった。

緑郎 ですが、会社としては「そんなに待てない」と。歌舞伎に出られないなら……ということで、松竹の方から「亡くなった(十二代目市川)團十郎さんがなさった、泉鏡花の『日本橋』の葛木晋三という役をやってみないか」と提案があったんです。正座する場面も少ないし、膝に負担がかからないから、と。それで、二〇一一年一月、歌舞伎俳優の市川段治郎として、劇団新派にゲストで出してもらったのが、新派との直接的な最初の出会いでした。そのとき演出が文学座の戌井市郎先生だったんですが、稽古の途中で体調を崩されて、亡くなってしまったんです。

――戌井先生は、母方の祖父が初代喜多村緑郎ですから、新派とも縁が深い。

緑郎 ええ。それで急遽、演出助手でついていた齋藤雅文さんが本演出になったんですね。

――齋藤さんに演出が交代して、どのような印象でしたか。

緑郎 齋藤さんが「戌井先生の演出をそのまま踏襲しようかと思ったけれど、数年間、自分なりに『日本橋』という戯曲を読んで感じたことをやらせてほしい」と(波乃)久里子さんと僕におっしゃったんです。歌舞伎でいえば見取り狂言のように何度も洗い上げられてきたものを、あえて全然違うところからやってみる。僕も『日本橋』をやるうえで、たくさんの資料を見ましたが、長年ほとんどやり方は変わってないんです。だから、歌舞伎の型のような感覚で取り組んでいたんですが、自分たちで考えてつくっていくというのが新鮮でした。

――ある種の「型」にこだわらないということ。

緑郎　ええ。うちの旦那も、型に対して深く考えておられる方でした。古典歌舞伎でも「みんながやってきたからといって、自分にもそれが合うわけではないから、一度視点を変えてつくる」という取り組み方だった。うちの旦那が倒れて七年くらい経ってましたから、ひさしぶりにそういう人に出会えて、「ああ、この人とやりたいな」と思ったんです。

――齋藤さんの演出に衝撃を受けられた、と。

緑郎　そうなんです。そこから五年くらいは歌舞伎にいたんですが、齋藤さんのことが頭から離れなくて（笑）、齋藤さんが演出するものを観に行くようになりまして。そのうちに藤山直美さんに呼んでいただいたとき、演出が齋藤さんだったんです。

――新喜劇とスーパー歌舞伎が融合した「スーパー喜劇」の『かぐや姫』（新橋演舞場・大阪松竹座、二〇一五年三～四月）ですね。

緑郎　あれが決定的でしたね。直美さんから、松竹新喜劇についていろいろと学ばせてもらったんです。お父様の藤山寛美先生は元々新派に子役で出たのが初舞台で、花柳章太郎先生が命名したとか、お祖父様が藤山秋美という新派俳優で、先代の喜多村緑郎先生が大阪で立ち上げた成美団という劇団に入っていたとか。それで、直美さんが「歌舞伎は総本家、うちの本家は新派やねん。松竹新喜劇というのは分家なんや」とおっしゃった。藤山秋美、寛美先生、そして直美さんという流れがある。それは歌舞伎、新派、新喜劇という流れにつながる。新派か……新派に行ってみたいなという思いが沸々と湧いてきたのが、その頃ですね。

——歌舞伎から新派へ行きたいと思われた理由はどんなところでしょうか。

緑郎 ひとつは、歌舞伎は今と違って、たっぷり稽古する時間もマニュアルもなかった。新派や商業演劇はそのシステムができているんです。たとえば、二か月拘束して、一か月お稽古、一か月公演というふうに。歌舞伎の場合、それができない。うちの旦那はそれを会社と交渉していたんです。市川猿之助一座は独特の座組みだったので、旦那は新派や商業演劇のシステムでやっていた唯一の歌舞伎役者だったんじゃないでしょうか。そのやり方に僕は慣れていたので、新作を短期間でつくってしまうことが物足りなかったし、できあがっていない状態のものをお客様に見せることが怖かった。でも、直美さんの舞台に出たら、きっちり一か月近くお稽古して、初日にはある程度できあがったものを見せることができた。それは大きかったですね。

——徐々に新派への気持ちが高まっていった。

緑郎 ええ。それで、旦那に「新派に行かせていただけませんでしょうか」と相談をしまして。そうしたら「いい考えだと思う。僕は応援するから行ってらっしゃい」と言ってくださった。その足で松竹の本社に行って偉い方に相談をしたら「それは松竹としても嬉しい」と言っていただいて、劇団新派に移る準備を内々に進めたんです。

——そして二〇一六年一月、市川月乃助の名前で劇団新派に入団されます。

緑郎 『糸桜—黙阿弥家の人々—』（三越劇場）という作品で、齋藤さんの脚本・演出。河竹黙阿弥の家に養子に入る繁俊と、黙阿弥の娘の糸女の関係を軸に、二人が本当の親子のようになっていく非常に感動的なドラマで、それが新派入団第一作でした。

――河竹家に養子に入る繁俊と迎え入れる糸女の関係が、歌舞伎から新派に移籍された緑郎さんとそれを受けとめる久里子さんの関係にも重なって見えました。

緑郎　そうなんです。齋藤さんが半分、僕に対して当て書きをしてくれたような作品でしたから。終わったときに「やっぱり新派に入ってよかった。僕の判断は間違ってなかった」という思いでいっぱいでした。

劇団新派の『黒蜥蜴』から自主公演『怪人二十面相』へ

――その年の九月に二代目喜多村緑郎を襲名され、翌年一月には同門だった市川春猿さんが河合雪之丞と改名して劇団新派に移籍されます。お二人が揃ったことで『黒蜥蜴』の上演が実現したといっていいでしょうか。

緑郎　ええ。松竹のプロデューサーとの雑談で「春猿さんと緑郎さんで何かできるものはないですか」と聞かれて、初めて新派を観たときの「新派って乱歩だよね」という感覚と、玉三郎さんや美輪明宏さんがなさっていた『黒蜥蜴』が思い浮かんで、自分の頭の中で握手したんです。春猿、女方、新派、乱歩……明智小五郎や少年探偵団に子どもの頃から憧れてた気持ちも含めて、いろいろな回路が一瞬でつながった。それで「『黒蜥蜴』なんてどうですかね」って、ものの数秒で答えていました。それからは、とんとん拍子で話が決まっていったんです。

――初演は三越劇場。

緑郎　僕が新派に入った出発の場所で、新派の本拠地。吊り物はできない、道具を置く場所も袖と後ろにちょっとあるだけという制約が多い劇場ですが、あのアールデコ調の雰囲気が、乱歩の作品をやるのにぴったりだなと。

――『黒蜥蜴』はもちろんですが、緑郎さんと雪之丞さんの自主公演『怪人二十面相〜黒蜥蜴二の替わり〜』（齋藤雅文脚色・演出、サンシャイン劇場、二〇一八年三月三十日〜四月一日）も愉しい舞台でした。

緑郎　乱歩の世界は、大正・昭和の作品でも「ここまで飛ぶか」という飛び方で、絶対に舞台でやったら最高だと思うんです。とくに劇団新派は、乱歩の作品が描いていた時代の風俗を表現することが得意な劇団なので、新派の若手で初めて自主公演をやるとき、せっかく『黒蜥蜴』がよかったから続き物がいい、と。これからは乱歩のものをやっていこうという決意表明の意味で『怪人二十面相』に決めたんです。セスナの上で立ち回りがあったり、ちょっと荒唐無稽だけどおもしろいと思って、齋藤さんに相談したら、乱歩の「幽霊塔」とか「黄金仮面」とか他の作品からエッセンスを持ってきたり、泉鏡花の「貧民倶楽部」を使ったり、いろいろと齋藤さんが考えてくださったんです。そこにみんなでアイデアを持ち寄って、粘土細工みたいに足しては削りのくり返しでしたね。齋藤さんから「舞台転換ができないから、緑郎さん、ここは（悟道軒）円玉ね」

なんて言われて、明智と円玉の二役になったりして（笑）。

――作家の川口松太郎が師事して、小説にも書いた講釈師の悟道軒円玉。緑郎さんの二役も嵌まっていましたね。

緑郎　ありがとうございます。黄金仮面がレヴューのスターみたいに出てくるので、僕も「うちの奥さん、どうですかね」とか言っちゃって。みんなが「なんでもやっちゃえ」って雰囲気で、途中で「大丈夫かな、これ……」と思ったんですけど（笑）。

――ゲストとして出られた貴城けいさんの黄金仮面は贅沢でした。宝塚の元トップスターと雪之丞さんの洋装の似合う女方の競演もなかなか見られない劇世界でしたし、改めてお話を伺って、非常に自由な創作現場だった様子がうかがえます。

緑郎　自主公演で、杓子定規に注文を出されることもなかったので、齋藤さんや僕らの頭の中で考えられた。あとは「もうやるしかない」という全員のエネルギーですね。予算もないので、道具を新しくつくれませんでしたし。

――『黒蜥蜴』の装置をサンシャイン劇場にうまく転用していらした。それもシリーズの続編的な雰囲気を醸し出していましたね。

緑郎　今だから言えますけど、本当に負債覚悟で借金してやったんです。でも、ちゃんと戻ってきた。しかもちょっとプラスが出るくらい。雀の涙程度ですけど。結局、サンシャイン劇場も満員になっちゃいましたから。

——三日間で五公演というのはもったいなかった気もします。

緑郎 公演後、松竹の方から『怪人二十面相』を三越劇場でどうか」という話もあったんですね。でも、サンシャイン劇場だからこそできた部分は大きいし、三越劇場でやるなら変更点も出てしまう。あれはあれで、あの状況と環境だからこそつくれたものだと思います。大事なのは、ああいう発想力。あのときの、あのプロセスをもう一度やってみたら、別の新しい何かがうまれるかもしれない。でも、次に乱歩をやるとしたら、やっぱり『怪人二十面相』を洗い直したいと、みんな思っているんじゃないかな。

——数ある劇場の中で、サンシャイン劇場で上演されたのも、乱歩とのつながりとしてはいい形でした。

緑郎 あの時期、たまたまサンシャイン劇場しかとれなかったんです（笑）。でも、池袋は乱歩のお膝元じゃないですか。先代喜多村緑郎先生のお墓も雑司ヶ谷霊園ですし、僕、豊島区に、池袋に因縁があるんじゃないかと。それで思い返したら、十七歳のとき、新潟から東京に出てきて初めて住んだのが東池袋だったんです。

——え、そうなんですか。

緑郎 家賃一万何千円の共同トイレのアパートでね。下が食品サンプルの工場で、隣を山手線が走ってました。入った初日にいきなり畳が抜けたりして。山手線が引っ切りなしに通るので、毎晩すごい揺れの中で寝てるようなところでしたけど。山手線を越えたところにあった銭湯に毎日通ってましたし。いま話しながら思い出しました。

――俳優としてのキャリアのスタートから池袋にご縁があった。

緑郎　子どもの頃に乱歩の小説を読んで、ワクワクドキドキしたんです。人間を突き動かすのは、その感覚なんじゃないでしょうか。舞台俳優になることも、うちの旦那の舞台の姿を見て熱狂したのが原動力だったと思う。そのひとつが、僕にとっては江戸川乱歩であり、明智小五郎だった。なので、乱歩の作品はもっとやっていかなければいけないと、今すごく強く感じています。

明智小五郎と金田一耕助を演じる

――明智小五郎は、これまでにいろいろな方が、いろいろな形で演じていますが、新派の演目として新たな明智役をつくることは、緑郎さんにとってどのような経験だったのでしょうか。

緑郎　我々がやった『黒蜥蜴』の劇中で、明智が自分の幼少期の思いを述懐するように語る場面がありますが、小説にも三島さんの脚色にもないですよね。齋藤さんの独創。それはさっき言ったワクワクドキドキと、ちょっと似てるかもしれない。美しいものを求めながら生きている。幕切れで黒蜥蜴が死んでいく様も、舞台の演出上、ビジュアル的にも美しいですけれど、共に美しいものを追い求めて生きた黒蜥蜴が自分の腕の中で死んでいく、それによって明智が浄化されていくような感じもする。明智は常にああいう絵を思い浮かべて生きていたんじゃないかなと思ったんです。

——明智の魂の根源に迫るような体験。

緑郎 「美しいもの」というのはひとつの譬えですが、そういうものをいつも追いかけている少年のような心の持ち主。着るもの、話す言葉、遊び……すべてにおいて、それがなければいけない。だから、かっこよくてスマートに造形できるのかもしれません。役を演じていても、明智は作品の真ん中で自分がタクトを振っているイメージ。それが作品によって変わる。たとえば、黒蜥蜴と二人のときは二重奏みたいになったりして。

——緑郎さんは金田一耕助も演じていらっしゃいますが、比較するといかがですか。

緑郎 金田一耕助は対極ですね。金田一はお客様に対するストーリーテラー。「どうぞいらっしゃいませ。舞台はあちらでございます。僕はここにいますが、やるのは向こうなんでございますよ」といった具合（笑）。その違いは、実際やっていて感じました。だから、金田一耕助はおもしろくないんですよ（笑）。

——おもしろくない（笑）。

緑郎 ええ（笑）。『犬神家の一族』（齋藤雅文脚色・演出、大阪松竹座・新橋演舞場、二〇一八年十一月）のときには気づかなかったんですが、『八つ墓村』（齋藤雅文脚色・演出、新橋演舞場、二〇二〇年二月）では田治見要蔵と二役だったので、早替わりで大変だったけれど発散できる部分があった。だから、いま言ったような金田一のポジションがわかったんです。『八つ墓村』冒頭の、石倉三郎さんがなさった刑事とのやりとりなんか、まさにそうですよね。劇の所々で「僕が出てきたからには、ここから何か始まるんですよ」と、お客様をだんだん物語の中に引き込んでいく。で、あとは他の役者さんたちにやってもらって。自分が舞台に出ていないとき、鞄にお茶を置いて袖から眺めながら、そういう役だなと思ったんです。

——事件の中心にいるわけではなく。

緑郎　少し外から見ながら、お客様に向けて次の展開を伝える。

——明智とは大きな違いですね。

緑郎　明智小五郎は、ほんとうに楽しいです。読んでいても楽しいし、キャラクターを自分で膨らませられる。小道具や衣裳選びもすごく楽しいんですよ。でも、金田一耕助は決まってますから。しかも、衣裳さんから「汚したいからいつも着ておいてください」なんて言われて（笑）。稽古場から着てましたし、劇場に入っても、まず衣裳を着てから化粧するんです。普通、舞台の衣裳は、化粧が終わってトイレも行って、さあ出るぞって直前に着ないとダメ。それが掟なんですが、金田一の衣裳に関しては違う。しわくちゃになったり、ちょっとコーヒーの染みがあったり。「お茶の染みがあったほうがいいから、食事もそのままお願いします」と（笑）。これは金田一だけだなと思いました。

歌舞伎や新派を応用した「ニュー乱歩劇」を池袋で

――これからの新派というジャンルについて、お考えのことはありますか。

緑郎　僕は、機会があれば、新派も中央区界隈を飛び出していいと思ってるんです。昔、うちの旦那が「二十一世紀歌舞伎組」と名づけて、しばらく渋谷のＰＡＲＣＯ劇場でやらしてもらいましたけど。

――猿翁さんが、モーリス・ベジャールの「20世紀バレエ団」を念頭に置いて結成された集団。一九八八年に『伊吹山のヤマトタケル』を初演して、翌年の再演から「二十一世紀歌舞伎組」の名前で二〇一五年まで活動されました。

緑郎　ええ。あんな形で、自分たちで小屋を探して外に出たっていい。我々若手だけでもいいし、ゲストを呼んで、いろいろな可能性を考えることもできる。これからの新派のひとつの道になるかもしれないし、そこには乱歩のものが合う気がします。

――コロナ禍を経て、新派の今後を考えるうえでも重要な視点かもしれません。

緑郎　コロナが拡がってから、若い世代のお芝居を小劇場によく観に行くようにしていたんですが、改めて「こういう世界もあるのか」と気づかされましてね。小劇場でアングラ的に「芋虫」をやってもおもしろいなとか、あの奥さんの役は女形でも女優でも違った味が出るなとか、どんなビジュアルでやればいいだろうとか、いろいろなイメージが湧いてきてゾクゾクしたんです。

――小劇場で、乱歩を題材に新派をやる。興味深いですね。

緑郎 乱歩の小説には、小劇場に合うものもあるし、大劇場の大きなセットで、複雑な仕掛けで場面転換も多用して、スペクタクルな立ち回りもあるようなエンターテインメントとして見せられるものもたくさんありますから。

――新派で『黒蜥蜴』を上演されたときもそうですが、緑郎さんは次々に新しいアイデアが浮かぶような印象です。

緑郎 うちの旦那が昔、雑誌の対談で「最終的に何がやりたいんですか」みたいなことを聞かれたときに、「背広の歌舞伎をやりたい」って答えたんです。たとえば、ロッキード事件を歌舞伎にしたいんだと。

――猿翁さんは、ロッキード事件が明るみに出た一九七六（昭和五十一）年、七月の歌舞伎座で『東海道中膝栗毛』に六木戸紅漢（ロッキード高官）という役を登場させていますが、それをさらに推し進めて、現代の事件を題材にした「背広の歌舞伎」を。

緑郎 「田中角栄が出てきたり、ロッキード社の誰かが田中角栄をはめるために背広を着て出てきて、ぶっ返りで違う会社の背広になったりするんだ」と。それがずっと心の片隅にあったので、おもしろいかもしれないと思って、『黒蜥蜴』の初演のときに白塗りをして出ていったんです。そうしたら、齋藤さんが「いきなり真っ白な明智小五郎が出てきた」って、びっくりしちゃって。

でも、それは僕、狙ってたんですよ。

——稽古の最初の段階でしょうか。

緑郎　ええ。実際には白塗りじゃなくなりましたけど(笑)。だから、新派とか、洋風のものや現代風のものをやるときも、顔を白く塗って、かつらや衣裳を奇抜な色やデザインにしてもいいんじゃないか。ビジュアル的にもっと訴えてもいいのでは……？　歌舞伎や新派の手法を応用することで、これまでにない現代劇も表現できるはず。乱歩のものを未来に置き換えてみてもいいですよね。僕は、うちの旦那の演出助手についていたノウハウがあるので、歌舞伎の技法、新派の風俗、それから音楽をうまく使った「ニュー乱歩劇」みたいなものができないかなと思ってるんです。以前、亡くなられた高野之夫(前)区長から「池袋は演劇の街に変わっていく」と伺ったので、そういう新しい演劇を、乱歩のお膝元である池袋でやってみたい。

——乱歩の小説を舞台化することについて、どのようにお考えですか。

緑郎　乱歩の作品を漫画化したものを読んだとき、文字で読むよりも強烈で衝撃を受けたんです。テレビ朝日の土曜ワイド劇場で天知茂さんがやってた『江戸川乱歩の美女シリーズ』(一九七七～八五年)も、子どものときに襖の陰から覗き見ていたけれど、おどろおどろしくて。でも、漫画や映像になると、ビジュアル的なイメージは広がりますよね。舞台化する場合、今のお客様に受け入れてもらうためには、単独の作品だけではなく、もうひとつかふたつはアイデアを加えるような趣向が必要。僕らがやった「怪人二十面相」に「幽霊塔」や「黄金仮面」をミックスさせたような形ですね。また齋藤さんが新作を書いてくれたら、いちばん嬉しいんですが。

――二〇二〇年二月に『八つ墓村』がコロナ禍で中止になってしまい、新派というジャンルじたいも難しい状況になっているかと思います。

緑郎　『八つ墓村』が千穐楽直前で中止になって、横溝正史や江戸川乱歩のものは時間が止まってしまった。この間に「どうしたらよかったのかな」とか「今度できるときが来たらああしようかな」とか考えていました。ただ、今日、乱歩先生の土蔵の中でいろいろなものにふれて、アイデアも浮かんできたので、齋藤さんに相談してみたい。旦那が言っていた「背広の歌舞伎」じゃないけど、乱歩はおもしろい素材になるので。とにかく動き出すきっかけが何かないと。楽しみながら、みんなで力を合わせていいものをつくりたい。

――そうした起点のひとつに、二〇一七年の『黒蜥蜴』があるように思えます。

緑郎　現代の新派に、僕らが歌舞伎で培った歌舞音曲の要素を入れて、エンターテインメントとしてできないかと齋藤さんに相談したのが『黒蜥蜴』でした。だから、僕らだけじゃなく、あとに続く人たちにも、劇団新派の財産として江戸川乱歩のシリーズは絶対にやっていってもらいたいですね。

（二〇二三年三月一日）

喜多村緑郎
（きたむら　ろくろう）

一九六九年新潟県生まれ。八八年、国立劇場第九期歌舞伎俳優研修修了。同年四月『忠臣蔵』で初舞台を踏む。同年十月、市川段四郎に入門し、市川段治郎を名のる。九四年、三代目市川猿之助（のち二代目猿翁）の部屋子となる。スーパー歌舞伎などで活躍。二〇一一年、市川月乃助に改名。一六年一月、劇団新派に移籍。同年九月、二代目喜多村緑郎を襲名した。劇団新派公演では、江戸川乱歩の明智小五郎と横溝正史の金田一耕助という二人の探偵を演じている。

女方にとって憧れの黒蜥蜴

interview

河合雪之丞

yukinojo kawai

歌舞伎と新派をつなぐもの

——雪之丞さんは、劇団新派の『黒蜥蜴』(齋藤雅文脚色・演出、三越劇場、二〇一七年六月)で初めて黒蜥蜴役を演じられましたが、市川春猿を名のられていた歌舞伎俳優時代、当時の松本幸四郎(現・二代目白鸚)さんと市川染五郎(現・十代目松本幸四郎)さんによる「乱歩歌舞伎」——『江戸宵闇妖鉤爪《えどのやみあやしのかぎづめ》——明智小五郎と人間豹——』(岩豪友樹子脚色、九代琴松演出、国立劇場、二〇〇八年十一月)に出演されています。歌舞伎と新派の両方で、乱歩原作の舞台に関わられたのは、雪之丞さんお一人ではないかと。

雪之丞　ええ。ありがたいことにそういう機会をいただけて。乱歩先生の作品が舞台化されたものに、歌舞伎でも新派でも出させていただいたのは嬉しいですし、何かご縁があるのかなと思っています。

——『江戸宵闇妖鉤爪』に出演されたのは、どういった経緯だったのでしょう。

雪之丞　経緯は存じ上げませんが、お話を頂戴して非常にありがたいと思って、精いっぱい勤めさせていただきました。乱歩作品は非常に怪奇的ですし、スペクタクルもあり、人情味もあり、人外のものが出てきたり、妖怪変化的な外連の部分もふんだんにある。歌舞伎じたい、そういう時空や人間性を超えたものが出てくる作品が多いジャンルですから、そういう作品をつくりやすいんです。

――乱歩と歌舞伎の相性のよさといいますか。

雪之丞　ええ。だから、乱歩作品は、歌舞伎の技法や約束事を使えば処理できることがいっぱいある。映像なら技術を駆使して新しい作品ができるかもしれませんが、演劇というジャンルの場合、舞台上で奇異的な部分をどうつくるかが悩みどころだと思うんです。でも、歌舞伎はそこに慣れてる。「ここはあの作品のあれを使ったらどうか」とか「あの芝居の、あの場面みたいにしたら、ここは処理できるよね」とか、そういう引き出しがたくさんあるものですから、乱歩の作品は歌舞伎にしやすい気がしますね。

――新派の場合はいかがですか。

雪之丞　日本の演劇は、歌舞伎があり、新派があり、新劇があり、もちろん多くの小劇場演劇や商業演劇と呼ばれるものもある。いろいろなジャンルがある中でも、たぶん今は「新劇と新派とどう違うの?」っておっしゃる方も大勢いらっしゃると思うんです。私が個人的に思うのは、新派は歌舞伎の素養があって、日本舞踊の基礎があることが必要。歌舞伎の素養というのは、せりふだけではなくて、所作や音の使い方、そういうものが歌舞伎の素地から流れてくるものであったほうがいい。もう少し細かくいうと、歌舞伎の素養があるけど、あえてやらない。できるけどやらない美学ですね。できない、知らないじゃなくて、知っているし、できるけれど、やらない。それが新派だと思ってるんです。

――歌舞伎の素養があって、それをそぎ落としていくような。

雪之丞 そぎ落として、そぎ落として、リアルな芝居をするんだけど、根底には歌舞伎という素地がある。「リアル」というのは、現実的という意味ではなくて、象徴的ではないという意味のリアリズム。どうせ現実じゃないんですよ、舞台って。家の中の芝居だって壁が三方しかないんですから。まったく現実ではない。そういう物語に、お客様にいかに入り込んでもらえるかが大事なわけです。

――リアルであることと、叙情的な部分が同居している印象もあります。せりふも日常会話のように運ぶところと歌うところが、ひとつの舞台で組み合わされる。

雪之丞 そうなんです。新派の古典のものは柝も入りますし、約束事もありますし、いろいろな音に乗らなきゃいけない。歌舞伎のようにせりふを歌えなきゃいけないけど、どこまで歌っていいのか。「ここまでやっちゃうと歌舞伎になっちゃうけど、どれくらい手前がベストか」とか考えながら、作家も演者も、本当に歌舞伎に精通した方々が「歌舞伎では聞けなかった、こんなせりふを聞きたい」ということでつくってきた芝居だと思うんです。そういった意味では新派の作品もそうあるべきだと、歌舞伎の素養があるべきだと、私は個人的に思ってるんです。

――歌舞伎と新派の。

雪之丞 だから、乱歩作品は、新派でも十分取り上げられる。その中でも、歌舞伎の素養や知識を持って、その手法をうまく取り入れながら、そぎ落とす作業をすれば、つくりやすいし演じやすい。だから、そぎ落とさなければ歌舞伎でできるし、そぎ落としていけば新派でできる。そう思ってます。

『江戸宵闇妖鉤爪』の一人三役

――乱歩歌舞伎は、昭和から幕末に設定を変えて、世話物的な形に翻案していました。

雪之丞　時代を変えてしまうのは歌舞伎の真骨頂で、どの作品でもあるやり方ですね。『仮名手本忠臣蔵』がいい例ですが、その歌舞伎のよさ、便利さが、時代も変幻自在にしてしまう。それに大した作業じゃないんです。衣裳と大道具と小道具が変われば済む話でね。あとは自動車を駕籠にするとか、幕末にすればピストルも使えるとか。

――時代を自由に移し替えてしまう。

雪之丞　それこそ、明治や昭和にして散切物になったら、せっかく歌舞伎の人が歌舞伎でやるのに、新派みたいに見えてしまうかもしれない。髷物でやるところに歌舞伎の意義があるし、時代設定を変更するのは、我々はもちろん、お客様も抵抗はなかったと思います。だから「人間豹」を書き物として読まれたことのない方でも楽しんでいただけたんじゃないでしょうか。

――雪之丞さんは、商家の娘お甲、女役者のお蘭、明智の女房文代という一人三役を勤められました。非常に乱歩の作品世界に出てきそうな仕掛けでもあり、歌舞伎だからこその技法で、歌舞伎と乱歩がマッチする趣向でした。あの三役を演じ分けることについては、いかがでしたか。

雪之丞　早替わりとかで役が変わることは歌舞伎でもよくあることですし、同じ芝居の中で二役やることもあります。だけど、あのお芝居では、明智の奥さんはわかりやすいんですが、問題は商家の娘と女役者の二役。順番に死んでいくからいいんですけど（笑）、あれが殺されずに並行して出てきたら難しかった。

――生きていて次の場にまた出てきて、といった形だと複雑になる。

雪之丞　そう。外連としての早替わりでやるのは意味があるでしょうけど、ただの二役では演じ分けるのは大変だと思うし、早替わりの場合も、女から男、男から女というならわかりやすいんですけどね。あの三役は「顔が似ている」という設定が重要でしたから。

――顔が似ているから、恩田乱学に狙われる。

雪之丞　ええ。でも、高麗屋の旦那（現・二代目白鸚）がうまく演出してくだすったので、三役が大変とか、どうやったら替わり映えするとか、悩まずにやらせていただいた覚えがあります。

――殺されるとその役は終わって、次の役をやる。ひとつの物語の中で順繰りに役を勤めていくのも、見た目が似ているという設定なだけに、それぞれを印象づけていくのはご苦労もあったのかと想像します。

雪之丞　どの役も個性のある役でしたけれど、場面ごとにその役を印象づけないといけませんからね。「そんな人出てきた？」なんて思われたら困っちゃう。だから、どの役も印象深く残していきたいという思いはありました。

新派で黒蜥蜴を演じること

——雪之丞さんは、二〇一七年に劇団新派に移籍されて、市川春猿から河合雪之丞と改名されます。その年の六月に『黒蜥蜴』で黒蜥蜴役を勤められました。盟友ともいうべき澤瀉屋門下の喜多村緑郎さんが先に新派に入られて、文芸部の齋藤雅文さんが脚色・演出されたことも大きいですが、やはり雪之丞さんがいらしたからこそ、新派で『黒蜥蜴』が上演できたと思います。一方で『黒蜥蜴』といえば、三島由紀夫の脚色が存在していて、美輪明宏さんや坂東玉三郎さんなどがなさっていたイメージが強いですよね。

雪之丞　そうですね。でも『黒蜥蜴』の初演は、先代の水谷八重子さんなので、新派にゆかりのある作品でもあるんです。喜多村さんの発案でしたが、新派として『黒蜥蜴』を上演するのは意義深いことですし、私は女方として、役者として、あの作品に挑戦させていただけてよかったと思っています。齋藤さんが脚本も演出も、うまくつくってくださった。ただ、三越劇場という空間をどう使うかが悩ましくてね。舞台転換が難しいんです。

——袖もなければ、奥行きもない。

雪之丞　大変でした（笑）。でも、悩んだ甲斐があったというか、齋藤さんのアイデアで劇場全体の空間を装置のように使ったことで非常にすてきな舞台構成になりましたし。早替わりもありましたので、師匠の早替わりを何百回も手伝った経験も含めて、私が歌舞伎で学んできたこと、勉強させていただいたことが引き出しとして役に立ちましたね。

――『黒蜥蜴』は、以前から雪之丞さんご自身なさりたいという思いはおありだったのでしょうか。

雪之丞　美輪さんや玉三郎さんもなさっていて、女方だったら一度はやりたいと思う役ですよね。女方にとっての憧れといいますか。ただ、非常に困難なお役でして、バックボーンが明らかじゃないので、それをどうするか。そこは、齋藤さんがうまく書いてくださいましたね。明智に「私、子どもの頃はこうだったわ、ああだったわ。女中たちがいて、みんな笑ってたの、白いお花畑の中で……」なんて言うわけです。「そういう人なのかな」と思うんだけど、それさえ嘘かもしれない。何が本当で何が嘘か、年齢も本名もわからない。バックボーンが曖昧なところを考えだすと、答えが出ない役なんです。だから、バックボーンをあまり意識しないで、今の黒蜥蜴の欲望、めざしているもの、落ち着きたい場所、心のよりどころ――そういった部分を積み重ねてつくりました。過去にあったことも少しは情報として入れておくべきだろうけど、確立した何かがないので、そこを突き詰めるとやれないと思うんです、あの役は。そういう難しさはありましたね。

――舞台を拝見すると、黒蜥蜴という人物が一体何者なのかを探すような筋が鮮明に浮かびあがってきました。

雪之丞　そう。自分探しの旅なんです、結局は。人間で蝋人形をつくってみたりするのも、黒蜥蜴の性《さが》というか。その中に、上品で高貴でお育ちもよく、でも大胆で勝負強くて運もあって魅力的な、誰もが振り向くような女じゃなきゃいけない。小説なら脱いでもきれいですから。そういう女性像をつくりあげるのが大前提なんですけどね。

——たとえば、玉三郎さんの黒蜥蜴を参考にされたところはおありでしたか。

雪之丞　玉三郎さんはすべてを備えてるじゃないですか。なおかつ本物志向なので、玉三郎さんがなさったときは、舞台で着ける宝飾品は警備員が持ち運んだそうですよ。私はとてもそうはいかないですけど（笑）。ただ、玉三郎さん自身もそこまで思い入れのある役だったと思うし、そういう意味でも、私は緊張感を持ってやらしていただいたお役でした。まあ、いつも緊張してるんですけどね（笑）。自分の役者人生の中でも、本当に特別な役でした。

新派の女方であること

——黒蜥蜴は、齋藤さんによる雪之丞さんへの当て書きでした。

雪之丞　ありがたいことです。だから、台本を読んで、スッと役に入れたというか。芝居のお稽古になっても、引っかかることがなかった。それは、以前からやりたかったからかもしれないけれど、クエスチョンマークが一回もつかなかったですね。

——黒蜥蜴という役は、洋装の女方という魅力もありました。絢爛な着物も含めて、衣裳選びはどのようにされたのでしょうか。

雪之丞　齋藤さんにも相談しながら、自分の衣裳は自分で全部決めたんですが、たとえば、序幕のギンギラギンのシルバーの引着は、私の自前なんです（笑）。初演のポスター撮りのときに「何か毒々しい派手な衣裳はないかな」と考えて、そういえば、自分の衣裳を保管している倉庫にあったと思い出したんです。ポスターにだけ使うつもりだったんですが、会社の人が「ポスターを見た人が『本番でも着てくれるんですよね』と言うので、どうにか本番でも着てくれませんか」と（笑）。でも、こんなの着る場面ないし……と思って、仕方ないので、最初の踊りのときだけ使ったんですけど（笑）。

——非常にインパクトのある場面になっていました（笑）。他の場面も、いろいろな衣裳が代わる代わる……。

雪之丞　ヤマトホテルの場面や通天閣の場面なんかは、数ある衣裳の中から選んだんですが、洋装の場合、たとえば、船から最後の館までの黒いドレスも、その時代に合っていなければいけませんよね。洋装でドレスだからといって、「なんでも好きなものをどうぞ」ってわけにもいかない。あまりに現代的じゃおかしいし、その時代に合った形のドレスで一番美しく、一番いいものを選ぶ。私が見た中では、舞台で使ったものが、生地といい、デザインといい、一番あの時代に合ってたんじゃないかなと。

——雪之丞さんは洋装がお似合いですので。

雪之丞　いえいえ（笑）。私は、自分自身がとてもそうは思えないので……。とくにタイトなドレスは、選ぶのも着るのも苦労します。鬘もそれに合ったものをつくらなければいけませんしね。それから、着物ならそうならないかもしれないけど、洋装のときは、趣味で女の格好をしたい男の人みたいになってしまうのが一番困るんです。芝居の中で「異物」にならないようにしなければいけない。

——新派というジャンルは、今は女方が雪之丞さんお一人ですね。女優の中に、雪之丞さんがいかに入っていくか。そういう難しさもおありなのかとも思いますが。

雪之丞　私は身長も大きいですし、女優さんと一緒に舞台に出るのは大変ですが、それは初めて新派に出さしていただいたときから、自分でもわかっていたことなんです。ただ、うちの師匠曰く「女方術」というのがあって、それを会得して身体に持っている人は、女方としてどんな舞台でも成立するんだと。普通の男優さんに「女方をやってください」と言ってもできないでしょう。それは、私が歌舞伎の女方として長年培ってきたものが役に立ってるんじゃないかと思っています。

——『黒蜥蜴』は初演のあとに「全美版」（三越劇場、二〇一八年六月）、「緑川夫人編」（大阪松竹座・御園座、二〇一九年九月）という展開がありました。その中で、時期的には「全美版」の前になりますが、サンシャイン劇場での自主公演『怪人二十面相〜黒蜥蜴二の替り〜』（二〇一八年三月三十日〜四月一日）がありました。設定としては『黒蜥蜴』の前日談、誕生秘話のような形で、先ほどおっしゃった「黒蜥蜴は一体何者なのか」というバックボーンを探していくための鍵にもなったのでしょうか。

雪之丞　あれは『黒蜥蜴』をはじめ、いろいろな乱歩作品を続けていきたいという我々の思いを込めた自主公演だったんです。そこに齋藤さんも共感して、作品を書いてくださった。『黒蜥蜴』を続けていくとしたら、それを膨らませてやっていけるものにしたらどうかというアイデアで、齋藤さんがうまくつくってくださいましたね。黒蜥蜴がどうやって生まれたか。幕切れのトカゲの入れ墨とか……。非常にお見事でした。

――短期間の自主公演でしたが、とてもいい作品でした。

雪之丞　本当に手弁当だったので、道具も全部、我々も含めて役者衆が運んでね。大変でした(笑)。それでもお客様には喜んでいただけて、楽しんでいただけたんじゃないかとは思っています。「自主公演なんてやる時代じゃない」と思う方もいらっしゃるけれど、少しでも「新派でもこういう作品をやったらいいのに」と思ってもらえるきっかけをつくりたかったんです。

これからの新派が行く道

――乱歩はいったん途切れて、横溝正史原作の『犬神家の一族』(齋藤雅文脚色・演出、大阪松竹座・新橋演舞場、二〇一八年十一月)と『八つ墓村』(同前、新橋演舞場、二〇二一年二月)が上演されます。乱歩の『黒蜥蜴』をさまざまなバリエーションで上演されて、そのあとに横溝正史をやることは、乱歩との入り方の違いなどはおありでしたか。

雪之丞　そうですね。奇異のタイプが違うじゃないですか。横溝先生のものは現実的な話だから、結末がわかっている話をわざわざやるわけですよね。だから、齋藤さんはどうやってこれを舞台で見せるのかと。大変なご苦労だったと思います。ただ、『犬神家の一族』も『八つ墓村』もよくできた作品で、お客様も喜んでくださったし、演劇界にちょっと新しいジャンルというか、新橋演舞場という大きな劇場に、新派ならではの新しい方向性をしめすことができたのではないでしょうか。

――だからこそ『八つ墓村』が、新型コロナウイルス感染症の影響で、千穐楽間近に急遽中止になってしまったことが惜しまれます。

雪之丞　そう。六月にやるはずだった大阪松竹座もなくなっちゃったんですもの。

――言っても詮無いことですが、雪之丞さんたちがつくろうとしていた、乱歩からはじまった方向性、流れが途切れてしまったのは、新派というジャンルにとっても残念で、もったいないことでした。そうした状況もふまえて、現時点では、おそらく『黒蜥蜴』初演時とは皆さんの思いや熱量も変わっているかとも想像しますが、今後の新派でああした動きが再び立ち上がる可能性が見えるのか、難しいのか……。雪之丞さんがお考えになる、これからの新派のあり方について伺えますか。

雪之丞　私自身は、ああいう作品が間を空けずに、どんどん飛び出していって、上演する機会が増えることを切に願っています。だから、諸事情を乗り越えてもやり続けるべき。どんな事情があるのかわかりませんけれども（笑）。それは、今の私たちのためというだけではなくて、これから新派というものが残っていくのか、残っていかないのか――それはわかりませんが、新派の歴史の中の一部として、新作をつくっていくのも大事ですから。それを、後世の人たち、後輩たちに伝えて、やりつづけてもらえるように基盤をととのえていくことが、必要なんじゃないかと思います。

――新作にくわえて、雪之丞さんや緑郎さんたちが入られたことで、これまで適当な役者がいなかったために上演できず埋もれていた、あるいは時代の流行り廃りの中で淘汰されてきた作品を発掘する機会もあると思います。仮にそれが「新派」という名前のジャンルでなくてもいいのかもしれませんが……。

雪之丞　私もまったく同じ思いです。時代が移ろう中で淘汰されてきたものでも、逆に時代が変わることで、新しい見せ方ができるような作品はたくさんありますから。見たことがない、知られていないけれど、実はとてもすてきな作品。そういうものをもう一度、皆様の前にお出しすることも、私たちの大事な役目、仕事ですね。

作家たちの日本語を残していくこと

――雪之丞さんは、子どもの頃から乱歩作品を読まれていたんですか。

雪之丞　読みましたけれど、私は、子ども向けに書かれてないものだと、文体も文章も難しいし、怖いものは怖いから嫌だった（笑）。でも、父親世代の子どもはみんな意味もわかって、今の子どもが漫画を楽しむように、乱歩作品を挙って読んでいたそうですね。私は親に読み聞かせてもらって、難しい言葉が出てくるとわかりやすく訳してもらって聞いていましたから、そういう意味では、耳から入ってきたほうが多いかもしれません。

――どんな作品がお好きでしたか。

雪之丞　長い作品もおもしろいですが、短い作品も多いので読みやすいですよね。今風に言うとオムニバス的に読めるし、そういう短い作品を集めた朗読劇のようなものを乱歩でやったらおもしろそうです。

――とくにどんなところが乱歩作品のおもしろさだと感じられますか。

雪之丞　やっぱり言葉。泉鏡花先生なんかとはまた違う、乱歩先生の言葉の流麗さみたいなもの。作家ならではの言葉遣いってあるじゃないですか。そういう日本語の美しさを残していく、伝えていくのはすごく大事なことですよね。日常生活の中で、粗野な言葉を使ってもいいし、現代語を使ってもいいんです。ただ、美しい言葉を知っていて、そのうえであえて使わないならいい。さっき話したような「できるけどやらない」ということです。新派でいえば、久保田万太郎先生とか北條秀司先生の台本も、独特の言葉の使い方というか、正しいかどうかは別にして——辞書みたいな日本語という意味ではなくて、魅力的で美しい日本語の宝庫でしょう。時代とともに失われてしまう部分もありますが、乱歩先生やあの時代の作家の日本語を読んだり聞いたりすることで、そうした言葉が消えていく時間を少しでも延ばせるんじゃないかと。それを舞台で伝えていくのも、我々の仕事のひとつだと思っています。

（二〇二三年十月十八日）

河合雪之丞
（かわい　ゆきのじょう）
一九七〇年東京都生まれ。八八年、国立劇場第九期歌舞伎俳優研修を修了。同年三代目市川猿之助（のち二代目猿翁）に入門し、市川春猿を名乗る。九四年に三代目猿之助の部屋子となり、女方として活躍。二〇一七年に劇団新派へ移籍し、河合雪之丞と改名。松尾芸能賞新人賞、国立劇場優秀賞受賞。

乱歩という拡張現実を覗き見る

速水奨

interview
show hayami

予想外だった土蔵の中

——土蔵をご覧いただきましたが、いかがでしたか。

速水 土蔵って、宝が眠っていたり、殺人事件が起きてそこに被害者がいたり、そういうドラマからのイメージがありましたが、あそこはライブラリーですね。しかも、インデックスや本のタイトルなども、全部直筆で書いてる。まとめ方が完璧じゃないですか。

——速水さんがイメージされる「蔵」とは少し違った。

速水 だいぶ違いますね。僕が思っていた「蔵」の中というのは、少し秘密があって、その秘密を覗く好奇心みたいなのがある。子供心にずっとそう思っていて。あと、土壁でひびが入っていて、かび臭くて……江戸とか古い時代のイメージですよね。でも、ここの土蔵は、関東大震災の翌年に建てられたということで、すごくモダン。書庫や書斎として使っていたという用途にもよるのかもしれませんが。乱歩邸じたいは、いつ……。

——母屋は一九二一(大正十)年に建てられたそうです。

速水 母屋は関東大震災にも耐えて、空襲でも焼けなかったということですね。

——ええ。ですので、大げさかもしれませんが、大正・昭和からの土が、いまだにこの場所には残っているんです。応接間のある洋館は、一九五七(昭和三十二)年に乱歩自身が設計にも携わって増築されたものです。

速水　僕、ここに座ってるだけで、子どもの頃、少し裕福な方のお宅にお邪魔した記憶がよみがえってくるんです。その応接間がまさにこういう感じで、暖炉があって、自分の実家とはまったく違う世界に身を置くような感覚。こういう空間にいたからこそ生まれてくるものがあるんでしょうね。

引きつけられてしまう怪しさと危うさ

——速水さんの乱歩作品との出会いを伺えますか。

速水　明智小五郎と怪人二十面相という二大巨頭の物語は、子どもの頃から、児童文学とかテレビや映画で見てきました。最初は少年探偵団シリーズから入ったんですが、父が天知茂さんが好きでしてね。天知さんが出る作品は全部見てるってくらい。それで、天知さんが明智役をなさった……。

——『江戸川乱歩の美女シリーズ』(テレビ朝日系)ですね。

速水　ええ。夜九時くらいのオンエアで、遅い時間の番組だったんですが、僕も起きて見てました。

——なんとなく子どもには見せてはいけないような……。

速水　見せちゃいけないものだと思うんです（笑）。ただ、それだけは「早く寝ろ」とか言われなかった。

――お子様心にご覧になって、どんな印象でしたか。

速水　天知さんは、眉間の皺がなんとも言えず色っぽくて、目に色気がありましたね。顔がしっかりしていて、肩幅があまり広くない。それが画面越しにも迫力を感じたのを覚えています。

――番組放送開始の一九七七年から一九八五年に天知さんが亡くなるまで、天知さんが明智役を演じられて、明智小五郎の強固なイメージをつくったともいわれます。

速水　よく、変装していた顔を剥がすじゃないですか。あれがすごいなと（笑）。「さっきまで別人だったのに！」って、子供心に変装のすごさを感じていて。僕はけっして小説をたくさん読んでいるわけではないんですが、読んだものの中では「江戸川乱歩は変身願望があったのかな」と思うくらい。死体が入れ替わっていたり、入れ替わっていたように見せかけて本人だったり。二十面相という存在じたいもそうですけどね。何者なのかわからない怪しさと危うさ。そういうものがあった気はします。見ちゃいけない、真似しちゃいけない。タブーとされるものを覗き見るような感覚っていうのかな。

――大人の世界を覗き見るのか、そこに描かれている世界を覗き見るのか……。

速水　どちらもあるような気がしますね。

――他に印象に残っている乱歩原作の映像作品はおありですか。

速水　ストーリーはよく覚えてないんですが、若い頃に見た『江戸川乱歩の陰獣』ですかね。香山美子さんが演じてた。

――一九七七年公開、加藤泰監督の松竹映画。映画館でご覧になったんでしょうか。

速水　いや、家で見た記憶があるので、テレビでしょうね。エロティシズムと、抗えずに堕ちていく人間の性《さが》のような部分が、強烈に印象に残っています。「絶対に自分はそこに行っちゃいけない」「いやだな」という感じなんだけど、「あ、行っちゃうかもな……」みたいな。人間の弱さと、その弱さを引きつける妖しさ。その構造がおもしろかった。小説もあとになって読んだんですが、映画とは全然違っていて驚きました（笑）。

――どちらのほうがおもしろく感じられましたか……と、比較することでもないのかもしれませんが。

速水　小説ですね。去年と今年、乱歩の登場人物が総出演するような朗読劇に関わって、たくさんの乱歩作品にふれることになったんですが……。

――アメツチ企画・製作の『幻燈の獏』（細川博司作・演出、二〇二二年八月十三・十四日、イイノホール）と『自決スル幼魚永久機関』（細川博司＋鈴木佑輔脚本、細川博司演出、二〇二三年九月三十日・十月一日、イイノホール）に続けて出演されました。

速水　ええ。その経験をふまえて、改めてひとつひとつの小説を読んでいきたいと思っているところです。

『幻燈の獏』と『自決スル幼魚永久機関』

——乱歩に関わる作品に速水さんが出演されたのは、二〇一六年の『TRICKSTER——江戸川乱歩「少年探偵団」より——』が最初でしょうか。花崎雄一郎という、メインキャラクターの父親役の声を担当されていました。

速水　ええ。そうだと思います。単純に、江戸川乱歩の作品に関われることが嬉しくて。しかも、明智小五郎、怪人二十面相、少年探偵団がいるという図式の中に、自分がキャラクターとして入っていける。その楽しさはすごくありましたね。

——乱歩関連で『TRICKSTER』の次に関わられたのは、昨年上演された朗読劇『幻燈の獏』ですね。もともと二〇一六年に舞台版が初演されていますが、それを朗読劇にする企画で、速水さんは姫宮博士という役で出演されました。

速水　はい。プロデューサーの方からお声がけいただきまして。

——乱歩をめぐるさまざまなエッセンスが散りばめられた舞台でしたが、乱歩が「原作」というより、あくまでもオリジナルの作品だったと思います。あの劇世界は、速水さんが思い描いていた乱歩的な世界とどのように重なるものでしたか。

速水　バンドネオンの音が、昭和初期という時代の狂乱する部分を表していて、それが耳に残っているんです。あの音が奏でる空気感が、乱歩なのかなと。

――音から感じとる時代の雰囲気が、乱歩を表現していた。

速水　僕、歴史は好きなんですが、昭和初めの時代があまり好きではなかったんです。あの時代の狂乱があったから、その後の悲惨な戦争に行ってしまったんだろうと、単純に思っていたので。でも、どの時代にも人は生きていて、いいことも悪いこともあるけれど、ちゃんと生活をしている。その意味で、当たり前ですが、ひとつの時代を消してしまうことはできないんですよね。かといって、美化することもできない。だから、そういう歴史のありようを正しく見るためにはどうしたらいいんだろうと思いながらも、ずっと目をそむけてきた時代だったんです。

――『幻燈の獏』は、そこに目を向けざるをえない作品だった。

速水　たぶん、子どもの頃に両親から聞いた戦争の話とかが記憶の底にあって避けてきたと思うんですけどね。『幻燈の獏』は、満州という虚構の帝国の中で起きた物語で、そこに乱歩作品の登場人物が入り乱れているので、一見するとカオスなんです。でも、そのカオスの中に身を置いて、姫宮博士という役を演じることのおもしろさを、しだいに感じるようになりました。乱歩作品が実際に書かれていた昭和初め頃という時代背景に向き合えたことも、自分にとっては重要な作品だったと思います。

――満州で「獏」という極秘の研究に携わっていた姫宮博士。劇の中心は、シャオリンという不思議な美少年やその周辺の人物だったと思いますが、じつは世界の土台を支えていたのは姫宮じゃないかと。つまり、作品じたいが、乱歩にまつわる新作映画の製作という劇中劇的な構成で、そのなかで「夢」がひとつのキーワードであったり、幕切れに近い場面での「うつし世はゆめ」というせりふだったり、姫宮の思考に深く入っていく部分が、舞台の根底にありました。速水さんは、姫宮というキャラクターについて、どう捉えていらっしゃいましたか。

速水　そうですね。常に前面に出ているわけではありませんが、姫宮の存在が、あの世界の色を大きく変えていくような部分はありましたね。カテゴリーとしては、マッドサイエンティストですが、すごく純粋なんです。目的を果たすためには手段を選ばないけれども、その目的じたいは、彼の中ではすべて理に適っている。夢や幻想ではなく、現実として実現しなければいけないものだと思い、そのためにはどんな者とでも手を組んで生きているんです。正義と悪とに分けると、もちろん悪に入るわけですが、悪の中に、正義では成し得ない魅力が少なからずあって、その腐りかけの熟した果実のような部分を根っこに持っているんですね。マッドサイエンティストですけれども、表面は非常にクールで。

――姫宮が内側に持っているものと、外から見えるものとのギャップを「朗読」という表現で、具体的にどのように表すのでしょうか。

速水　「幻調乱歩2」と銘打たれた、今回の『自決スル幼魚永久機関』では、そういう内面の熱や毒を表現するのはモノローグなんです。いざとなれば激昂して敵とやり合うけど、基本的には、自分の思考回路が明瞭なときは常に人間性をそれほど表に出さない。そういう部分が演じていておもしろいですね。

——肉体も含めた技術がキャラクターの内面にシンクロして、操作している。キャラクターが自分の外の世界と関わるときの手段としての「声」は、どのように切り替えていらっしゃるのでしょうか。

速水 声を変えている……というと、違和感がありますが、肉体の削り方がちょっと違っているんです。モノローグのほうが、肉体が削られる。逆に対話の部分は上澄みのようなところでしゃべっていけるというか。

——なるほど。姫宮は、他者と関わるダイアローグはどこか表層的に、自分自身を削るほどの心情を深く言葉に込めていく部分はモノローグで。

速水 そうですね。それが今回のテーマ。

——実際に発声される声じたいは大きく変わるものですか。

速水 変わると思いますね。声帯を酷使しているほうがモノローグになる。意図してやってるわけじゃないんですけど、おのずとそうなってしまいます。

乱歩というモチーフの振れ幅のひろがり

——『幻燈の獏』では、怪人二十面相という存在が軸になっていました。たとえば「私は怪人二十面相」というせりふもあれば、「おまえは怪人二十面相」と複数の人たちが一斉にしゃべる場面もある。では、誰が怪人二十面相なのか。怪盗の共同幻想を登場人物たち全員でつくりあげていくイメージがあったんです。そこに密接に関わっているのが姫宮でしたので、なおさら速水さんが演じられた姫宮が、実は劇を裏で差配しているのではないかとも思いましたし、『自決スル幼魚永久機関』では怪人二十面相や明智の存在がどう変化していくのかも気になります。

速水　『幻燈の獏』から時間が過ぎて、前作の続編的な主筋と、その一方で過去に遡って出来事の原因が明かされる副筋が交錯するような構造です。かつて明智は明智として、二十面相は二十面相として存在していましたが、二十面相が殺されてしまう。その後、二十面相が甦るわけですが、なんというか、とんでもなくグロテスクな存在になっています（笑）。

――それはどういうグロテスクさなのでしょう。

速水　「自決スル幼魚」という特別な成分を研究している博士がいまして、それが姫宮の元恋人なんですね。須永時子というその女性が、人体実験をくり返して、永遠の命を生み出そうとしている。死んだ二十面相を実験に使ったり、誘拐した子どもたちを不死身のモンスターにしたりして。で、明智も過去において一度命を落とすんですが、須永時子によってシャオリンとして生まれ変わるんです。身体はシャオリンだけれども、頭の中に明智の意識が同居している人工人間として……。そんな具合に、乱歩を素材に使いながらも、どんどん想像が膨らんでいくような展開が（笑）。

——なかなか複雑ですが、前作の幕切れのイメージがつながっていく。

速水 そうなんです。ちょっとクラクラするような話で（笑）。

——姫宮を続けて演じられて、前作から今作への変化は。

速水 一言でいうと「敗北感」でしょうか。前作ではシャオリンたちに敗れて、自分の研究成果である「獏」計画を阻止され、片目を失い、プライドも失い、そこから日本に戻ってくる話なんです。姫宮自身、今回は「獏」のようなものをつくって暗躍することもなく、ひたすら元恋人だった須永時子との会話を通して、さまざまな過去を現出していく。今回はちょっとストーリーテラー的な役です。

——そうすると、モノローグとダイアローグの使い分けのような部分は……。

速水 『幻燈の獏』での失敗や須永時子への思いなどが渦巻いていて、それがモノローグとして表われてくるところですね。ただ、須永時子は四肢を切断されて、花瓶のように置かれている設定なんです。

——ああ、それは「芋虫」ですね。

速水 そうです。気の弱い人は見ないほうがいいかもしれない（笑）。でもそれくらい、思いきった乱歩というモチーフの使い方をしています。乱歩が描いた世界は振れ幅が非常に大きいと思いますが、ある方向に振れていた部分をさらに振り切っていくような部分も描かれている作品ではありますね。

朗読という表現の可能性

──速水さんが参加された二作は、音や声に特化した朗読劇で、乱歩の世界を聴覚性に引き寄せた表現でした。乱歩にかぎらず、朗読劇あるいは朗読そのものの可能性について、速水さんのお考えを伺えますか。

速水　実は、この七、八年、小学校で授業の一環として朗読をしてるんですよ。チャイムが鳴って、一年生から六年生まで順番にワーッと体育館に来て、子どもたちの前で朗読をするわけです。体育館ですから、夏は暑くて冬は寒い。ポータブルのスピーカーで、マイクもいいものじゃない。子どもたちも電気を消すと騒いじゃう……そういう環境でやるんです。でも、僕の名前も知らない子どもたちの前で朗読をしているうちに、彼らがふっと物語に入り込んでくれる瞬間があるんです。そのことに、いつも喜びと感動を覚えながらやっていますね。一方で、公演としての朗読劇の場合、皆さんがチケットを買っていらっしゃるから、あらかじめ「聴く」態勢を持って劇場に来ている。なので、お客さんに対してもっと仕掛けをしていけるんじゃないかと思うんです。それこそ『幻燈の獏』や『自決スル幼魚永久機関』は相当いろいろな工夫をしていますし。

──場所や環境、表現のスタイルによって、それぞれに見せ方、聴かせ方がある。

速水　ただ、もしかしたら、朗読劇も教育の場に持っていけるんじゃないかと思っているんです。

子どもの頃、学校に児童劇団がやってきて、たとえば『森は生きている』とかを上演していましたが、すごく感動するというわけではなかったけれど、装置を見たり、大人が本気で演じている様子を見て、その熱を感じたのを覚えています。ですから、僕たちはこれから、朗読劇でも朗読でも、音や声を通して熱を伝えるということを、もっとひろげていけるはずなんです。一大ブームを巻き起こすようなものではなくとも、着実にひとつのジャンルとして根づいていく可能性があると思っています。

――そうした中で、ぜひ速水さんに乱歩作品も朗読していただきたいですね。

速水　望むところですよ（笑）。

――読んでみたい乱歩作品はおありですか。

速水　そうですねえ。「押絵と旅する男」に出てくる、若いのか齢をとってるのかわからない老人。あれは語ってみたいですね。

――なるほど。乱歩の作品は、文字を目で追っていても、さまざまなイメージが喚起されますが、声に出して読むと、また別の発見がある気がします。

速水　そうですね。独りで読んでいて、気づいたら声に出して読んでるときがあります。声に出しやすい文章ですよね。

――それは、言葉の選び方なのでしょうか。どのあたりに読みやすさ、語りやすさのポイントがあると思われますか。

速水　描写の濃やかさとリズムですかね。言葉のリズムが、書き言葉じゃなくて話し言葉になってる。地語りの部分と対話する部分がしっかり対比されているので、一人で語ってもおもしろいですし、何人かで群読をしてもいい。それこそ朗読劇の形でもできますよね。

――音で聞いたときの乱歩作品は、黙読とは別のおもしろさがありますので、非常に楽しみです。

速水　僕らは朗読をするとき、いつも題材を求めているんです。ここ十数年は夢枕獏さんの『陰陽師』をずっと語ってるんですが、違う軸が一本ほしいと思っていて。去年、乱歩の朗読劇に出たときに、「この隠微で何とも言えない世界を自分の声で表現したら、どんなにおもしろいだろう」と強く感じたんですね。

――語りたくなる衝動を湧き起こさせる世界。

速水　さっき「リズム」と言いましたが、言葉のリズムと同時に「視点」だと思うんです。描いてる物語が、語っている人間の視点だったり、登場人物の視点がすごくトリッキーだと思うんですよ。普通なら定点で見ているものが、乱歩の作品だと裏切られることが多いんです。自分が読んでるものが「これは正しいんじゃないんだ」とか、そのトリッキーな部分を音にしたら、声にしたらおもしろい。

――交錯するまなざしを一人の語りで読んでいく。表現としても興味深いですね。そういう場合、速水さんが読まれるとしたら、視点の切り替わりは、あえて同じ調子でいかれるのか、変えていかれるのか……。

速水　複数の人物を演じるときは、各々の人物の呼吸を意識します。自己満足的な部分で言うと、間合いですね。すごく流暢に言葉が出てくる人間と、思慮深くて考えながらしゃべる人間がいるとして、実際はコンマ五秒かもしれませんけれども、そのちょっとした間合いの積み重ねでキャラクターができていったり、そういうことを僕は考えてます。

――声色とか、そういうわかりやすい演じ分けではなく。

速水　導入としては、わかりやすいところもあったほうがいいと思います。ただ、あるところまで人が没入してくれると、たぶんキャラクターが独り歩きして、化粧や扮装をしなくても、色づけしなくても、聞く人が感じとれるんじゃないかとは思いますね。

逆さ双眼鏡のような乱歩のまなざし

――乱歩作品のどのようなところに惹かれますか。

速水　ずいぶん大人になって、改めて小説を読むようになったんですが、僕は乱歩の作品に触れるたびに、なぜか「日本」という感じがしなくて。横溝正史は完全に日本ですけど、乱歩の場合、日本の風景を描いていても、それが日本に感じられない。この間、富山県の魚津へ行ってきたんですね。たとえば「押絵と旅する男」は、まさに魚津の景色を描いているのに、何か全然違う異国のような感覚があって。

──乱歩ならではの独特の描写が。

速水　ええ。あと、ものすごく色彩感覚が豊か。映画やドラマだと、監督や役者、ロケ地などの制約があって、フィックスで見てしまうんですが、去年読んだ「石榴」は、文字で読むことによって、血の赤などがより鮮明にイメージできて、今まで気づかなかった発見がありました。乱歩作品はとにかく言葉遣いが褪せないですね。今年がデビュー百年ですから、それに近いくらい前の作品でしょう。でも、全然古くない。今も普通に読める文体のすごさを改めて感じました。

──色褪せないという点について、どういうところから感じますか。

速水　本質が非常にクリアに描き出されているものが多いですね。トリックもおもしろいと思うんですが、トリックを考えた人間の大本にある正邪というか、正とか邪とかを超えたところにある人間味のようなものがおもしろくて。たとえば「石榴」では「結局、君が犯人だったのか」といった最後の大どんでん返しの部分と、自分を変えて、変えて、変えて……でも、愛する人といられたからそれでよかった、それが最後にいなくなったから……という悲しみが非常に丁寧に描かれている。短編ですが、二時間、三時間の映画にしても十分見応えのある作品だと思いました。

──速水さんにとっての乱歩的な世界は、どのようなイメージなのでしょうか。

速水　いま思い出したのが、「押絵と旅する男」の一場面。魚津から上野に向かう汽車の中で、語り手の「私」が双眼鏡を逆さに覗こうとすると、老人から「さかさに覗いてはいけません」と止められますよね。もしかしたら、乱歩がそうやって物事を見ていたのかもしれないと思ったんです。ようするに、物事を拡大して見るのではなく、小さく見ることで視野も広がるし、さらにいろいろなものが見えるんじゃないか。そういう逆さ双眼鏡みたいな世界なのかな、と。

――乱歩のレンズ嗜好は知られていますが、双眼鏡をあえて逆さに覗くという描写から、乱歩の視点を想像された。

速水　僕らは普通に、見えるものを見えるままに思うけれども、乱歩は逆からも上からも下からも、どこからでも見ることができる視点を持っていたんじゃないかな。だからこそ、どんなに荒唐無稽な発想でも――たとえば、今度の朗読劇のようなものでさえも包含してしまう。今でいう拡張現実のような世界。そんなふうに思っています。

（二〇二三年九月二十七日）

速水奨
（はやみ　しょう）

一九五八年兵庫県生まれ。俳優、声優。劇団青年座養成所、劇団四季での活動を経て、八〇年のニッポン放送主催「アマチュア声優コンテスト」でグランプリを受賞し、劇場版アニメーション『1000年女王』で声優デビューを果たす。アニメーション、洋画、CM、企業ナレーションなど数多くの作品に出演し、ボーカルアルバムや朗読のCDをリリース。作家、朗読、ディナーショーなど幅広く活動している。代表作に『超時空要塞マクロス』（マクシミリアン・ジーナス）、『ジョジョの奇妙な冒険 スターダストクルセイダース』（ヴァニラ・アイス）、『ご注文はうさぎですか？』（チノの父 タカヒロ）、『BLEACH』（藍染惣右介）、『Fate/Zero』（遠坂時臣）、音楽原作キャラクターラッププロジェクト『ヒプノシスマイク』（神宮寺寂雷）など。

探偵小説が彩る噺家人生

柳家喬太郎

interview
kyotaro yanagiya

池袋演芸場での「乱歩落語」

――喬太郎師匠がつくられた新作落語としての「乱歩落語」は、二〇〇四年に池袋演芸場で初演された『赤いへや』が最初になりますか。

喬太郎　そうですね。

――立教学院創立百三十周年記念事業の一環として、池袋演芸場で乱歩落語の会を、という企画があり、師匠にもご出演いただいたわけですが、数ある乱歩作品の中でも「赤い部屋」を選ばれたのはなぜでしょうか。

喬太郎　たいした理由はなくて（笑）。乱歩先生の作品って、僕らは「怪人二十面相」のシリーズから入るんですよね。小学校はどこのクラスにも学級文庫があって、教室の後ろに「怪盗ルパン」と「怪人二十面相」のシリーズが四～五冊ずつ必ず置いてあったわけです。

――師匠も普通に読まれていた。

喬太郎　ええ。中学のときに横溝（正史）先生のブームがあって、かなり読み漁ったんですね。当時の友だち連中が少年探偵団シリーズから乱歩に入り、横溝ブームでそちらにハマり、また乱歩に返って子どもの頃は読まなかった初期の短編を読んでまして。で、彼らが『赤い部屋』という作品がすごいぞ」って、ちょっと興奮して話してたんです。かといって、そのときに僕は読まず。怖いじゃないですか、乱歩作品は。横溝先生のおどろおどろしさとは違う類いの怖さで、ちょっとおっかなくて読めなかった。

――その後、乱歩作品は読まれるようになったのでしょうか。

喬太郎　長編では「悪魔の紋章」が本格推理的に書かれていたので、読みやすかった。あとは「孤島の鬼」が本当に怖くて。その筆致に引き込まれるんだけど、たくさん読むわけではなかった。で、大人になって乱歩落語の話をいただいたときに「そういえば、みんなが『赤い部屋』に夢中になってたな。そんなにおもしろいのかな」と思って読んだら……おもしろかったんですよ。平井隆太郎先生からも快くお許しを頂戴しましたので、これをさせていただこうと。あのときは(三遊亭)圓窓師匠が「押絵と旅する男」をおやりになって……。

――(鈴々舎)馬桜師匠が「人でなしの恋」をなさいました。

喬太郎　それで(三遊亭)白鳥兄さんが「人間椅子」だったんだ。これはもはや「人間椅子」じゃないぞってくらい、ぐちゃぐちゃに変えやがって(笑)。もう大爆笑(笑)。そもそも「人間椅子」って爆笑する話じゃないでしょ。でも、池袋演芸場が爆笑の渦になったんだから、すごかったですね、ある意味。

『赤いへや』ができるまで

――その中で、師匠は『赤いへや』という新作をつくられて、今でもレパートリーのひとつになっていますす。

喬太郎 乱歩先生の「赤い部屋」は、普通に考えたとき、落語にできる物語ではないと思うんです。落語にしやすいのは、もっと明るかったり滑稽だったりするものなんですよ。もしくは人情噺で泣けるとか。たぶん、僕も乱歩落語の企画がなければやろうとは思わなかった。殺人ですし、しかも残虐ですし。

――それでも「赤い部屋」を落語にしようと思われたのは……。

喬太郎 何でしょうね。でも、語り物としてしやすいし、やってみたいと思ったんです。そうしたら、おかげさまでいい持ちネタになりまして（笑）。楽しいんですよ、やってて。他の噺家さんがやっても楽しくないかもしれないけど、普通の落語とか普通の人情噺をしゃべってるときには感じ得ない楽しさがあります。自分のやりやすいように、設定やラストも変えましたけど。

――小説はどんでん返しのような結末ですが、師匠の『赤いへや』では……。

喬太郎 それを採用しなかったということですよね。

――構成を変えずとも、原作どおりにもできたとは思うんです。

喬太郎　ええ、できますね。

――どんな理由で結末を変えられたのでしょうか。

喬太郎　嫌な気持ちでお客さんに帰ってほしかったからでしょうね（笑）。僕はお芝居も好きで、明るく楽しいハッピーエンドも大好きなんですけど、観終わって胃袋の底が重くなるような救いのないものも、エンターテインメントの一種の充実感だと思うんです。「赤い部屋」のどんでん返しって、退屈しのぎに刺激を求めている人たちの愚かさを、語り手のからくりで暴くようなところがあるじゃないですか。華やかだった赤い部屋が虚しく映るとか。だけど、あれは「プロバビリティーの犯罪」ですよね。実際は意図を持って殺してるけど、成功しなきゃしないでいい。快楽殺人ですよね。

――原作ではそうした殺人のエピソードがいくつも語られます。

喬太郎　その中で使わせていただいているのは、踏切のお婆さんと子どものおしっこ、あと按摩さんを穴へ落としちゃう話ですけど、他にもたくさんある。あれだけのことを主人公が考えて話して「じつは全部嘘だった」というのは、もったいないなと。本当にやっててほしい気持ちもあったんです。で、あれは小説として読むから、あのどんでん返しが効くような気がして。

――落語という表現に移すときには変える必要があった。

喬太郎　ああいう内容のものを落語でやるなら、お客さんを引き込まなければ意味がないわけです。お客さんは、明るく楽しいものを期待していらっしゃるので。それでも「うっ」と思いながらも引き込まれちゃって、「すごいの聴いたね……」って感想を持っていただかないと申し訳ない。そうすると、落語だとあのまま終わったほうが効果的。

――それで、サゲはあえてどんでん返しではない形に。

喬太郎　「これで百人」っていうのは、十分物語を収束させられる。もちろん、その上で乱歩先生はどんでん返しをやってるんですが、落語ではあれがサゲとして効くので、乱歩先生には申し訳ないけど、そのまま終わって、お客さんにはあえて嫌な気持ちのまま帰ってもらおう、と。当時、そんなことを実際に言葉にして考えたわけじゃないけど、本能的にそう思った気がします。

――なるほど。他に原作との違いとして、主人公を落語家にされています。

喬太郎　物語を語るという意味では自然にいけますから。その場合に「なんでここに噺家が呼ばれたんだろう」ってなったら、お座敷に呼ばれたことにすればいい。退屈してる旦那衆の前だから『あくび指南』……。それで、ああいう構成と人物設定にしたんです。

本当は怖い落語のあれこれ

――落語じたい、ああいう怖さを多分に持っていますよね。

喬太郎　ええ。埋もれてしまった噺がいっぱいありますし。落語って、じつは残酷なんですよ。今でも普通に寄席でやってる『後生鰻』なんてナンセンスでおもしろいんだけど、すごくブラック。でも、その手のものはたくさんあって、『落語辞典』なんかを読むと、とてもじゃないけど、他の怪談噺とか因縁の噺とかより、むしろこっちのほうが怖いって噺が山ほどある。

――師匠が「これは」と思われるものはありますか。

喬太郎　今じゃ誰もやらないんですけどね。「赤ん坊をもらってくれたらお金あげます」なんて言われて、お金欲しさに赤ん坊をもらってきたのはいいけれども、本当はいらないわけですよ。で、昔の炬燵――カンカンに火を熾した炬燵の中に赤ん坊を放り込んで、全身に吹き出物をつくって、病気に見せかけて殺しちゃう噺があるんです。吐きそうなくらい気持ち悪いし、かわいそうじゃないですか。でも、人間ってそういうことを考えたりするほど残酷だし、愚かだし。それがエロのほうに行くこともあるんです。「男子ってバカだね、こんなことばっかり考えてて」っていうね。小学校高学年から中学生くらいの男子って、バカなところあるじゃないですか。でも、まさにそんな落語もある。で、それがまた文化になっていくわけなので。そうすると、「こういうもんだな、人間って」って思ったりするんです。

――大げさにいえば、人間のもつ本質が見えるような。

喬太郎　そうなんです。僕、寄席のトリで怪談噺をやっても、そのままお客さんに帰ってもらうんです。昔は、先代の(林家)正蔵師匠や(林家)彦六師匠、他の師匠方でも、怪談噺をやったあとは、踊りを踊ったり大喜利をやったりして、座を陽気にしてお帰しするのがセオリーだと聞いたことがありますけど、せっかく怖い噺をして怖がってもらったなら、怖い気持ちのまま帰ってもらいたい。だから、乱歩先生には申し訳ないけど、最後のどんでん返しなしでやってみるかと思って。

――その発想は、原作を読まれて落語にしようという段階で……。

喬太郎 すぐには思いつかなかったですね。いよいよやらなきゃならなくなったときに、いろいろ悩んで考えた末、今の形に落ち着いたんじゃないかと。いろんなものが綯い交ぜになって、僕なりの『赤いへや』になったんじゃないかな。

――そのあたりも、先ほどおっしゃった「楽しさ」につながっていく。

喬太郎 さっきも少し言いましたけど、楽しいと思うのは、噺家の中で僕だけかもしれません。逆に、後輩や仲間で『赤いへや』をやりたがった人は、今まで一人もいないので。もしも誰かがやるとしたら、普通の噺家は、乱歩先生の原作のオチを採用するでしょうね。つまり、そのほうが救いがあるから。たぶん「あのまま終わったら洒落になんないじゃん」って噺家としての生理が働くと思うので、最後は原作どおりに明るくする。そういう意味では、そもそも「赤い部屋」を、しかもあの形でやろうなんていうのは、僕しかいないかなって気がしないでもない。

探偵小説の「知」と落語の「情」と

――乱歩の小説は、語り口調が声に出しやすい文体という印象を受けるんです。乱歩と落語、いわゆる語り物との相性についてはどうお考えですか。

喬太郎　そういわれてみると、そうかもしれませんね。ちょっと生意気な言い方をすると、我々の「聴かせる」ための語りの力と乱歩先生の「読ませる」力は似てるのかもしれない。そんな気もしないでもない。だから「探偵小説」といわれる時代のものですよね。「推理小説」以前の「探偵小説」がもつ読ませる力なのかな。

――声で聴く世界が想像力をかき立てる。

喬太郎　そんな気はしますね。書かれるものは極端なものも多いじゃないですか。「普通」って言葉はおかしいですけど、普通の文体で、たとえば「パノラマ島奇談」とか「屋根裏の散歩者」とか書かれてたら、内容的にはショッキングだしおもしろいけど、印象が全然違うものになってるはず。だから「江戸川乱歩は土蔵で蝋燭立てて原稿書いてる」みたいな逸話がありますね。「そんなわけねえじゃん」と思うけど、そういう印象が世間に広まったりもするわけですし。大人になってから、乱歩先生がものすごく常識人でこの辺の町会長なんかもやってたと知ると、ものすごく意外でびっくりしましたもん。

――「江戸川乱歩」というつくられたイメージがありますね。

喬太郎　横溝先生の「犬神家の一族」の連載が始まったとき、乱歩先生が「犬神だの蛇神だの、大嫌いだ」って言ったそうですけど、「むしろそういう人じゃん!」と思っちゃいますよね。でも、考えてみると、横溝先生のほうが、味つけや背景として祟りとか怨念とかを使ってるじゃないですか。実際にはそれを利用したトリックとか論理で解決していくものですけど、タイトルも「八つ墓村」とか「獄門島」とか、そういう類いのものをお書きになってる。でも、乱歩先生ってそうじゃないんです。人工的な怪奇とか残虐、猟奇ですよね。そうすると、乱歩先生ってかみ砕くとわかる。初期の短編とか、「芋虫」みたいな気持ちの置きどころがわからないものもありますけど、やっぱり核にあるのは、犯罪というものに対する興味だと思うんです。

――そこに、横溝正史と乱歩の違いがみえる。

喬太郎　落語って犯罪を描くもの――単純に人を殺して金を盗るとか、殺したがために幽霊になって苛まれるとか、そういうものはたくさんありますけど、探偵小説を読むような楽しさはなくて。かといって、大好きで読み漁った横溝先生の金田一耕助ものは落語にはなりにくい。つまり、本格推理ものだと「知」の部分が立っちゃう。「情」と「知」で分けると「知」の部分。落語は「情」のものなので。「情」ってのはいいものばかりじゃない、残虐とかも含めてですけどね。

――乱歩の場合はいかがですか。

喬太郎　乱歩先生のほうがやりやすい。ただ「赤い部屋」は、ひとつの短編であんなにいっぱいトリック出すなんてもったいなくて（笑）。惜しげもなく詰め込んでて、好きな者にとっては、宝箱を開けたようなトリック三昧の話じゃないですか。僕が作家だったら、一個一個のトリックをメインにして、いくつも短編を書いて原稿料もらいますよ（笑）。

――トリックを使うことで、落語としても成立する。

喬太郎　ええ。「知」の部分に訴えかける謎解きものとは違うんだけど、トリックを使ったものとして落語化するとおもしろいですね。トリックを使って登場人物を翻弄して、その様子を描いてお客さんに笑ってもらう噺としては、たとえば『壺算』とか。あと、人が死んだりして、ブラックな笑いをまぶしながら、ある人物が稚拙ながらもトリックを使ってうまく世間をごまかしていく『算段の平兵衛』って上方噺。でも、数は少ないんです。

――そういう意味では「知」の部分にも訴えることができる。

喬太郎　二ツ目の頃、密室殺人を自分で考えて、問題編と解決編に分けて新作をつくったんですが、大失敗しましてね（笑）。伏線とかつくってもわかりにくくなっちゃって。だから「知」の部分で落語をやるのは難しいかなと思うんですけど、乱歩先生の「赤い部屋」は、その「知」の部分も満たされるんですよね。トリックを使ってるので。それを、あの語り口でしゃべっていくと、知的なトリックを落語でやってみたい演者としての欲求も満たされる。こんなふうに言葉にして考えたことはないんですけど、今お話ししながら自己分析すると、そういうことになるのかなと思いましたね。

幻の乱歩落語『昭和博覧会』

――乱歩原作では「二廢人」も落語にされています。

喬太郎　他に乱歩先生の作品をやらせてもらえないかなと思って、なぜか「二廢人」を読みまして。ただ、あれはCD収録（『柳家喬太郎落語集　アナザーサイド』二〇一九年）のときに一回か二回やったきりなので、まだ自分の中で深められてないんですよ。

――師匠の『二廃人』は、緊密なダイアローグが語りの中で展開していて、その緊迫感がずっと残ったまま最後まで持続していく印象でした。

喬太郎　二人の男の会話の緊迫感や不安、底を流れている諦めとか、その空気感が魅力的ですよね。ああいう話をやるときには、演者も緊迫しなきゃならないので、あれは「赤い部屋」よりもお客さんを引きつけるのは大変だと思います。「赤い部屋」は短い殺人のエピソードが重なってるので、場面転換になるんです。僕の『赤いへや』の場合、旦那衆がいて、語り手の噺家がいて、そこで細かく空気を変えられる。「あんな金持ち連中の旦那衆が、死刑執行のところを覗き見したいと思ってるんだよ」みたいなことまで言って。それで「退屈しのぎに」なんて言ってる連中が、主人公の話を聞いてるうちに気持ち悪くなってきて「師匠、もういいよ、いいよ」みたいな。だから「旦那、こんな話もありまして」っていうところで空気を変えられるんです。

――『二廃人』はそれが難しい。

喬太郎　『二廃人』は、話し手と聞き手がずっと同じ土俵にいるというか。それをどんなふうにやれるかは今後の課題なので、またどこかでやらせていただけるとありがたいんですけどね。

――他に乱歩作品を題材にした新作はおありですか。

喬太郎　そういえば……僕、思い出しました。他にも二〇〇四年の乱歩落語のとき、一遍だけやった噺があるんです。大失敗だったので、二度とやってないんですけど。

――はい。

喬太郎　隆太郎先生から「作品は何をやっても構わない。乱歩作品の登場人物を使って新作をつくっても構わない」とお許しをいただいたので、『昭和博覧会』という噺をつくったんですよ。平成の世に怪人二十面相みたいなのが出てくるんです。とっ散らかっちゃって自分でも内容を覚えてないいんですけど、今思い出しました。黒歴史が（笑）。

――あ、それは、池袋演芸場の九月中席でしたね。

喬太郎　そう。あれは乱歩先生に対する冒瀆だったと思います。

――齢をとった小林少年が出てきて……。

喬太郎　そんな感じだった気がします。

――昭和を象徴するさまざまな要素が。『帰ってきたウルトラマン』とか……。

喬太郎　いじめに遭ってる気がする（笑）。よくご存じですね。

――じつはあの回を拝聴していまして。

喬太郎　今日会う前に殺しとけばよかった（笑）。そうです、そんなのをつくりました。昭和の頃のいろいろなものを訪ね歩くというか。大林宣彦監督の映画『金田一耕助の冒険』（一九七九年）とか川崎ゆきおさんの「猟奇王」シリーズにも似ちゃった作品かもしれません。……でも、おもしろいかもしれないですね。またつくってみようかな（笑）。

――ぜひ。ゴジラやウルトラマンが出てきて、大人になった小林少年が「昭和」を博物館にする。ある種の後日譚的な設定も非常におもしろかったので。

喬太郎　今年、かつて僕らが見てたテレビドラマの「ＢＤ７」――『少年探偵団』（日本テレビ系、一九七五〜七六年）で二十面相役だった団時朗（当時・次郎）さんが亡くなりましたね。団時朗さんといえば『帰ってきたウルトラマン』ですが、僕の中では、やっぱり二十面相の団時朗でもある。そういうタイミングで乱歩先生について話す機会をいただいて、で、今日になって、一回しかやってなくて忘れてた新作の話も思い出せたのは、何かのきっかけになりそうな気がします。どうなりますやらわかりませんが、もう一遍ちゃんとやりたいですね。

二次創作のひろがりと影響

――師匠の乱歩落語もそうですが、乱歩作品は二次創作が非常に多くて、そのことによって、小説だけではないひろがりがあると思うんです。

喬太郎　ああ、そうですね。以前、シアタートラムで『お勢登場』（倉持裕作・演出、二〇一七年二月）というお芝居を観たんですが、あれはおもしろかったな。あの空気感、あの世界観、ものすごく好きだなと思いました。その続編がコロナで中止になって、その後また上演されたときに行けなかったのが残念で。だから、もちろん乱歩先生の作品そのものもおもしろいんですけど、ドラマになったり映画になったり、そういうのを経由して、ものすごく我々は影響を受けてる。天知茂の明智小五郎なんか、世代としてはみんなあれを観ていたし、突っ込みどころも満載だけど、押し切って成立させちゃってたじゃないですか、ドラマとして。

――『江戸川乱歩の美女シリーズ』(テレビ朝日系、一九七七〜八五年)ですね。

喬太郎　時代背景も重要だと思うんです。乱歩先生のものは、書かれたのが大正だったり昭和初期だったりするので、時代の空気感と相まって成立してる作品もある。でも、天知茂さんのシリーズは、ちゃんと放送当時の一九七〇年代の設定でやっていて。むしろ「その設定で?」と思うし、トリックなんかも「これはないだろう、さすがに気づくだろう」と思うけど(笑)、「この作品では成立してるんです」って提示してますよね。

――原作に忠実かどうかというより、乱歩的な世界の中で自由に創作している。

喬太郎　そうなんです。それから、シリーズの中で「前回は確かに必要だったかもしれないけど、今回は若い女性の裸は必要ありませんよね?」って、必ずそういうシーンが出てきて、子供心にドキドキしてたんですけど(笑)。裸で氷漬けにされて殺されるとかなら、猟奇として必然性はあるかもしれないけど、絶対いらないであろう回にも裸を出す。いろんな意味で名物ドラマでしたよね。そういうものを観てた人たちが大人になってるので、乱歩先生が実際に書かれたものを読んだわけではなくても、さっき言った「BD7」とか、ワンクッション置いて、麻薬のようにみんなの体内に入ってるんだな、江戸川乱歩っていうものが。それは改めて感じます。

落語より先に探偵小説にハマった

――師匠は、乱歩の『探偵小説の「謎」』（現代教養文庫）をお持ちだったとか。

喬太郎 ええ。横溝先生を好きになって、本格探偵小説的なものが好きだった時代があるんです。偏食なので、好きだと思った作家ばかり読んじゃう。「刑事コロンボ」ばかり二十冊くらい読んだりね、二見書房の。で、横溝先生のものを読んで、たとえば「本陣殺人事件」の中に「探偵小説問答」みたいなものが出てくるでしょう。あと、エッセイを読んで、代表的な三つのトリックが密室殺人、顔のない死体、一人二役とか、ディクスン・カーが密室の巨匠、エラリー・クイーンが読者への挑戦、アガサ・クリスティはミステリの女王とか……いろいろ頭に入ってくるわけです。その中で「トリック」に興味を持った。落語を好きになる前にそっちのほうが好きだったんです。

――落語よりも先に探偵小説が。

喬太郎 ……あ、また黒歴史を思い出した（笑）。

――またしても（笑）。

喬太郎 中学のとき、自分たちで作文みたいなものを創作して、クラスの何人か好きなやつと回し読みしてたんです。原稿用紙のマス目を無視して、十五〜十六枚くらい、びっしり書いて。実質二十枚くらいだったと思いますけど。才能のない中学生が書いた、拙い作文なんですよ。で、とあるタイトルを付けたら、その後、同じタイトルの歌謡曲が大ヒットしたんです。「俺のほうが先じゃん」と思ったんだけど。

――ちなみにそのタイトルは……。

喬太郎　『林檎殺人事件』（一九七八年）です（笑）。郷ひろみさんのヒット曲。樹木希林さんとのデュエットで。

喬太郎　もちろん偶然ですけどね。ああ、それから、高校のときに一遍だけ同人誌をつくりました（笑）。オリジナルの探偵もつくりましたもん。横浜の実家で、糸を使って自分の部屋に外から鍵をかけて、扉を閉めて中に鍵を落とすトリックを試してたんです（笑）。思い出しちゃった、そんなことを。恥ずかしい（笑）。

――ご自身で実際にやってみるところに本気を感じます。

喬太郎　落語にハマる前は、子どもの頭ながらトリックばかり考えた時期があって、それで『探偵小説の「謎」』を買ったんです。あれは「類別トリック集成」ですからね。貪り読んだ記憶がありますよ。

――師匠が探偵小説から受けた影響は大きかったんですね。

喬太郎　江戸川乱歩、横溝正史、都筑道夫……そういった先生方のものを読んでいたおかげで、噺家になってから、新作落語の『午後の保健室』とか『いし』とかをつくれた。古典落語の『松竹梅』を犯罪ものに変えた『本当は怖い松竹梅』もそう。完全に探偵小説の影響で、そういうものを読んで好きだったからこそできたんです。もしも僕が、他の噺家さん、仲間たちとちょっと違うことができているとすれば、乱歩先生や横溝先生、都筑先生のおかげですね。僕という一人の人間の人生の彩りというか、充実感を思えば、先生方に大感謝だなと思います。

（二〇二三年八月二日）

柳家喬太郎
（やなぎや　きょうたろう）
一九六三年東京都生まれ。日本大学商学部の落研時代から東京放送の関東大学対抗落語選手権で優勝するなど数々のタイトルに輝く。八九年、柳家さん喬に入門、さん坊を名のる。九三年、喬太郎で二ツ目。九五年ニッポン放送の第一回高田文夫杯お笑いゴールドラッシュⅡ優勝。二〇〇〇年、十二人抜きで真打に昇進。〇四年には春風亭昇太らとＳＷＡ（創作話芸アソシエーション）を旗揚げ。一九九八年にＮＨＫ新人演芸大賞落語部門大賞、二〇〇五～〇七年に国立演芸場花形演芸会大賞、〇六年に芸術選奨文部科学大臣新人賞（大衆芸能部門）など受賞多数。一四年、落語協会理事就任。二〇年、同常任理事就任。

探偵講談の復活から乱歩講談を切り拓く

旭堂南湖

interview
nanko
kyokudo

日本の物語という親近感

――南湖さんは、明治期に流行った「探偵講談」というジャンルの復興を志され、乱歩作品の講談化も手がけておられます。まずは乱歩作品との出会いから伺えますか。

南湖　小学校の学級文庫に並んでいたのが、ホームズと乱歩先生とルパン。一番好きだったのがホームズで、全部読み終わって「さあ、次は何にしようか」と思ったとき、乱歩先生はちょっと手にとりにくかったんですね。というのは、私、怖がりで（笑）。表紙がおどろおどろしく、不気味だったので、迷いながらも借りてみて、家で読みはじめたら、夢中になりまして。やがて日が暮れて、部屋が真っ暗になっているのにも気づかない。で、母親が「真っ暗やないか。何してんの」なんて言いに来て、ハッと我に返る。そんな思い出がありますね。それから、ポプラ社の少年探偵団シリーズの全集は端から端まで読みました。

――子供心に、どんなところに惹かれたのでしょうか。

南湖　ホームズは外国の話なので、文化や習慣が違うところがありますけれども、乱歩先生の場合、同じ日本の物語なんですね。だから、もしかしたら自分の身にも起こるんじゃないかと、少年探偵団に入っているような気持ちになって、すごく親近感を覚えました。で、やがて中学校、高校を経て、大学に入ったのが一九九三年。その翌年が乱歩先生の生誕百年だったので、世の中が乱歩ブームになりまして。

——記念映画なども多くつくられました。

南湖　実相寺昭雄監督の『屋根裏の散歩者』（一九九四年）とか、土方巽の暗黒舞踏も好きだったので、リバイバル上映されていた『江戸川乱歩全集 恐怖奇形人間』（石井輝男監督、東映、一九六九年）にもハマりましたし。小説も改めていろいろ読んでみると、「芋虫」や「屋根裏の散歩者」などは、子どもの頃の少年探偵団シリーズとは違う衝撃を受けましたね。

——数ある乱歩作品の中で、とくにお好きなものは。

南湖　やはり青年時代に読んだ「芋虫」のインパクトが強くて。「芋虫」や「人間椅子」が好きだなんて言ったら、変態のように思われるかもわかりませんけれども（笑）、それも乱歩作品の魅力ですよね。で、大学のときに古本で買った「芋虫」が、伏せ字だらけだったんです。どの版だったのか覚えていませんが、伏せ字で読めない中にも、何か凄みを感じましたね。あとは「防空壕」も好きでした。

——戦後に書かれた、乱歩自身の空襲体験を投影した短編。

南湖　私は戦争を知らない世代ですから、戦争の恐怖を感じました。そして、ユーモアもある。とにかく乱歩先生のものは大好きでした。本当に幅広い、子どもから大人まで楽しめる作品がありますから。

探偵講談と「名探偵ナンコ」

——乱歩自身、講談や落語といった寄席芸を好んでいましたが、乱歩作品を講談にするという発想は、どのように生まれたのでしょうか。

南湖　一九九九年に講談師になりまして、修業として、軍談、世話物、怪談、武芸物……いろいろなジャンルをやるわけです。その中で「探偵講談」というのを知りまして。「探偵講談」は明治時代に流行った、いわゆるミステリーの講談なんですね。実際の事件に取材して、近所の方に話を聞いて「こいつ、実は悪いやつでございまして……」というのを、当時の講談師がやっていたんです。つまり、講談が今のワイドショーみたいな役割も持っていた。その頃、西洋からコナン・ドイルなどの作品がどんどん入ってきていて、講談師も大勢いましたから、何か新しいものをつくろうという気運の中で、探偵講談が誕生したんですね。

——『都新聞』に「探偵実話」という実録の続き物が連載されて、それが探偵小説の原形だったともいわれます。

南湖　それと同じ流れでしょうね。ただ、平成の時代に探偵講談をやっている人はほとんどいなかった。埋もれさせておくにはもったいないので、昔の講談の速記本を手に入れて、やってみようと思ったんです。で、企画タイトルを考えまして、私は旭堂南湖ですから「名探偵ナンコ」と。

――どこかで聞いたような……。

南湖　もちろん『名探偵コナン』のパロディなんですけれども（笑）、よく考えると、コナン君も「江戸川コナン」という名前ですから、乱歩先生の影響下にあるわけです。で、二〇〇一年に「名探偵ナンコ」の第一作として『夢の世界』という明治時代の探偵講談をやることにしたんですが、手がかりが少なかった。当時『小林文庫』というインターネットのサイトを見つけて、そこに「探偵講談について詳しくご存じの方がいらしたら、お教えいただきたい」なんて書いたんですよ。じつは『小林文庫』は、ミステリーマニアが集まるところだったと後で知るんですが……。その書き込みをご覧になったのが、大阪にお住まいだった作家の芦辺拓先生。それで「今度『名探偵ナンコ』に行きます」って客席にお越しくださったんですね。

――本当にいらっしゃった。

南湖　ええ。せっかくですので、打ち上げにお招きしてご一緒したら、めちゃくちゃようしゃべるんですよ（笑）。講談師以上にようしゃべるんで、「この方は客席よりも舞台に上がっていただいたほうがいい」と、毎回芦辺先生をゲストに呼ぶことになりまして。そこで、芦辺先生が「乱歩作品を講談でやったらどうですか」とか、いろいろアイデアをくださったのがきっかけで、乱歩作品の講談をやることになるわけです。

――探偵講談というジャンルの復活は大きな挑戦だったと想像します。

南湖　新しい発見として、明治の文化や習慣、風俗が描かれていて、昭和に生まれて平成を生きる人間には想像もつかないようなことが描かれてるんです。

——たとえば、どのような……。

南湖　快楽亭ブラックという方がいまして。今の噺家さんで名前を継がれている方がいますが、初代の快楽亭ブラックは、まず講談師になったんです。で、『幻燈』という作品があって、これは乱歩先生も大絶賛しているんですけれども。銀行の支配人を犯人が殺めまして、壁にべたっと残された血潮の手形。そこに探偵がやってくる。探偵というと、お若い方は私立探偵を思い浮かべるかもわかりませんが、警察の刑事のことを、当時は「探偵」と言ったんですね。で、その探偵が、壁に残された真っ赤な手形を見て「うーん、証拠がないな」って言うんですよ。

——証拠が、ない。

南湖　今の方は「え？」と思うじゃないですか。手形は立派な証拠でしょう、と。ただ、指紋や掌紋は、個人個人、全員違うという知識が今はありますが、明治時代の人たちにはまだなかった。世界最初の「指紋小説」といわれる『ミシシッピの生活』（一八八三年）をマーク・トウェインが書いていますが、その約十年後に、快楽亭ブラックが講談で『幻燈』をやってるんですよね。で、血の手形を幻燈で映し出して犯人を突き止める。そういう当時の文化がおもしろいと思いまして。

——新しい時代の講談が、西洋のミステリーと符合していた。

南湖　ええ。当時の講談師も、いろいろ工夫してるんです。西洋からホームズものが入ってくるけれど、言葉や文化に馴染みがないので、翻訳じゃなく、日本風に変えて翻案してるんです。シャーロック・ホームズは小室泰六、ワトソンは和田さんで、ガニマール警部も蟹丸探偵とか(笑)。日本人になじみやすいように書いている。

――翻案の時代ならではの受容の仕方ですね。

南湖 今のミステリーは本当によくできてるので、最初のほうに伏線があって、犯人らしき人が出てきて、どんでん返しがあって「実はこの意外な犯人でした。びっくり!」と結末に至りますよね。けれども、明治の探偵講談は伏線とかないんですよ。怪しげな人物が出てくるんですが、全員犯人じゃない。たとえば、二百五十ページある話なら、二百四十ページまで犯人が出てこない。最後の十ページになって「ここにおりましたのは、鈴木鹿吉という悪い男で、これが『あっしがやりました」と言う』なんて、いきなり自白しちゃう(笑)。今まで出てこなかったのに、急に現れて「あっしが悪うございました」って。

――呆気にとられそうな展開。

南湖 けれども、それを私が高座でやると、お客様がおっしゃるには「リアルだ」と。つまり、犯人が、容疑者としてずっといるわけじゃなくて、突然見つかって、突然逮捕に結びつく。それがリアルだとおっしゃるんです。たしかに、現実に起こっている事件も、常に容疑者が身の回りにいるなんてことはなく、捜査をしていくうちにふっと出てきたりする。そういう点でも、明治の探偵講談のおもしろさがあるんですよね。

乱歩作品と講談との相性

――探偵講談が明治の風俗や都市文化を描いているのは、乱歩が大正末から昭和初期の時代を描いていたことに似ているような気もします。そのあたり、乱歩作品と講談との相性もふまえて少し伺えますか。

南湖　そうですね。乱歩先生の作品を講談化しようと思ったときに、声に出して読んでみたら、ものすごくリズムがよかったんですよ。乱歩先生は、奥さんに自分の書いた小説を音読させていたそうですね。それを耳で聴いて、直すところを確認していたと。そういう書き方をされていたので、声に出して読むと、言葉の調子も物語もよりおもしろく感じられる。

――黙読が当たり前になる以前、音読の時代があった。

南湖　ええ。今は一人で本を読むとき、皆さん、普通に黙読されると思いますが、昔は音読という文化もあったはずなんですね。だから音読すると、いいんです。乱歩先生は、今はなくなってしまった本牧亭という講談専門の寄席に日本探偵作家クラブの面々で行っていて、色紙も残っておりましたね。だから、本当に講談がお好きだったんですね。

――乱歩の講談好きが、実際に作品に反映されていると感じられるものはありますか。

南湖　「魔術師」で、明智小五郎が汽車に乗りまして、上野へ到着するんですけれども、このときに「車中別段のお話もない」と書かれている。じつはこれ、講談でよく使われるフレーズなんですね。

――あ、なるほど。

南湖　『水戸黄門漫遊記』という講談があります。史実では、黄門さんはほとんど水戸から出なかったそうですが、講談師がアイデアを加えまして、全国漫遊させるようにしたんですね。それで大変評判になったんですけれども、御一行が「道中別段、これと言ったこともなく、次の宿場へと到着いたしました」というんですよ。講談では、主人公がここからあっちへ行くときに、何か起これば、そこで物語になりますし、そうでなければ「道中別段、これと言ったこともなく」と移動させるんですね。明智小五郎も「車中別段のお話もない」と言いながら、上野へ到着する。これはもう講談と一緒だと思いましてね。

――まったく気がつきませんでした。そういうところから、乱歩作品を講談にしようという発想も出てきたのでしょうか。

南湖　小説を講談化するとき、どこを取って、どこを削るかという作業をするんですが、たとえば『魔術師』は、非常に原文に近い台本になりました。こちらにご挨拶に伺って、ちょうどこの部屋で、釈台を置いて座蒲団を敷いて、平井隆太郎先生の前でさせていただいたんですけれども。

――それはいつ頃ですか。

南湖　二〇〇二年ですね。三月二十八日に立教大学に鍵を渡すという、その三日くらい前だったんです。

――乱歩邸と資料などを立教大学が譲り受ける直前に。

南湖　そうなんです。で、そのときに「乱歩先生の作品を講談化したいんです。よろしいでしょうか」と隆太郎先生にお伺いを立てまして、お許しをいただいた。そのときに伺った話では、乱歩先生は講談が大好きでよく聴いていて、隆太郎先生も子どものときに寄席に連れられて行ったそうですね。「でも、私は落語のほうが好きでした」なんておっしゃって（笑）。土蔵も拝見しました。ミステリーファンは、あの土蔵に一度でいいから入ってみたいという夢をお持ちだと思うんですね。そこに入れるというので、本当に嬉しかったですね。

――実際に入ってみて、いかがでしたか。

南湖　ずらーっと本が並んでいる中に、探偵講談の速記本がありまして。「ああ、やっぱり講談と接点があったんだ、こういうふうに勉強されていたんだ」と。講談の中でも、とくにお好きだったのが『大岡政談』だそうですね。お裁き物で、犯人が事件を起こして、名奉行が解決をする。つまりミステリーですよね。

――明智小五郎も、講談師の五代目神田伯龍がモデルだったと。

南湖　そうなんです。「D坂の殺人事件」に書かれていますね。明智小五郎にモデルがいるというのは、小学校でポプラ文庫を読んでいるときは全然気づきませんでしたが、大人になって、改めて「D坂の殺人事件」を読んでみると、ちゃんと書いてあるんですね。

――「伯龍といえば、明智は顔つきから声音まで、彼にそっくりだ」と。

南湖　五代目のお弟子さんだった六代目伯龍先生にお会いしたとき、「若い頃、乱歩先生にお会いしました」とおっしゃったんです。乱歩先生は五代目と対談もされているので、そのときの印象を伺ったら、「大作家の人物でした」と。六代目伯龍先生は当時まだ若くて、紅顔の美少年という感じだったので、「乱歩先生がお尻を撫でてきた」なんて言うわけです。本当かどうか知りませんけど（笑）。

乱歩講談――『魔術師』と『二銭銅貨』

――乱歩で講談をされたのは『魔術師』が最初ですか。

南湖　そうですね。芦辺拓先生のお勧めだったんです。ぶわーっと大風呂敷を広げるところがすごくいい。どうなるんだ、どうなるんだと、次々に謎が現れてくる。そこが魅力的でしたね。で、活劇なので、講談の口調にすごく合うんです。

――先ほど小説の音読がそのまま講談の調子になっていったと伺いました。長編ですので、どのようにエッセンスをつまみながら構成されたんでしょうか。

南湖　やっぱり派手な場面がいいんですよね。張り扇を使ってパンパーンと明智小五郎が飛び出してくるとか、そんなふうにやりますと、すごく物語に合う。あと『魔術師』は長い話で、講談は「続き読み」ができるんです。「ここからがおもしろいところですが……この続きはまた明日」と。昔は三百六十五日、講釈場がありましたから、長い話のほうが喜ばれたんですよ。木戸銭も風呂賃と同じくらいで安いお金で聴けましたし。ですから、連続物でずっとやっていた。そんな雰囲気を出そうと思いまして、『魔術師』も前半から盛り上げてやりました。

――具体的には、どんな場面になったのでしょう。

南湖　「文代と出会いまして、明智小五郎がドボーンと海に飛び込んだという、その水音がする。（張り扇を叩く）この翌日に、新聞には、でかでかと『明智小五郎溺死す』という文字。明智小五郎、本当に死んでしまったのでありましょうか。さあ、物語はここからがおもしろいところですが……『魔術師』の序でございます」なんてやっていましたね。

――続き読みの楽しさが、乱歩の長編をもとにすることで遺憾なく発揮される。

南湖　そうなんですよね。名張に中相作さんという乱歩研究者がおられて、中さんが仕掛け人になって池袋の大きなところでさせていただいたり、伊賀や大阪でもさせていただいたりしました。だから、名張の中さんと芦辺先生のお力で、乱歩作品の講談が出るようになったんです。それで『魔術師』の次は『二銭銅貨』をやりました。

――長編の次は短編を。

南湖　ええ。一話完結の一席物もあったほうがよかろうというので、私が選んだと思うんですけれども、なぜ選んだのか……。再読して気づいたんですが、途中で講談本を読むシーンが出てくるんですよ。トリックを解決するきっかけとして、講談のスターである真田幸村が出てくる。そういったところから「二銭銅貨」を選んだはずです。あと、名張の名物で「二銭銅貨せんべい」というのがあって、ご来場のお客様にプレゼントしていたので(笑)。

――「二銭銅貨」を講談にしてみて、いかがでしたか。

南湖 探偵が、犯人が吸っていたらしき「フィガロ」というエジプトの煙草を探して歩くんですが、その描写が、小説では半ページか一ページなんです。ところが講談でやると、本当に探偵が汗を流しながら、一歩一歩、犯人を捜している、その情景が非常に目に浮かぶという声をいただきましたね。

――講談として語ることで、より細かく表現された。

南湖 それから、点字の「南無阿弥陀仏」の暗号を覚えたんですよ。いま思えば、ようこんなの覚えたなと(笑)。本当に記号のような意味のない言葉ですが、全部覚えて高座でやったんです。でも、私の努力がお客様に伝わらなくて(笑)。皆さん、きょとんとしていましたねえ。

――暗号のように、ミステリーの要素として重要な、けれども文字で見ないとわからない仕掛けを語りだけで伝えるのは難しそうです。

南湖 難しいですね。けれども、皆さん、想像力を使って、その情景をそれぞれに思い浮かべてくださる。明智の容貌にしても、乱歩先生は、神田伯龍に似ているけれど、「伯龍を見たことのない読者は、諸君の知っている内で、所謂好男子ではないが、どことなく愛嬌のある、そして最も天才的な顔を想像するがよい」(「D坂の殺人事件」)と書いてますから、皆さん、それぞれの明智小五郎があると思うんです。そういう想像力をかき立てるところも魅力ですよね。

――作品によると思いますが、短編と長編では、講談にされるプロセスに違いはあるものでしょうか。

南湖　短編の場合、一席でまとまる安心感がありますね。長編はギュッと凝縮してまとめられればいいんですが、いいところで「この続きは……」となってしまうと、お客様はモヤモヤしてしまう。続きを明日聴けるならいいけれど、そうもいかない。『魔術師』も、私の中では四つに分かれるんですよ。でも、たいてい「一」で終わってしまう。一回、最後まで行ったかなと思いますけれども。

――「四」まで続けられる機会がほぼない。

南湖　「一」だけの場合がほとんどで、時には「二」もやりますが、「三」をやろうと思ったら、「一」と「二」を聞いてたほうがいいので、結局「一」をやる機会が一番多いんですね。短編の場合はそれで完結しますから、お客さんは喜ばれるかもわからない。連続で毎日やればいいんですけどね。

――作品そのものよりも、毎日続き物ができる場があるかどうかという環境の問題が大きいですね。乱歩原作の講談は『魔術師』と『二銭銅貨』の他に、『お勢登場』『指環』『青銅の魔人』がありますが、高座にかける機会が多いのは……。

南湖　『魔術師』だと思いますね。あとは『江戸川乱歩と神田伯龍』かな。これが、本当にいい講談なんですよ。

――芦辺先生が書かれた講談ですが、どういう経緯で。

南湖　長編の『魔術師』と短編の『二銭銅貨』と、もうひとつ何か欲しいと思っていたんですね。芦辺先生と中さんと一緒に、ここで隆太郎先生に挨拶したとき、中さんが「芦辺先生なら書いてくださいますよね」なんておっしゃって（笑）。芦辺先生も、講談を書いてみたいという思いがあったそうで、それは是非お願いしたいと、私もアイデアを出させていただいて、出来上がったのが『江戸川乱歩と神田伯龍』。乱歩先生のお宅に五代目伯龍が訪ねてくるんですが、じつはその伯龍が……と。これが本当にいい講談なんですよ（笑）。乱歩ファンはみんな気に入っていただける作品だと思います。

探偵講談でミステリーファンを講談に

――改めて、講談というジャンルの中の、探偵講談や乱歩作品を講談化する可能性について伺えますか。

南湖　講談というのは、どうしても古臭い印象がありまして、ここ数年、（六代目）神田伯山さんの活躍で、だいぶ皆さんの頭に講談のイメージが浸透しはじめましたけれども、二〇〇二年の頃は、ほとんどの方が講談を知らなかった。「落語は知ってますけど、講談？　三味線と一緒にやる……？」「それは浪曲なんですよ」なんて（笑）。

——講談じたいの認知度が低かった。

南湖　ええ。で、わからないもの、知らないものは聴きに行く気持ちになりませんよね。ところが「探偵講談、ミステリーの講談なんですよ」と説明すると、ミステリーファンの方々が「講談は知らないけれども、乱歩作品、ミステリーなら聞いてみたい」と大勢集まってくださり、講談を聞いていただくきっかけのひとつになった。当時、講談会の客席はご年配の方がほとんどだったのですが、若い顔もずいぶん見られて、それが嬉しかったですね。

——講談に観客を惹きつけるテーマとして有効だった。

南湖　そうなんです。乱歩作品は年配の方も大好きですし、若いファンもいますから。少年探偵団シリーズでも「芋虫」でも、いろいろな話があって、それぞれに好きなものがある。それを語りで聞いてみたいという興味があって、喜んでいただけた。老若男女、ファンがいるのは大きいですよ。

——講談にしてみたい乱歩作品はおありですか。

南湖　近頃、学校公演も多くて、小学校、中学校、高校に行く機会がありますから、子どもたち向けに少年探偵団シリーズとか、子どもたちが活躍する話をやっていけたらいいですね。

——今後、探偵講談を積極的になさっていくのでしょうか。

南湖　やっていきたいと思っています。今、講談師の数も増えてきましたから。探偵講談も「あ、そんなんがあるんだ。知らなかった」という若い講談師もいると思います。探偵講談をやる人が増えていけば楽しいなと思っています。芦辺先生や中さん、東京では推理小説研究家の山前讓さん、『新青年』研究会の方々とか、本当にミステリーの好きな方々が、応援や協力をしてくださったおかげで、私も探偵講談ができるようになった。一人では何もできませんでした。ミステリー好きな方は多いので、何百とある探偵講談は、これからもますます光が当たっていくジャンルになるでしょうし、私もそれを未来へつないでいきたいですね。

（二〇二三年十一月二十七日）

旭堂南湖
（きょくどう　なんこ）

一九七三年兵庫県生まれ。滋賀県で育つ。講談師。九九年三月、大阪芸術大学大学院修士課程（芸術文化研究科）修了。同年四月、三代目旭堂南陵に入門。同年六月に初舞台。古典講談の継承、探偵講談の復活、新作講談の創造に意欲的に取り組んでいる。日本全国の講談会、落語会で活躍中。二〇一五年、主演作品『映画 講談・難波戦記 真田幸村 紅蓮の猛将』が全国ロードショー。著書に『旭堂南湖講談全集』『滋賀怪談　近江奇譚』など。〇三年大阪舞台芸術新人賞、一〇年第六十五回文化庁芸術祭新人賞、二一年第四十六回滋賀県文化奨励賞を受賞。

新たなヒロインとして転生するお勢

interview
yutaka kuramochi

倉持裕

作家乱歩の執筆姿勢に肉迫する

――倉持さんは、乱歩の「お勢登場」をモチーフに『お勢登場』(二〇一七年)と『お勢、断行』(二〇二〇年)という戯曲を書かれています。昔から乱歩の作品は読まれていたのでしょうか。

倉持 学生時代に読んでいましたが、途中で収拾がつかなくなった短編を、仲のよかった先輩と競い合うように探して、一緒におもしろがってた感じですね。

――そのおもしろがり方というのは、どのような?

倉持 「これはひどい終わり方だぞ」とか(笑)。「これだけ引っ張って想像させておいて夢落ち?」みたいな作品も多いじゃないですか。もちろん、「芋虫」なんかは非常に衝撃を受けたんですが、よくできた短編よりも破綻してるほうがおもしろくて。

――とくに印象に残っている小説はおありですか。

倉持 破綻してるわけじゃないんですが……「鏡地獄」ですかね。僕、乱歩の「はったり」みたいなのが好きなんです。芝居なら外連というか。実際以上に見せようと、とにかく執拗に書く。あの姿勢が好きで、それを「鏡地獄」に感じたんです。グロテスクな状況に書かれていますし、鏡の球体に入ったらどうなるんだろうと想像しつつ、どこまでそれが怖いことなのかを冷静に考えると、我に返っちゃう。でも、読んでる間はひたすら没入してしまうので、そこはほんとうに乱歩の筆の力だなと。

――乱歩の執筆姿勢を実感されるような。

倉持　ええ。あと、乱歩は「意欲はあったのに自分の力が足りなかった」とか、反省の弁を述べるのも好きで（笑）。僕も劇作家の中では多作のほうで、全然構想がまとまらないうちに締切が来ちゃってとにかく書き出す、みたいなことが多々あるので、すごく共感するんです。乱歩も締切に追われて、とにかく書き出してる感じがする。で、やっぱりまとまらずに終わってしまったような短編を読むと、作家個人の奮闘や苦しみを感じるというか。しつこく書いてるうちに何か生まれるんじゃないかと、自分のテンションを上げるために大げさに書いてるような気がして。だから、破綻しててもいいんです。その戦いに敗れた感じも好きなんですよ。とうとう何も見つからなかった、みたいな終わり方も（笑）。あまりいい読者ではないかもしれませんが、「これ大丈夫かな。ちゃんとオチはつくかな……」ってハラハラドキドキしながら読む（笑）。

――とくに長編は、せっかく伏線らしきものは張ってあるのに、回収しないで進んでいってしまう作品もありますね。小ネタ的な短い挿話や描写はおもしろいけれども、それを継続して大きな物語にまとめあげていくのが苦手なのか。

倉持　そうそう。僕、そこも共感するんですよ。長編を構成する力と、おもしろい発想をする力は別だから。僕も、部分としておもしろいことはいろいろ思いつくけど、それを一個の太く長いストーリーにするのは、あまり得意じゃなくて。どこかで破綻を来したりする。だから、おこがましいですが、ちょっと似てる気がするんです。

――倉持さんの作品は短いコントから長尺の戯曲まで幅広いですが、作品のサイズも含めた書き分けですとか、ご自身の創作欲ありきのものと、注文を受けて書かなければいけないものとのせめぎ合いもおありかと思います。乱歩も、自分が書きたいイメージと、新聞や雑誌から頼まれて書くけれどまとまらない……そんなところもあるのかと。

倉持　書きたくて書いてるものと、無理やり自分を鼓舞して書いてるものの違いは、何となくわかりますね。

――倉持さんのお話を伺っていると、作家としての乱歩の身体に具体的に迫るような感じがします。

倉持　いっぱい書く作家って好きなんです。駄作も多いだろうけど、肩がいつも温まってる状態で書いてるような。推敲に推敲を重ねて書いていく作家とはちょっと違う。熱量なのかな。荒っぽくても、ストライクが入らなくても剛速球。作家の姿勢としては、好きですね。

『お勢登場』ができるまで

――そんな倉持さんが、乱歩の短篇をもとにつくられたのが『お勢登場』(シアタートラム、二〇一七年二月)です。

倉持　最初に、劇場（世田谷パブリックシアター）のプロデューサーからお話をいただいたんです。さっきの話に通じますけど、プロデューサーもたぶん、僕の全体の構成力より、部分の描写に対する評価が高かった気がする（笑）。だから、何か文学作品をもとに、物語の骨子を借りて脚色してみないかという話になったんじゃないかな。

――そこから乱歩に決まっていった。

倉持　ええ。どの作家の作品をモチーフにするか、いくつか候補が挙がった中で、僕は学生時代、ちょっとひねくれたやり方だけど、乱歩を楽しんで読んでいたので、「乱歩がいいんじゃないか」と。乱歩って、小説を読んでいなくても、派生した映像作品とか、いろいろなものがあるので、何かしら共通認識があるんですよね。音楽にせよ、衣裳にせよ、美術にせよ。だから、演劇にするときも入りやすいんじゃないかと思ったんです。今までもたくさん芝居になっていますけど。

――一本の長編を脚色するのではなく、複数の短編を扱う形式でした。

倉持　いくつかの細かいストーリーが入り乱れるものを構成するのは得意だし、長編はあまり読んだことがなかったのもあって、短編の中から、有名なものはなるべく使わず、おもしろいものを選んで構成することにしたんです。

――その中で、タイトルにもなった「お勢登場」が軸に。

倉持　「お勢登場」は好きだったんです。女性が主人公のものは珍しいし、お勢はかっこよくて。短編を使うにしても、単純に一個ずつ独立したオムニバスではなく、すべてにお勢が関わっていたり、ある男性の役を女性に置き換えてお勢にしたり、お勢の若いとき、年老いたとき……そういうふうに変えてみたらおもしろいんじゃないかと、アイデアがだんだん固まっていきました。

――「お勢登場」の後日談のような幕切れや、お勢以外にも乱歩作品のいろいろな人物がスライドしながら景色が変わっていく様子がおもしろかったです。原作として八本の短編――「二銭銅貨」「二癈人」「D坂の殺人事件」「お勢登場」「押絵と旅する男」「木馬は廻る」「赤い部屋」「一人二役」――を選ばれていますが、たくさんの短編を読まれて、この八本に絞ったのでしょうか。

倉持 そうですね。まずは「お勢登場」を筆頭に、あまり有名でなくても短編としておもしろいもの、それから主人公であるお勢に置き換えられそうなものを選びました。最初から八本に絞って、パズルみたいにプロットを組み上げてから書き出したので、途中で変更したり追加したりしたものはありませんでしたね。

お勢というキャラクターの魅力

――八本の原作をそれぞれ読み込んでから、ひとつのストーリーを構成していく流れでしたか。

倉持 「お勢登場」は何度も読みましたが、他のものはあえて深く読み込まないようにしていました。というのも、お勢を他の作品のいろいろな役と入れ替えるので、それぞれの原作に引っ張られちゃうと、どんどん違う性格になってしまう。お勢という女性が一貫しなくなる可能性もあった。だから、他は少し粗く扱うというか、ぼんやりと「こんな話だったな」くらいで自分の中に留めて、「ここは絶対に使いたい」という場面は原作どおりにするような感じでしたね。

――他の作品の要素もない交ぜにしながら、お勢に一貫性を持たせるのは、倉持さんの手腕ですね。短編八本のバランスとしては、お勢が軸にあれば、主筋に全作品が均等に入っていなくてもいい。小さなエピソードが絶妙に重なっている構成という印象でした。

倉持 そうですね。まず「お勢登場」と、それから「押絵と旅する男」と「木馬は廻る」の三本が軸になりました。「D坂の殺人事件」も分量はとっていますが、そんなに思い入れがある作品でもなくて(笑)。ただ、本格推理物的な雰囲気は入れたかったので。

――「赤い部屋」からも按摩のエピソードなどがちらほらと。

倉持 そうでした。「赤い部屋」はピストルが出てくるので、お勢にピストルを握らせたかったというのが大きかった。

――『お勢登場』の執筆当時、ヒロインとしてのお勢を、どんな女性として捉えていましたか。

倉持 原作に、彼女を悪女たらしめる本質は、夫の他に男がいることじゃなくて、悪事を思いついて、それを実行に移すスピードだとありますよね。

――「悪事を思い立つことのすす早やさ」と。

倉持 そこにまず惹かれたんです。パッと思いつくのは誰でもあるかもしれないけど、やはり躊躇があったり、実行しても後悔したりするのが、凡人だと思うんです。でも、彼女の場合は、思いついたらそのまま行動しちゃうし、ラストの「オセイ」という夫のダイイングメッセージを目にしたときも、即座に「それほど私のことを心配してくださっていたのね」なんて言えてしまう。倫理的には間違ってるだろうけれども、後悔してるようにも見えないのは、彼女にとっては正解なんだろうと思いますよね。そういうところが魅力的だった。そのあと旅に出た、みたいな感じで終わるのもよかったし。不義の相手だった男とも一応別れるじゃないですか。

――夫の葬式を済ませたあと、最初に「おせいの演じたお芝居は、無論上べだけではあるが、不義の恋人と、切れること」だったと原作にあります。

倉持 乱歩自身、お勢を気に入っていたようですし、明智小五郎との対決も書いてみたいと構想しています。でも、実際に乱歩は書いていない。作者本人もそうしたかったなら活躍させてもいいのかなと、背中を押された気持ちはありました。

――『お勢登場』では、黒木華さんがお勢役を演じられました。

倉持 キャスティングするときに「絶対に黒木華さんがいい」って言ったんです。すごくちょうどいい気がして。

――その「ちょうどいい」ところというのは。

倉持 ……難しいな。華ちゃんのことを話すと、いつも難しい。華ちゃんは、とてもいいんですよ。内側から出てくる可愛らしさ、美しさ、色気があるから。お勢はそういう人だろうなと。単純に見た目の美貌だけの人じゃないだろうと思ったりもして。

——言葉遣いというか、せりふが黒木さんに似合っていました。大正から昭和初期の雰囲気を醸し出せる方ですね。

倉持　それも大きいですね。乱歩のあのせりふ回しが似合うんです。声もいいですし。

お勢の未来を描いた『お勢、断行』

——『お勢登場』の続編として書かれた『お勢、断行』は、乱歩が「原案」で、お勢をヒロインにした倉持さんのオリジナル作品でした。先ほどおっしゃったお勢の魅力——悪事を思いついてから実行に移すまでのスピードという点を考えると、反対も押しきって断固として実行していく強さを、タイトルの「断行」という言葉から感じます。

倉持　僕自身、わりと『お勢登場』が気に入ってたんですね。劇場のプロデューサーと、次に何をやるか打ち合わせをしたとき、「お勢というキャラクターがよかったから、あれで続編をつくれそう」と意見が一致したんです。初めは『お勢登場』で使わなかった短編でやろうかという案も出たんですが、おもしろいと思ったものはもう使ってるので、次に同じようにつくるとしても、自分の中では二番目、三番目の作品で構成しなくちゃいけない。それなら思いきって、お勢というヒロインだけは拝借して、オリジナルの話をつくろうということになったんです。

——『お勢登場』から約三年。実際の執筆時期はもう少し前だと思いますが、改めてお勢が主人公のオリジナル作品をつくることになって、倉持さんの中のお勢という女性像に変化はあったんでしょうか。

倉持 ありましたね。『お勢登場』が、まさに悪女が誕生した話だったので、そこで目覚めた女が放浪の旅に出てどうなったのかを想像したとき、「思いついたらすぐ行動に移す」という悪事のやり方に、だんだん美学を持ちはじめるんじゃないかと思ったんです。

――自覚的になっていく。

倉持 ええ。それこそが純粋な悪事だというような。劇中にも書いたんですが、思いついてもすぐにやらず、自分の中で「ああでもない、こうでもない」とこねくり回して、やっと実行するようなものは「悪事」とは違うものではないかと。それは認めたくない。もっと強い激情に突き動かされてやるべきものじゃないか、という思想を持った女性として書き出したと思います。

――『お勢登場』のお勢は、長持に入った夫の状況を見て、偶発性もあったにせよ、思いついた「悪事」を即座に実行した。『お勢、断行』では、お勢自身が「悪とはこういうもの」という意識を持った女性に変わっていく。

倉持 そうですね。瞬時に思いついて瞬時に行動するという自分のやり方を肯定しはじめて、同じ傾向を持った人間にも惹かれていくんです。『お勢、断行』の舞台になった屋敷のお嬢様もそういう気があるんですが、お勢は『お勢登場』の頃の自分を重ねてしまい、味方について動こうとする。『お勢登場』からの未来を想像しながら書いていましたね。

——お勢の未来を描くうえで、どんな場所に彼女が生きるのが相応しいと考えて、大正末期の資産家の屋敷という設定にされたのでしょうか。

倉持 大正期から昭和初期の事件をたくさん調べたんです。乱歩から借りるのがお勢だけだと弱いと思ったので、乱歩が扱いそうな、実際に起こった事件を探して、資料を読み漁りました。たとえば「電殺」——電気で殺すとか、すごく乱歩っぽいなと思ったり（笑）。いろいろな事件を集めて組み合わせて話をつくった感じです。乱歩的な事件をモチーフにすれば、そこにお勢はすんなり入るだろうと思いました。

——お勢が乱歩の手で生み出された時代に、お勢が生きているのが自然な流れだった。

倉持 そういうことですね。

コロナ禍のなかの『お勢、断行』

——『お勢、断行』は、二〇二〇年二月に世田谷パブリックシアターで上演されるはずでしたが、新型コロナウイルス感染症の感染拡大の影響で、初日直前に中止となってしまいました。二月二十六日に、当時の安倍晋三首相から全国的な大規模イベントの自粛要請の方針が発表されて、数多くの舞台が中止や延期を余儀なくされましたが、『お勢、断行』は二十八日が初日でしたね。

倉持 ええ。本来は二十七日がゲネプロでした。二十六日にあの発表があったので、解散しても仕方なかったんですが、「せめてゲネプロはやろうよ」と。中止は決まってたけど、みんなで集まったんです。

――あの時期を思い出すと、一観客としては観られなくなったのが残念でしたが、つくり手の方々の無念は想像するのも難しい事態だったと思います。

倉持　でも、あのときにゲネプロをやって、よかった気もするんです。本当にあの一回しかないという状況で、役者もスタッフも気迫がすごかった。僕らは「毎日を全力でやろう」と思ってやっていますが、「思い残すことなく、悔いなくやるというのは、こういうことなんだ」と、あの日のゲネプロを観て、心から思った。あそこまで追い詰められないと、本当に全員がそういう気持ちでひとつになるのは難しいことなんだなと。だから、それを知ることができた、直接観ることができたのはすごくいい経験だったとは思うんです。

――一か月公演のうち、もちろん一回一回が大切だと思いますが、本当にその「一回」しか上演できないという感覚。

倉持　そうですね。それを全員が思ったときの人間の集中力のすごさ。舞台を上演するということについて、やっぱり平時とは違うんだと痛感しました。

――そして昨年、二年越しの上演（世田谷パブリックシアター、二〇二二年五月）が叶いました。

倉持　役者は二人変わりましたが、基本的にはほぼ同じメンバーが集まりました。

――いろいろなことがあった二年という時間を経過した『お勢、断行』は、倉持さんにとってどんな作品になったのでしょうか。

倉持　二年前のゲネプロがいい意味でショックだったので、もうあれはできないだろうなと、まず思ったんです。また一生懸命、みんなで一か月稽古して、あれを再現しようというつもりはまったくなかった。それは、稽古初日に伝えたと思います。異常な二年間を過ごしたから、何かを変えようとするのではなく、そのままやろう。前のとおりにやろうと思ってもどうせ変わるんだから、それに任せましょう、ということで始めました。そうしたら、役者もスタッフも、二年前とは台本の読み方が違っていたり、演出する僕もそうだったので一部書き直したり。だから、ちゃんと二年経った頭と身体で作品に向き合えたんです。あと、稽古じたいは、通常一か月のところを、結果的に正味二か月はやったことになるので、間が二年空いたとはいえ、いいものにはなったと思います。

――『お勢登場』が黒木華さん、『お勢、断行』では倉科カナさんがお勢を演じられました。俳優が変わることで、倉持さんの中のお勢像も変わるものですか。

倉持　変わりますね。『お勢、断行』は、倉科さんに合わせて当て書きしましたから。黒木華ちゃんのときもそう。台本ができてオファーして、「華ちゃんならこうしたほうがおもしろいな」って直しましたし、倉科さんの場合も、彼女がお勢をやるなら、どうすればより役者も役も生きるかを考えて、書き直した部分もあった。原作が短いので、僕の中でも、お勢というキャラクターがそれほどがっちり出来上がってるわけじゃないんです。だから両作のお勢を並べたときに、性格が矛盾したり、一貫性がなかったりしてもいいんじゃないかと思っていて。ちょっといい加減なところも許容してくれる。それがまた乱歩作品の懐の深さでもあるのかなと。

犯罪をつくることを楽しんでいる

――『お勢登場』と『お勢、断行』を書かれたので、個人的には「お勢もの」のシリーズ化を期待してしまいます。

倉持 僕、いずれも本多劇場で「鎌塚氏」というシリーズを六本やってるんですが、演劇で一人の主人公のシリーズって、なかなかできない。でも、書いていておもしろいし、キャラクターが育っていくんですよ。だから、その一人として、お勢というキャラクターを持っておきたい気持ちはあるんです。

――乱歩ができなかったお勢と明智の対決を、倉持さんがつくられるとか。

倉持 それは思います。しっかりした敵が一人いたらおもしろいだろうとは思いますね。

――明智は普通、正義の味方として登場するわけですが、いまおっしゃった「お勢にとっての敵」としての明智、という視点はおもしろいですね。

倉持 そうですよね。いいですよ。たとえば、いま一緒に『リムジン』という芝居をやってる向井理くんに明智小五郎をやってもらったらかっこいいだろうな。

――間違いなく楽しくなりそうです。ぜひ実現していただきたい。

倉持 いや、ほんとうに考えてみたいですね。

――他に乱歩モチーフで書きたい作品はおありですか。

倉持 次は、みんながやってきた「屋根裏の散歩者」とか、あえてメジャーなものに自分なりの解釈で挑戦するのもありかなとは思います。下宿屋の話だから、群像劇にできますし。それは武器になりやすいので、やってみたいな。

――いろいろと期待は膨らみますが、最後に、倉持さんにとって乱歩作品、あるいは乱歩的な世界はどのようなものかを伺えますか。

倉持 やっぱり犯罪者が「楽しんでる」感じですかね。自分が思いついた悪事を、中盤までは楽しそうにやりますよね。自分だけの密かな楽しみのようにワクワクして（笑）。だから、何か目的があって、その手段として犯罪があるのではなく、犯罪をつくることじたいが目的になってる。「これを知ってるのは僕だけだ」みたいに主人公が楽しんでる。一人のときもそうだし、男同士がすごく楽しそうにやってるのも乱歩っぽい。探偵的な人がいて、その助手的な人がいるような二人の場合とか。そういうところが、すごく乱歩的だなと思いますね。

（二〇二三年十一月二十日）

倉持 裕
（くらもち　ゆたか）

一九七二年神奈川県生まれ。劇作家、演出家。二〇〇〇年にペンギンプルペイルパイルズを旗揚げし、主宰と全作品の作・演出を務める。〇四年に『ワンマン・ショー』で第四十八回岸田國士戯曲賞受賞。舞台脚本・演出のほか、映像作品の脚本も手がけ、活動の幅を広げている。近年の主な劇作・演出作品に、M&Oplays プロデュース『リムジン』、KAAT 神奈川芸術劇場プロデュース『SHELL』、M&Oplays プロデュース『鎌塚氏、放り投げる』をはじめとする「鎌塚氏」シリーズなど。

僕をつくった江戸川乱歩

辻 真先

interview
masaki
tsuji

『少年探偵団』を初めて読んだ頃

――以前、こちらにいらっしゃったのは……。

辻 約六十年ぶりですよ。懐かしいですねえ。

――辻さんにとって乱歩の存在は当然大きい……というのは、文字どおり愚問ですが。

辻 いえいえ(笑)。先日、『文藝春秋』から「あなたをつくった本」を何冊か選んでほしいと依頼があって、まず『少年探偵団』(大日本雄弁会講談社、一九三八年)を挙げました。『怪人二十面相』(大日本雄弁会講談社、一九三六年)と言いたいところですが、あれが出たときには、まだ存在に気づいていなくて。江戸川乱歩という名前は知ってたんですけど。

――最初に乱歩の小説を読まれたのは。

辻 一九三五(昭和十)年から『幼年倶楽部』を購読していたんですが、「少年探偵団」の連載がはじまって間もない『少年倶楽部』の一九三七(昭和十二)年二月号を、たまたま本屋の店先で読みまして。名古屋らしく、飛びきり高く買って、飛びきり安く売るのがモットーの「飛切堂」という書店でね。僕の家がすぐ裏で親同士も知ってるので、いくら立ち読みしても文句を言われなかったんです。前年までは小林秀恒さんの挿絵でしたが、僕が読んだときは梁川剛一さんに代わってた。この絵がまたよくてね。世の中にこんなにおもしろい小説があるのかとびっくりして、ひと月分なんてすぐ立ち読みしちゃいました。

――乱歩に出会った衝撃が窺えますが、それまで読まれていたものとの違いは。

辻　いろいろ読んでいたんです。講談落語も読んでいましたし、吉川英治さん、海野十三さんなども全部読んでいましたが、子ども向けの場合、推理より熱血冒険ものになっちゃう。それはそれでおもしろいんだけど、ちょっと違うんですよね。そんな中で、江戸川乱歩は、僕が読みたい、ちゃんとした探偵小説だったんです。前年に連載されていた『怪人二十面相』が単行本になっていたので、親に頼んで買ってもらいましてね。『少年探偵団』のほうは単行本の挿絵も梁川剛一で。どうしたって僕は梁川剛一なんです。最初に読んだので、すり込まれたんでしょうね。

――だんだんと乱歩を読み進めていかれた。

辻　怪人二十面相シリーズの端境期というか、真ん中が抜けてる部分がありますね。「妖怪博士」(『少年倶楽部』一九三八年一～十二月)から「青銅の魔人」(『少年』光文社、一九四九年一～十二月)の間がすこんと抜けてる。悲しかったのが「大金塊」(『少年倶楽部』一九三九年一月～一九四〇年二月)ですね。読めども読めども怪人二十面相が出てこない。どうしちゃったんだろうと思いました。おもしろい暗号物でしたが、読者としては「大事なところが抜けてやしませんか?」という感じだったんですね。ポプラ社になってからはほとんど読んでいませんので、その気持ちが延々と残ってた。だから乱歩先生の文体も真似しながら、自分なりの「怪人二十面相」を二冊書いたんです。

——『焼跡の二十面相』（光文社、二〇一九年）と『二十面相　暁に死す』（光文社、二〇二一年）ですね。

辻　自分がもしあの後を書けるなら、自分が乱歩先生だったら……という非常におこがましい言い方ですが、昔の記憶を呼び返して、一生懸命書きました。銀座の焼跡にどんな雑草が生えていたかも調べましたから。やっぱり好きだったんだと思います。

生まれたばかりのテレビの現場で

——少年だった辻さんは名古屋大学を卒業後、一九五四年にＮＨＫに入られました。ここから、現在まで連なる戦後メディア史の扉が開きます。

辻　そんな大それた話でもなくてね（笑）。ＮＨＫは、入ったばかりの三級職は番組を担当しても名前が出ないので、記録に残っていないものが多いんです。少し出世して二級職にならないと名前を出すことまかりならん、という組織で。だから、初期に演出していた『お笑い三人組』にはクレジットされてなかったんじゃないかな。

——当時の三遊亭小金馬、一龍斎貞鳳、江戸家猫八が出ていた公開生放送。一九五五年にラジオではじまって、翌年からテレビとの同時放送になりました。

辻　そう。僕の番組だと、撮影——当時の正しい言い方だと「撮像」ですが——とか美術とか、スタッフはよそから引っ張ってきていたんです。ラジオにはそういうポジションがありませんでしたから。なので、彼らのほうが給料はいいわけですね。僕は大学の新卒としてＮＨＫに入ったので一番安かったね。

――ドラマ制作の現場はどんな様子だったのでしょうか。

辻 あの頃のテレビは月間残業二百時間が当たり前だった。ブラック企業もいいところ、真っ黒（笑）。四十日泊まり込んだ小道具さんもいました。家に帰る暇もない。局にはラジオの宿直用の小さな風呂がひとつだけあって、大道具さんたちが入ったあとにようやく僕が入れたんですが、くるぶしまで泥だらけでね。

――それでは入った気がしませんね。

辻 だから、僕が昼間、エレベーターに乗ると、みんな逃げるんです。臭いから（笑）。ラジオの人たちはきちんとネクタイを締めてスーツですが、僕は一年間、学生服で通しました。僕は針に糸も通せなくて、ポケットが破れても繕えないので、セロテープでくっつけてたんです。ボロボロな格好なので、アルバイトだと思われて、非常にバカにされましたね。

――ラジオとテレビで大きな差があった。

辻 でも、戦前から映画で活躍していた佐分利信さんをテレビに引っ張り出したのは僕なんですよ。僕が演出した『バス通り裏』（一九五八～六三年）がおもしろいと言ってたという話を聞きつけて、目白かどこかに行って、佐分利信さんに膝詰め談判で「出てくださいよ、テレビに」と。

そういうこともありました。

手塚治虫の歎き

――番組づくりのご苦労を伺えますか。山ほどあるでしょうけれど。

辻　一九六〇年代に各地の教育委員会で「刃物を持たない運動」ってのがありました。そんな風潮もあって、当時のＮＨＫの会長が、子ども番組から暴力的な場面を追放しようとしていたんです。その頃、僕は手塚治虫先生原作のドラマ『ふしぎな少年』（一九六一年）を演出していたんですが、番組がはじまる前に、手塚先生は「ＮＨＫだからあまりどぎつい場面は出せないでしょう」と非常に心配されていました。でも、そのときの部長は「爆発だって全然かまいませんのでやってください」と答えてたんです。

――現場は鷹揚だった。

辻　ところが、その前年、会長が『月下の美剣士』というチャンバラのドラマを見たが、けしからん。どこの局がやったんだ！」と大層ご立腹だったんです。それ、ＮＨＫなんですよ（笑）。

――まさか自分の局の番組とは気づかなかった。

辻　会長はびっくり仰天して「剣を抜いちゃダメだ」と。でも、美剣士が剣を抜けないんじゃ話にならないので、突然柔道の名人になりまして（笑）。そうしたら会長が「人を投げ飛ばすとは何事だ」とまた怒って、結局何もすることがなくなっちゃった。

――放送開始からわずか二か月ほどで中止になったとか。

辻　原作の南條範夫さんは怒ってやめちゃうし、NHKが期待していた主役の加藤博司くんも大映に引き抜かれちゃった。そんな時代ですから『ふしぎな少年』にもいろいろ文句が来ましてね。たとえば、ギャングが誘拐した女の子を脅すんですが、それはダメだと。「何をやってもかまいません」と言った部長が同じ口で、手塚先生に「あれはやめてください」なんて言うわけですよ。手塚先生は滅多に愚痴をおっしゃらない方ですが、あのときだけは帰りに「話が違いますね、辻さん」と、しみじみおっしゃった。だから「すみません。それがNHKですので……」と申し上げたのを覚えています。

――どのように解決されたんですか。

辻　ギャングの親分は岸井明さんでしたが、ピストルを持たせちゃいけない。仕方がないので、大きな音がする宇宙船のおもちゃを女の子の前に出してね。岸井さんには「なるべく優しい声で話しかけて」と頼んで、おもちゃを使って時々大きな音を出したんです。これはうまくいきました。ピストルは出さなくても、それなりに女の子が怖がるような場面ができたと思います。

菊田一夫のテレビミュージカル……台本がない

――テレビ草創期は、今では想像もつかないことの連続だったかと。

辻　忘れられないのは菊田一夫さん。戦後のラジオドラマで『鐘の鳴る丘』(一九四七~五〇年)や『君の名は』(一九五二~五四年)が大ヒットしましたから、テレビでもいいものが書けると思ったんでしょうね。第十一回芸術祭参加作品のテレビミュージカル『スポンヂの月』(一九五六年十一月二十四日)を菊田さんに頼んだんです。我々が演出で。ただ、どうも、テレビは一度も書いたことがなかったらしい。で、セットでネオンサインを使いたいとおっしゃるんです。それがどういう場面かはわからなくてね。菊田さんのことだから、クラブかキャバレーだろうと見当はつけたんだけど……。

――都会の小公園にいる浮浪者、心優しい夜の女らの喜怒哀楽と、下町の人たちの人情を情趣的に描くショーになる予定……だったそうですが。ネオンサインは、実際にどんな使われ方をしたのか気になります。

辻　それが、いつまで経っても台本ができないんですよ。キャストは、森繁久彌さん、越路吹雪さん、三木のり平さん、草笛光子さんというメンバーだったんですが、ずっと待たせてしまってね。結局原稿ができあがったのは、生放送当日の午前一時。それから台本を印刷しなきゃいけない。コピーなんてありませんから、急いでガリ版を切るわけです。

――まさに修羅場ですね……。

辻　ミュージカルなので、音楽もつくらなきゃいけない。古関裕而さんが、菊田さんの隣にへばりついて、菊田さんが原稿用紙一枚書くたびに譜面を書く。東京放送管弦楽団が徹夜で待ってますからね。で、ヴァイオリンはヴァイオリン、フルートはフルートで楽譜を分けなきゃいけない。古関さんの横に写譜屋さんがつくんだけど、NHKには人がいないから、松竹大船から万城目正さんの関係の写譜屋さんをハイヤーで全員呼んでね。次から次へと分担して。それが全部できあがらないと踊りはできませんから。

――ミュージカルですから、当然振付も必要。

辻　僕は音楽の担当だったので振付も面倒を見ることになっていて、小牧正英バレエ団の男性第一舞踊手だった関直人さんと仲がよかったから、当日来てもらったんです。でも、待っても待っても楽譜が来ない。とうとう最後に「ごめん、関さん。音楽ないけど適当に振り付けて」って頼んだら、「馬鹿野郎!」って怒鳴られましたよ。そんなことばかりです。森繁さんは怒ってやめちゃうし、のり平さんも草笛さんも断りもなくドロンしちゃった。

――『スポンヂの月』は、森繁さんの代わりに有島一郎さんが出ることになって、のり平さんと草笛さんの代役が高城淳一さん、恵ミチコさんに。

辻　できるわけがないんだから、やめるべきだったんですよ。でも、偉い人たちにはメンツがあるから、何がなんでもやれと言うんです。ガリ版の台本がかろうじて二冊できたけど、プロデューサー・ディレクターとフロアディレクターの分しかない。だから、役者はどこに誰が出るのかわからないわけです。あの頃、ボールペンができましたから、みんな自分のせりふだけ抜いて、張り物の裏に書いてました。必死ですよ。で、フロアディレクターがチョークを投げて、当たった人が出る。夜八時から九時の放送予定だったのが、二十分遅れて始まり、四十分遅れで終わりました。でも、見た人はなんだかわかんなかったでしょうね。

――一応、放送はできたんですね。

辻 やらなきゃいけないから、やりましたよ。ただ、だいぶ金魚が泳ぎました。あの頃の放送番組はうまくいかないと、金魚が泳ぐフィルムを見せていたんですね。あれはＮＨＫの黒歴史でね。台本を一冊だけ持ってますけど、読みたくない（笑）。

――菊田さんのおっしゃったネオンサインは。

辻 ネオンサインなんてとうとう出ませんでした（笑）。

「心理試験」と「月と手袋」をドラマ化して乱歩に会う

――一九六二年にＮＨＫのテレビ劇場『月と手袋』（七月二十五日、二十二時十五分〜二十三時〇五分）を演出されたとき、乱歩邸にいらっしゃって、乱歩本人と打ち合わせをされたとか。

辻 ええ。企画の相談が最初で、放送後にお礼も兼ねてもう一度伺いました。

――直接対面した乱歩の印象はいかがでしたか。

辻 土蔵で蠟燭を灯して書いている、という先入観で来たんですが、実際にお会いしたら「いいおじいさん」という感じでしたね。そばに奥さんがいらっしゃったから遠慮されたのかどうか……それはわかりかねますが（笑）、ちょっと頑固そうな好々爺というのが、こちらで二度お目にかかったときの印象です。

――乱歩のほうから、ドラマ化にあたっての注文などは。

辻 企画に対して、注文や意見はおっしゃらなかった。それはありがたかったです。あの頃のテレビに原作をくださる人は、テレビ自体がよくわからないから、どんなものかちょっと腕前を見てやろう、という感じだったんじゃないかな。

――どのようなプロセスでドラマをつくられたのでしょうか。

辻 こちらの目当てとして、当初は「心理試験」（『新青年』一九二五年二月号）をドラマにしたかったんです。あれはテレビ向きだと思うんですね。小さいセットで済みますし、役者がうまければ。ただ、短すぎて一本の一時間ドラマにならない。どうしようかと思って「月と手袋」（『オール讀物』一九五五年四月号）と合わせたんです。明智は出ているけど、表でなく裏で活躍する話。だから「心理試験」のほうも明智を誰に頼むか考えたんですが、結局出ないほうがいいということで裏に回してしまって。ナレーションは小山田宗徳さんにお願いしたんです。器用な方で、芝居もコメディもできたので。それなら、やはり明智が裏に回る「月と手袋」でいいだろうと。プロデューサーもディレクターも僕しかいませんから、一人二役でね。自分で勝手に決めちゃったんです。

乱歩のトリックを映像にする困難

――制作時にはご苦労が多かったのではと想像します。

辻　「月と手袋」の大事な画面は、皎々たる月。月の光に照らされる白い手袋がトリックのコアなので、そのきれいな画が撮れなきゃダメなんですよ。何とかなると思ったんですが……ならなかった（笑）。あの頃は、テレビを見ていても昼と夜の違いがわかりにくかったので、電灯の明滅で昼と夜を区別してもらったんです。そんな時代ですから、怪しく魔術的な月の輝きなんて、微妙な表現ができるわけない。カメラも照明も、スタッフは当時の一流どころだったんですが、無理でした。だから、乱歩先生がお考えになったようなトリックは全然使えない。役者は、大島渚夫人でもあった小山明子さんと、文学座を離れる前の仲谷昇さんで、芝居はしっかりしてたんですけど、肝心のトリックが……。むしろ「心理試験」までは、原作どおりにうまくできたと思うんですけどねえ。

――実際に撮影した作品をご覧になって、いかがでしたか。

辻　生放送でしょう。僕は目が悪いので、ちゃんと時間通り終わるように、時計の秒針が見える場所に立ったり座ったりしてたんです。だから、最終的にどんな番組になったのかさっぱりわからない（笑）。唯一憶えてるのが、箱の上に白い紙を貼って「月と手袋」というタイトルを黒で書いたんです。で、箱の裏から火で焙ると、真ん中から焦げはじめて燃えていく。それをタイトルバックにした。そのタイトルが徐々に燃えてきて、仲谷さんとか小山さんとか、役者の名前が出るわけです。で、その火がなぜか鎮まっていって、全部消えて元の白い紙になったところに「原作・江戸川乱歩」と文字が残ってドラマが始まるという工夫をした。これは我ながらうまくいきました。この作品はフィルムに撮ったので、じっくり観ました。元ネタはG・W・パプスト監督の『ドン・キホーテ』でね。僕は不器用なので、アイデアを具体化できたのはアシスタントの力です。

――映画的な発想がテレビドラマにいかされていた。

辻　僕はテレビ屋であるにもかかわらず、テレビのことを知らなくて、映画のつもりで考えてしまった。頭でっかちだった。だから、乱歩先生がどこを一番映像で再現してほしかったか、お気持ちが読めなかったと思うんですね。ご覧になった乱歩先生が「うまくいきませんでしたか」とおっしゃってね。ほんとうに申し訳なくて。だから、僕は「江戸川乱歩をがっかりさせた男」として歴史に名を残したと思っていました。

――乱歩の小説をドラマ化して、気づいたことはありましたか。

辻　あのときによくわかったのが、乱歩先生の本領は本格のトリックですね。それを前面に出して、おもしろく読者を喜ばせるのがメインなんです。だから、ある意味では非常に健全ですよ。でも、戦前に「蜘蛛男」以来の猟奇性やエログロで当たってしまった。そうすると編集者もどんどん書かせるし、イメージが定着してしまう。それは不本意だったろうなと思いますね。

虫プロで江戸川乱歩『少年探偵団』をアニメに

――一九六二年にNHKを辞められてフリーに。『エイトマン』(TBS系、一九六三～六四年)を皮切りに、『鉄腕アトム』や『オバケのQ太郎』など、テレビアニメの脚本を書かれるようになります。その中で、江戸川乱歩の『少年探偵団』が原作の『わんぱく探偵団』(フジテレビ系、一九六八年)も脚本を担当されました。

辻　アニメなんですが、ちゃんとシナリオハンティングをしてるんですよ。虫プロはそういうことが好きでね。後に『銀河鉄道999』を監督する、りんちゃん(りんたろう。林重行)がチーフでしたが、原宿駅界隈で、怪しげなヒゲもじゃの男たちが五、六人、うろうろしながらやってました(笑)。虫プロで手塚漫画ではない原作のアニメをつくったのは、ひょっとしたらこれが初めてじゃないかな。手塚漫画をアニメにするのは、作り手みんなが原作を読んで知ってるから、やりやすいんですよ。乱歩先生のものも同じで、あまり説明する必要がない。プロデューサーも内容を知ってるから、スムーズにつくれましたね。

――手塚治虫と江戸川乱歩は、誰もが読んでいたというところが共通していた。

辻　そうですね。ただ、僕としては、『わんぱく探偵団』ではなくて、『少年探偵団』のタイトルのままにしたかったんです。「わんぱく」だといかにも子どもっぽいでしょう。僕らは小さな子どもだけでなく、大人が見てもおもしろいものをつくりたかった。そういう精神が、それこそ『宇宙戦艦ヤマト』や『機動戦士ガンダム』につながるわけですけど。『機動戦士ガンダム』も虫プロの流れを汲む連中がつくったものですからね。

――子どもも大人も同じように楽しめるもの。

辻　たとえば今、僕が『焼跡の二十面相』を書くと、四十歳、五十歳の大人たちが「もう一度『少年探偵団』を読み返そうかな」と本気で言ってくれる。当時は手塚先生も僕もみんなそういうつもりでつくってたんです。でも「母と子のフジテレビ」がキャッチフレーズだった頃のフジテレビですから、「少年」より「わんぱく」としたかったんでしょう。今にして思うと、そのあたりのズレが、こういうタイトルの部分で出たんだろうな。そんなわけで、はっきりと「子ども向き」の看板を掲げてましたから。石森（石ノ森）章太郎さん原作の『佐武と市捕物控』（一九六八～六九年、毎日放送制作、関東ではNET系で放送）なんかのほうが、演出や脚本も自由でした。自分たちなりの、子どもも大人も喜んでくれるアニメがつくれたと思いますね。

――乱歩作品は、まだいろいろな表現の可能性がありそうです。

辻　乱歩先生のものも、昭和初期を再現した実写ドラマでやってほしいですね。あの時代は資料やデータが残ってますから、ＣＧで簡単にできるんですよ。古き良き昭和の、古き良き探偵小説が映像にならないかな。『昭和は遠くなりにけり』（朝日ソノラマ、一九九九年）ってミステリーを書いたことがありますが、世の中が一回りしましたから、そろそろ明治や大正、昭和の頃を描くものがどんどん出ていいと思う。乱歩先生は、昭和をイメージできる文豪……というよりも「人」ですね。作者だなあ。時代の端境期で、大正の匂いもありますけど。そんな気がします。

〝有楽町梁山泊〟の時代

――おそらく、多くの大人たちが「自分たちは子ども時代、実にたくさんの辻さんの脚本作品を観ていた」と後から知ったと思うんです。戦後の少年少女の精神に、辻さんが与えた影響は大きいと言えると思います。その後、ミステリー作家としても活躍されますが、最初に書いたのは『仮題・中学殺人事件』（朝日ソノラマ、一九七二年）ですか。

辻　ミステリーを書いた、ということでは、『小説　佐武と市捕物控』の方が先ですね。石森さんの原作と私のオリジナルストーリーを一本ずつ交互にして、全体をひとつの物語にしています。でも、あれをミステリーと言ったら石森さんは怒るかな（笑）。山田風太郎さんの『おんな牢秘抄』からのネタもあるから、あまり偉そうなことは言えませんけどね（笑）。

――本格ミステリーのデビュー作となる『仮題・中学殺人事件』は朝日ソノラマから出版されました。十代の読者向け「サンヤングシリーズ」の一冊です。このシリーズには井上ひさしさんの『ブンとフン』(一九七〇年)や小林信彦さんの『オヨヨ島の冒険』(一九七〇年)など、後の大作家の初期作品が並んでいます。何か特別な感じがしますが……。

辻　朝日ソノラマというのは、アニメ『鉄腕アトム』の主題歌をソノシートにして大当たりした会社です。漫画を音声という別のメディアでも楽しませる、ということを思いついたわけです。そういう新しくておもしろいことをやりそうなところには、みんなが集まるんですよ。

――当時の雰囲気を教えてください。

辻　朝日ソノラマは有楽町駅の近くにあって、みんながなんとなく集まってたんです。交通の便はいいし、食い物屋もまわりにある。飲む連中も多くてね。副編集長は麻雀狂いで、社屋が近くに引っ越したときは隣が雀荘だったなあ(笑)。銀座の表通りをまっすぐ行くと東映の本社、その途中には読売広告社もあった。僕はソノラマの隣にあった「ウッド」という喫茶店で大体粘って書いてました。『仮面ライダー』の人たちもよくその喫茶店に来ていました。当然、隣のソノラマへも行ったり来たり。居心地がよかったんです。みんな顔見知りですからね。結果として、あそこが「梁山泊」みたいになっていたんです。

――どんな人たちが集まっていたんですか。

辻　好きこそものの上手なれで、来る連中は最初からズブの「オタク」ですよ。石森さんだって赤塚不二夫さんだってそう。井上ひさしさんを連れて来たのは赤塚さんでしたね。ツイッター（現・X）を見ていたら「オタク」というのを小説に使ったのは僕が最初だそうですが、あの頃から、どうってことなく普通に「オタク」と言ってましたよ。僕がウッドで書いていると、ガラスの向こうをソノラマの編集の人が通りかかる。目が合って挨拶すると、店に入ってきて「こういう原稿書いてよ」といきなり頼まれる。「書くけれど、締め切りはいつ？」と訊くと、「今」なんて言って、そのまま座りこんじゃう（笑）。そんなことがしょっちゅうありました。注文するほうも楽だったし、注文をもらうこちらも楽だった。

――そういう自由な空気の中で新しいものがうまれていたんですね。そこから、サンヤングシリーズもつくられていった。

辻　あそこはいろんな人がいましたよ。中でも「今の出版から見捨てられている年代層の読者がいるんだ」と力説していたのが加納一朗さんですね。あの頃は、児童文学を卒業した十代の子どもたち向けの小説というのがあまりなかったので、そういうものを書かなくてはと強く主張していました。実際、加納さんは、サンヤングでいちばん数多くの本数を書いていますよね。

――当時、小学校の高学年から中学生くらいだった人たちの間では大人気だったと聞きます。多くの子どもたちが図書館で読んでいたとか。

辻　サンヤングは、本屋に並んでるのを見たことがなかったですよ。流通をちゃんとやってたのかしらと思うくらい。僕は旅行が好きなものですから、四国の文房具屋兼用の本屋で自分の本を初めて見ました。「あ、本が出てるんだ」ってね（笑）。でも、当時は一生懸命、種を蒔いたんですけどねえ。加納さんも亡くなって、あの時代を語れる人はもういないでしょうね。ああいう方向でやり続けてる人は……僕くらいかな（笑）。

読者を飽きさせないあの手この手

――辻さんご自身、小説のなかに、さまざまな形で乱歩を潜ませたり、乱歩をモチーフにされたりしています。作品を書くうえで、乱歩から受けた影響について伺えますか。

辻　漫画やアニメの場合、手塚治虫先生の影響も圧倒的ですが、僕の原点は、完全に江戸川乱歩なんですね。少年探偵団はトリックというよりも、むしろギミックといったほうがいい。読者を騙す。あるいは怪人二十面相がお金持ちを騙す。そういうあの手この手のギミックですよね。

――たとえば、どのようなところでしょうか。

辻　メイントリックをしゃべるとネタバレになっちゃうけど、もっと細かい「小ネタ」をあちらこちらにまぶす。そうすると、読者が飽きずに読めるんだなと。『少年探偵団』なんかまさにそうですね。後催眠現象から始まって、その男の子が今度は誘拐された女の子を見つける。時々後ろを振り向いて、歩道にチョークで怪しげな模様を書きつける。そういう要素が次から次に出てくる。

――「次から次に」という乱歩のスタイルが特徴的だったと。

辻　『少年倶楽部』に一年連載して一冊の本になりますね。大体、原稿用紙で三百六十枚くらい。ひと月分が三十枚くらいですから、あの手この手を繰り出さないとあっという間に終わっちゃう。間がもたないし、読者はついてこないんです。非常に勉強になりました。

――それは、どのジャンルでも共通するものでしょうか。

辻　ドラマ、小説、舞台、劇場アニメ……どんな場合でも、ところどころに小さな山をきちんとつくっておく。そうでないとダメなんです。でも、僕が齢をとって、のんびりしちゃったせいかもしれませんが、ミステリーを書きますとね、ツイッターでよく言われるんですよ。「五十枚読んでも百枚読んでもまだ誰も殺されない」って。合唱が聞こえる(笑)。最近の人たちは気が短くなったの？　と思うんですが、いましゃべっていて、「あ、何だ。乱歩先生の頃もそうだったんだ」と改めて気づきましたね。

――乱歩の時代も現代も、スピードとテンポが勝負。

辻　乱歩先生は、あの時代にも息つく暇のないくらい、次から次に投げこむ手法を使ってらしたから、読む側も引っ張られた。それなら今はもっとやらなきゃいけない。いま僕は大正時代の話を書いている最中なんですが、原稿用紙三枚から五枚の間に何かないとダメだろうと思ってやっています。きついですね。何遍書き直してもうまくいかない。大正時代の雰囲気も出そうとすると、なかなか殺せません(笑)。三遍か四遍くらい出だしを書き直して、なんとか五枚くらいまで書いたら、少し怪しげな感じは出せるようになりました。果たしてそれが最後までもつかわかりませんけどね。

子どもをバカにしないという姿勢

――仕事の量、質ともに最前線を走り続けておられることに圧倒されます。

辻　最近は、とにかく『少年探偵団』の読者だった頃の自分に戻ってやろうと思ってます。昔読んだものも勉強になりますし、怪人二十面相ものを書いたのも修業になりましたね。

――乱歩の「怪人二十面相」の空白を想像で補った二作を書かれて、改めて乱歩の作品について思われることはありますか。

辻　子どもをバカにしていないな、ということ。僕も子ども向けのものをずいぶん書いてきただけに、なおさら思う。絶対に子どもをバカにしちゃダメですよ。子どもは未完成の大人ではない。常にその時々で完成した子どもなんです。それが次から次へと変わっていく、脱皮していくからね。

――子どもにも大人にもわかるように、楽しめるように書くことは難しくありませんか。

辻　難しいですよ。一生懸命になって汗水垂らして、子どもにわかるようなものをつくりたい。ずいぶん昔に『小学三年生』と『小学四年生』で連載漫画の原作を四年くらい続けたんです。そのとき、編集者に「小学三年生は一学期と二学期のあいだで育っているから、同じ子ども相手だと思われては困る。そのつもりで作風を変えてほしい」と言われたんです。それでいろいろ考えたせいか、藤子不二雄さんが褒めてくれました。しかし絶対に『ドラえもん』には勝てなかった。悔しかったねえ（笑）。二番手まではつけるんですが、どれも抜けませんでした。でも編集者の本気はすごい。仕事に対する姿勢というか。僕が今でも『名探偵コナン』のアニメを書けていることにもつながっている気がします。

『少年明智小五郎』という夢

――一九九七年に、日本推理作家協会設立五十周年を記念した文士劇で『ぼくらの愛した二十面相』（よみうりホール）の脚本を書かれています。乱歩へのオマージュに満ちていて、乱歩のさまざまな作品や、出演する作家さんたちの作品を見事に散りばめた職人技でした。

辻　「怪人二十面相」ならみんなついてくるだろうということに尽きますね。これ以外ないですよ。ハードボイルドでもクライムサスペンスでも、大本は乱歩先生から派生しているので、結果として乱歩先生なら誰でもわかるんです。それは大きいですね。

――辻さんが書かれているのは、いわゆる本格もので、まさにトリックとギミックの作品ですが、ツイッターを拝見していると、非常に幅広いジャンルに目配りされていて、アンテナの張り巡らせ方が尋常でないと思うんです。

辻　読者としては何でも屋だったんですが、これからの時間を考えると、どんどん先細りにしています。ＳＦも読みたいんだけど、ＳＦと本格ミステリーが並んでたら、やっぱり本格ミステリーを先に読むだろうなと。自分で土俵を狭めていって、最後に「これだけだ」ってところに片足で立つくらいの覚悟もしてるんです。これまでは「おもしろければ何でもありです」と言っていたけれど、今は難しいので、自分の好みのほうに絞りつつある。残念だなと思うんですけどね。

――そうしたこともふまえて、今後の創作についてはどのようにお考えですか。

辻　じつは傍題が『少年明智小五郎』という小説を書いてるんです。少年時代の夢を、僕なりに手探りしながら原稿用紙に向かってるので、今日、乱歩先生の土蔵の中をひさしぶりに拝見して、いろいろな記憶がよみがえった。感じるところが多々ありました。この先、三年後までスケジュールが埋まっているんですね。まだまだ書きたいものはたくさんあるので、毎日が修業だと思って続けていくだけだと思っています。

（二〇二三年四月三日）

辻真先
（つじ　まさき）

一九三二年名古屋生まれ。作家・脚本家。名古屋大学卒業後、五四年にＮＨＫ入局。『バス通り裏』などの演出に従事。六二年にフリーとなり、『エイトマン』『鉄腕アトム』『ジャングル大帝』『デビルマン』『サザエさん』等のアニメや特撮の脚本家として幅広く活躍。七二年に『仮題・中学殺人事件』でミステリー作家としてデビュー。現在でもＴＶアニメ『名探偵コナン』の脚本を手がけている。八二年に『アリスの国の殺人』が第三十五回日本推理作家協会賞、二〇〇九年に牧薩次名義で刊行した『完全恋愛』が第九回本格ミステリ大賞、一九年に第二十三回日本ミステリー文学大賞を受賞。二〇年刊行の『たかが殺人じゃないか　昭和24年の推理小説』は、年末ミステリーランキング三冠を達成。近作に『焼跡の二十面相』『二十面相　暁に死す』ほか多数。

あとがき

二〇二四年に立教学院は創立百五十周年を迎える。まえがきでもふれたように、その一環として「旧江戸川乱歩邸施設整備事業」が目下進行中であり、本書もまた記念事業のひとつに位置づけられている。ご登場いただいた方々へのインタビューを通して、江戸川乱歩という存在の、あまり知られていなかった人的交流や趣味嗜好の一断面、作品世界の豊饒を多角的に知ることができた。

インタビューは基本的に旧江戸川乱歩邸の応接間でおこなったが、ご多忙の最中に乱歩邸までお越しいただき、貴重なお話をお聞かせくださった皆さまに篤くお礼申し上げる。ご来館は叶わなかったものの、美輪明宏氏には電話取材をご快諾いただき、倉持裕氏には舞台公演中の劇場ロビーでお時間をいただいた（後日、写真撮影のためにお越しくださった）。また、辻真先氏の記事は朝日新聞社のウェブメディア『論座』（二〇二三年四月更新終了）に掲載された内容（編集担当・山口宏子氏）も反映していることを言い添えておく。

キャンパスの片隅にある旧江戸川乱歩邸での一企画が、立教学院創立百五十周年記念事業のなかで形を成しえたのは、福田裕昭理事長、西原廉太立教大学総長をはじめ、関係各位のご理解と多大なるご尽力に拠る。記して謝意を表したい。

本書を魅力的な意匠で彩ってくださったデザイナーの細山田光宣氏、鎌内文氏、南彩乃氏。まるで乱歩がその場にいるかのような写真を撮ってくださったカメラマンの公文健太郎氏。本書の制作をお引き受けくださった株式会社文化工房の三雲薫代表取締役社長、編集・制作の実務一切をご担当くださった横井孝佳氏。そして、江戸川乱歩ご令孫の平井憲太郎氏。本書に携わったすべての方々に心底より深謝申し上げる。

江戸川乱歩生誕百三十年の年にこのような書籍を刊行できることは、旧江戸川乱歩邸および関連資料の管理を託された大衆文化研究センターにとって、じつにありがたい機会であった。数多の乱歩ファンの方々、乱歩から新たな創作を志す方々に、本書が「乱歩」とはいったい何（者）かを探していくための、標のひとつになれば望外の幸いである。

二〇二四年二月　著者しるす

著者略歴

後藤隆基（ごとう りゅうき）

一九八一年静岡県生まれ。立教大学江戸川乱歩記念大衆文化研究センター助教。立教大学大学院文学研究科日本文学専攻博士後期課程修了。博士（文学）。専門は近現代日本演劇・文学・文化。著書に『高安月郊研究――明治期京阪演劇の革新者』（晃洋書房、二〇一八年）、編著に『ロスト・イン・パンデミック――失われた演劇と新たな表現の地平』（春陽堂書店、二〇二一年）、『小劇場演劇とは何か』（ひつじ書房、二〇二二年）、『石牟礼道子と〈古典〉の水脈――他者の声が響く』（共編、文学通信、二〇二三年）ほか。

監修

立教大学江戸川乱歩記念大衆文化研究センター

二〇〇六年、江戸川乱歩の旧蔵書や資料を核とし、日本内外の大衆文化研究の拠点となるべく設立された大学附置研究機関。乱歩関連資料の整理・保存、建造物を含む乱歩関連資料の公開を中心として、研究雑誌『大衆文化』および年報『センター通信』の発行、旧江戸川乱歩邸における展示、公開講演会等のプログラムによって、幅広い大衆文化研究の成果の公開および社会還元を行っている。

乱歩《らんぽ》を探《さが》して

2024年3月28日　初版第1刷発行

著　者　後藤隆基
監　修　立教大学江戸川乱歩記念大衆文化研究センター
制　作　株式会社文化工房
発行者　福田裕昭
発行所　学校法人立教学院企画室
〒171-0021　東京都豊島区西池袋5-10-5
印刷・製本　シナノ印刷株式会社
販　売　丸善雄松堂株式会社

ISBN978-4-947543-00-4
定価はカバーに表示してあります。
落丁本、乱丁本はお取り替えいたします。